JN065614

「かもじや」のよしこちゃん

——忘れられた戦後浅草界隈

西舘好子

藤原書店

「かもじや」のよしこちゃん　目次

思い出した風景――プロローグにかえて　13
東日本大震災と敗戦直後の「子ども時代」　13
〝生活〟があった子ども時代　17
私を育ててくれた浅草橋と小名浜（おなはま）　20

第1章　「かもじや」のよしこちゃん
「かもじや」のよしこちゃん　26
「かもじや」って、なあに？　30
滋賀県にあるかもじ神社　35
本当はとてもつらい、「かもじや」修業　38
わたしの誕生――期待に反して女の子　40

第2章　疎開先の小名浜での日々
疎開先、小名浜――私の原点・人生の出発点　46
万歳、終戦だ　51
祖母ヂュウと義理の祖父にあたる運賀金次郎　57
ふたりのおばあちゃん　60

帰京、さあ帰ろう――浅草橋三丁目三五番地 62

第3章 新たな浅草橋の生活

最初の仕事は防空壕の穴埋めから 66
玉音放送 71
歯が空を飛んでいく 74
あっという間に友だちができた 76
神田川を見つめつづける蛸じいちゃん 79

第4章 学校と家族の光景

台東区立育英小学校に入学 84
美人で優しい受持ちの先生 89
「登校拒否」という言葉はなかった 92
混声不一致な音楽の授業 94
戦時中の間引き住宅政策と私の家 98
道路だって使っちゃえ――浅草橋教会の出発 101
「蛇善」――蛇の恐怖幻想 106
アメ横、闇市、売春婦 109

娼婦のレイちゃん　114

第5章　父の生きざま

〝江戸っ子〟父ちゃん──父の原点とその風景　120
関東大震災と被服廠（ひふくしょう）　123
語り部としての父の話　124
若き母の遺言を胸に　129

第6章　浅草田原町の父の店

浅草田原町に仕事場をかまえる　134
自分の庭のような浅草　136
娯楽のメッカ、浅草六区　140

第7章　「かもじや」の客たち

父の江戸弁──はしょって間がよくて、江戸の財産は言葉なのだ　146
本当は三社の氏子（うじこ）でいたかった　150
「かもじや」に来た柳家金語楼（やなぎやきんごろう）　153

新内（しんない）の岡本文弥の達観　156
父のペンキ狂と母の植木好き　158
祖母のちょんちょん髷　160
記憶力という特技を生かして　163

第8章　露地と原っぱは子どもの世界

鳥越神社の千貫神輿と両国橋の川開き　169
サーカスにさらわれたい「困った子ども」　174
わが家の三グループ——父と私、姉と祖母、妹と母　177
私は街っ子——露地と原っぱ　181
懐かしい駄菓子屋——「こどもや」　185
弁天湯、まるで多くの女のカタログを見るような　190
街にいた名物おばあさん　194
大工と左官屋の喧嘩　197
ご贔屓（ひいき）合戦——寿司屋、蕎麦屋　199

第9章　浅草界隈Ⅰ——人間さまざま

着物と私——祖母の審美眼に学ぶ　204

〝粋〟と〝いなせ〟を考える　206
下町では、人に会わない日はない　207
私服刑事、カンノさんの初恋　210
茶の間という常連さんの社交場　214
べったら市の夜　お酉さまの夜　217
正月前は、父にとっては地獄の日々　219
兵隊仲間のチンドン屋　221
正月の日々と寺社めぐり　223
らいぎょの釣り堀で七歳のアルバイト　229
エープリル・フールで一騒動　232
「お大尽」への違和感　234
食べ物で人は気を許す　236

第10章　浅草界隈Ⅱ――遠景・近景

父は江戸っ子で芝居好き　242
母は小名浜育ちで、福島弁が消えず　247
男は正装、女は割烹着で宮城参拝　250
キャピー原田中佐と暁テル子の結婚　252

美空ひばりとの遭遇　257
父の尋常小学校仲間で創った「一行会（いっこうかい）」　261
柳橋の雨降り友だち　268
下地っ子のみごとな姿　272
早稲田の学生演劇で初めての子役　275
小学校卒業、気がつけば街は　278
貧しさってなんだ　282

あとがき　285

装丁　司修

「かもじや」のよしこちゃん

忘れられた戦後浅草界隈

旧吉原
吉野通り（旧奥州・日光街道）
卍
鬼子母神
下谷
言問通り
市村座跡
上野公園
浅草
かっぱ橋本通り
浅草寺
卍
上野駅
浅草演芸ホール
木馬亭
浅草電気館
西郷隆盛銅像
仲見世
浅草駅
（東武伊勢崎線）
不忍池
雷門
浅草駅
（銀座線）
浅草通り
アメ横
コリアンタウン
鈴本演芸場
台東区
浅草駅
（都営浅草線）
上野
国際通り
湯島
御徒町駅
隅田川
春日通り
清洲橋通り
左衛門橋通り
台東
新堀通り
蔵前
厩橋
墨田区
鳥越
本所
鳥越神社
蔵前橋
横網
浅草橋三丁目
蔵前警察署
湯島聖堂
育英小学校
浅草橋教会
（現在）
福井町通り
慰霊堂
（被服廠跡）
銀杏岡八幡神社
柳橋
秋葉原駅
福井中学校跡
国技館
浅草橋駅
美倉橋
左衛門橋
神田川
両国駅
昭和通り（国道4号線）
浅草橋
柳橋
靖国通り
両国
神田駅
江戸通り
日本橋
小伝馬町
薬研堀不動院

上野、浅草、浅草橋周辺

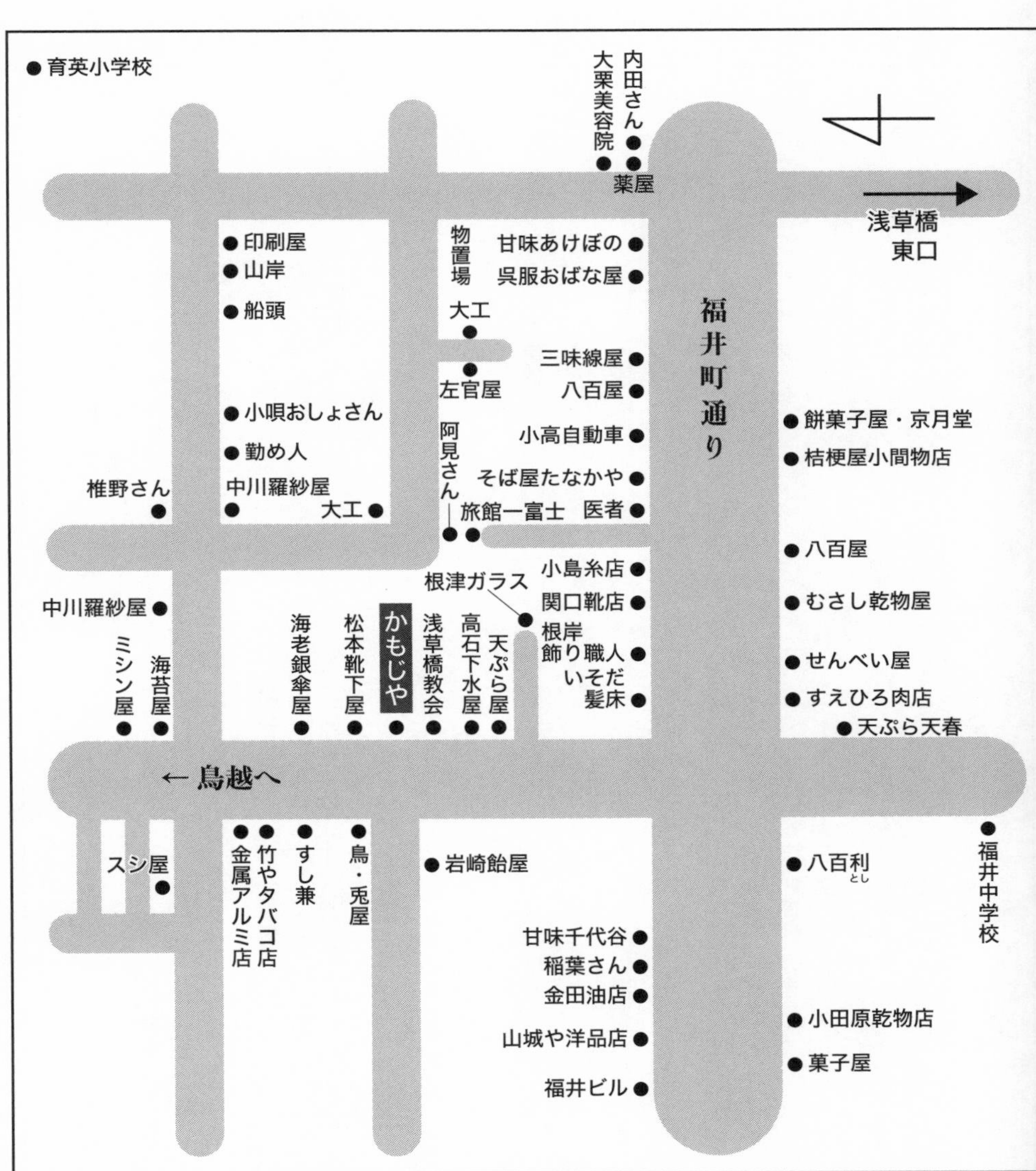

昭和30年頃までの浅草橋3丁目35番地の町内

「かもじや」のよしこちゃんの家系図

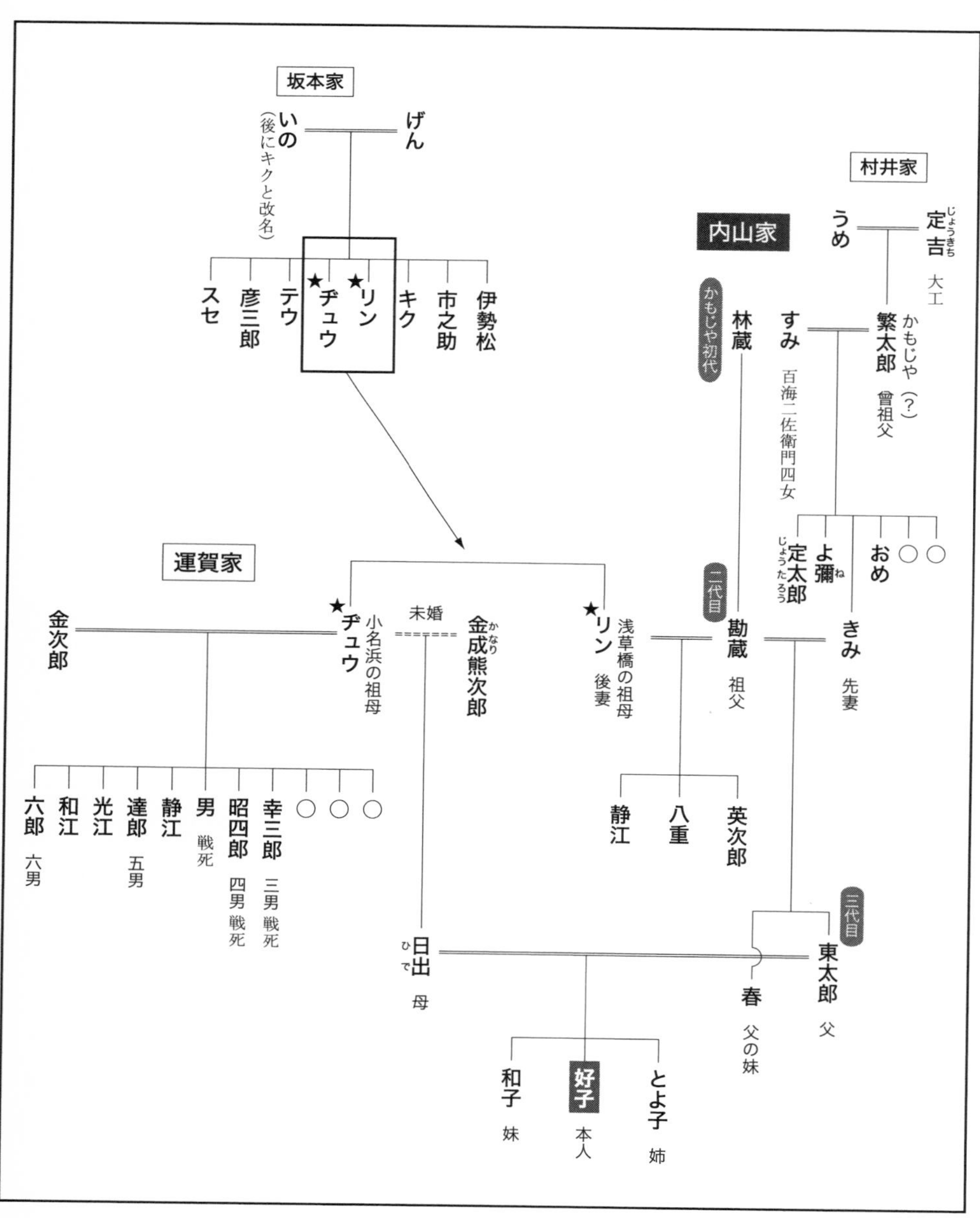

思い出した風景――プロローグにかえて

東日本大震災と敗戦直後の「子ども時代」

「隅田川の水面もぬるくなったね」
「桜のつぼみも、ほれ、ふくらんだようだね」

こんな話が誰かの口の端に上るのは、二月の厳寒が過ぎ、カレンダーが三月にめくられた瞬間のことだ。実際にはまだちらほらと雪が舞い、寒風が頬をなで、春を感じるにはほど遠い。第一、隅田川を誰かが見に行ったわけでも、桜の開花予報がされたわけでもない。季節がめぐってくる時の習慣、いや、気の早い先取り癖の下町っ子は、月が変わった途端にすっかり陽気な春の気分になっているのだ。挨拶代わりの季節の言葉、習慣だ。

隅田川土手、向島から今戸をのぞむ。（明治初年頃）

それが二〇一一年三月一一日、東日本を襲った大地震と大津波、そして原発事故と二重三重に押し寄せた大震災の後は、そんな気分は一掃された。災禍の大きさは並たいていではなく、季節も情緒も心の中から吹っ飛んでしまった。テレビでは、巨大な津波にすべてが流され破壊されていく様や、真っ白な防護服に身を包んだ人が、無人の街を行きかう様子などが繰り返し繰り返し映し出され、季節の移ろいを楽しむ余裕などはとても持てず、気の早い春の挨拶などを交わす余裕もなくしてしまった。

あの日から、日本の片翼が壊滅したような衝撃と、日本は大変なことになった、という実感だけがひしひしと迫ってくる。「一寸先は闇」という言葉を思い出す。人生にはなにが起こるかわからない。わかりきった日常語が、こんな時にはなぜかさらりと出てこない。あの頃は曜日さえうろ覚えだった。私が主宰していた日本子守唄協会の事務所では、慰問物資を被災地へ送りつづけた。

私が被災地を訪れたのは、震災から一カ月後の四月七日。この日の夜一一時過ぎに、震度六強の大きな余震があった。にもかかわらず、「なんとしても行かなくてはならない」と使命感のようなものを感じていた。レンタルしたワゴン車には、目一杯荷物が積まれていた。

揺れが収まり、高速道路の通行可能を確かめ、明け方の三時に、被災地気仙沼に向けて出発した。灯りのない波打つでこぼこの道をただひたすら走る。高速道路で行けたのは仙台を過ぎた古河までで、そこからは一般道を行かなくてはならなかった。あらゆる道がゆがみ、沈んでいる。北上（きたかみ）川流域の橋はどこも切断され、そのつど迂回（うかい）に迂回を重ねてとんでもない道を走らざるを得なかった。伝手（つて）を頼りにガソリンをリレーで運んでもらい、車中で冷たいおにぎりをほおばりつつ、夕刻目的地の気仙沼に着いた。四月の東北の地にはまだ雪が舞っていた。凍（い）てつく中で、私の見た風景をどう表現したらいいのだろう。

「木っ端微塵（こっぱみじん）」という字が浮かんできた。あらゆるものが無惨に砕（くだ）かれ、まさにすべてが微塵切りのように原型をとどめていない。寒風にひらひら舞うものは、布か紙か、はたまたビニールか、なんなのかの見当さえつかない。あたりはあらゆるものの混合したにおい。すべての生き物の排泄物と魚と油の強烈な空気が澱（よど）んでいる。それらが果てしなくつづく荒野を埋め尽くしていた。

「待てよ」

一瞬、遠い記憶が蘇ってきた。私の身体のどこかに染みつき、眠っていた、胸をかきむしりたいほど痛く切ない記憶だった。それは、私が物心ついた六歳から見た東京の下町の、荒涼たる風景とにおいとダブっていた。むろんそれは遠い時間の中ですっかりセピア色化されているものだが、すべてが「無」という気仙沼の中に、無理に昔の場を心に再現させていたのは私自身だったかもしれない。

昭和二〇年、どうごまかしてもあれは終戦ではなく敗戦であり、東日本大震災

二〇一一年四月八日、気仙沼（日本子守唄協会）

と違い、自然の脅威にさらされたものとはまったく違うものなのだが、兵器による爆撃で廃墟と化した風景は、この気仙沼の風景と類似しすぎてはいないだろうか。そして、あの木っ端微塵にされた東京の街の中に、確かに私はすっくと子どもの姿で立っていたのだ。幻なのだが、まるで一枚の絵を見るように、巨大になった子どもの後ろ姿を想像する。その向こうは人っ子ひとりいない地獄の荒野だ。七〇年を経て今また、私はその場に立っていた。しかもこんなに歳を重ねていながら、あの日に戻る道が目の前に広がってきた。

死の瞬間、人は自分の人生のすべてを走馬燈(そうまとう)のように見せられるという。それが事実かどうかは死んだことがないからわからないが、そんな一瞬で回顧できるほど、この七〇年が短く早いものだったのか、あるいは振り返るという、神がくれる恩恵なのか、どうとも区別がつかない。

昭和はすでに過去であり、もはや記憶をとどめる人は少なくなりつつある。あの頃のことを私は思う。昭和という時代の中で、私が生きた戦後こそ、無(む)からの出発から有(ゆう)にたどり着いた人間の最後のパラダイス的な時代になってしまうのではないだろうか。なぜなら、廃墟の中から立ち上がった大人たちにもまれて、子どもの私は大きな未来や夢を持って歩いていたように思うからだ。

大人たちが、「明日からは爆弾が落ちてこない。命が脅(おびや)かされることはないのだ」と、素直に喜び、命の原点に立ち返って前進し、日本づくりに満身であたった姿は、私たち子どもにどれほど安心感を与えてくれたことだろう。どんな不幸にもめげずにがんばれたし、どんなに貧しくても、「自分の人生は終わり」などとは思わなかった。

敗戦で失ったものは大きくても、私たち子どもは、当時信じられる大人たちを身近に見て接することができた。たとえ戦争に負けても、懸命に子どもを守ろうとしていた大人たちがいたことは、なんという幸せなことだったのだろう。

私は、終戦当時のことをすっかり忘れてしまっていたが、東日本大震災が起き、被災地の健気（けなげ）な子どもたちの言動に触れる度（たび）に、自分もかつては幼く、小さな頭でしっかりものを考えていたことを思い出すのだ。

「戦争は二度と起きない」とは言えないし、「二度と地震や津波などの災害は起きない」とは言えない。生きるということは、思わぬ事態と遭遇することであり、そこで学んだことを次に生（い）かせるようでありたいと痛感した。喉元（のどもと）すぎたら忘れるという楽観性は、これからは許されないようにも思える。

〝生活〟があった子ども時代

私は、子どもだった頃の自分を信じるように、子どものすべてを信じる。子どもたちの未来を……。何度か訪れた被災地でもそれを実感した。子どもはどんな環境にあっても、どんな苦境の中でも変わることはない。健気でたくましく我慢強い。悲惨な風景の中でも、元気で溌剌（はつらつ）と走っていた。

気仙沼のある風景を思い出す。避難所となっているお寺の玄関脇に一列に並んで、子どもたちが一匹の猫をかわりばんこに膝の上で遊ばせていた。子どもが集まっている風景にはぬくもりがある。その猫は子をはらんでいて、動くのも大儀そうだった。大事に大事に子どもの膝から膝に運ばれる猫は、子どもたちの誰かの飼い猫ではなく、避難所の寺の飼い猫、いわば「寺猫」だった。そっと抱く子もいれば、静かにお腹をさする仕草（しぐさ）をみせる年かさの女の子もいる。そして、みんなは一様（いちよう）に山の下の海を見ていた。

「こんにちは」と私は腰をかがめ、彼女たちの輪に対座して言った。

「あの海にね、この子のおねえちゃんと妹が流されたの」

挨拶よりもどかしげに、小さな女の子が口を切った。そう言われた子どもは下を向いたが、それに対しての言葉は発しなかった。目に流れるものもなかった。

「友だちで、まだ見つからない子がいる」、重ねて女の子が言った。報告ではない。私には推測できる。子どもはこの現実から出発しなければいけないことを、自分に言い聞かせているのだ。そのうちみんながいっせいに駆けて行った。走って走って走り抜いている。かつての子ども時代の私のように、ただ、駆けて行く。

「子どもにはたくさんの経験がないから、強くいられる」と言う人がいる。哀（かな）しみすらも経験の産物だというのだろうか。そんなことはない。自分の不幸だけに埋没できないほどの大きな哀しみを、子どもは乗り切ろうとしているのではな

日本子守唄協会「出前寺子屋」（岩手県大槌町 大念寺。湯川れい子、藤村志保、西舘の「三婆トリオ」で被災地慰問にまわった）

いだろうか。

戦後を乗り越えた私たちは、むろん、その努力や才覚のお陰で時代を乗り切ってきた。働き蜂となって経済を立て直し、繁栄を誇れる国となり、物心ともに豊かさを享受するまでになったはずが、いつの間にか、人の欲、得、金のあるなしなどに振りまわされるようになった気がする。落とし穴というのは、いつも満足した後に掘られているものなのかもしれない。

高度成長からバブルの到達点に達した後に、私たちはとんでもない罠にはまっていたのではないだろうか。なにか大きな忘れ物をしている。欲望は際限なく広がり、物や金が人間の評価の対象となるあたりから、世相も家庭も人間関係もゆがんできた。犯罪や虐待が日常になり、自殺や孤独死が取りざたされる毎日。大きな忘れ物は、人が人に伝えていく心だった。

あの敗戦後の貧しさや辛さを二度と味わいたくはないはずなのに、なぜかあの頃の記憶が宝石のようにきらきら輝く。家族がいて、友だちがいて、地域があって、ぬくもりに満たされていた。そこには、「人という宝物」を伝えようとしていた〝生活〟があったのではないだろうか。

繁栄の中で育った大人としての自責の念が加味されて、今の子どもたちに恥ずかしさを感じることがある。なにあろう、金と繁栄を追いかけていたのは私たち大人なのだ。子どもはいつも環境に適応し、強靭な精神が培われるほどしなやかなのだ。その心を持ちつづけるのはたやすいことではないが、せめて、その子ども時代がセピア色に輝く時、穏やかで溌剌とした青春の思い出につながっていてほしいと願わずにはいられない。

かつての私がそうであったように、必死な生きざまを見せてくれた人びとと、それを許容し温存した下町の風土は、私の心の中から消そうにも消せない。甘くてほろ苦い懐かしさは、今も薄まることがない。子ども時代の思い出は、私の人生の序曲だ。

そしていつも思う。最も幸せであるべき「子ども時代」とはなんだろう。それは、いつまでも取り出せる宝物を作ってくれた、多くの人たちの人生のノートに出会うことではないだろうか。人は子ども時代に生きざまを学び、盗み、傷つきながら生かす知恵を授かる。堂々と受け取ればいい。その中から「幸せ」というエキスを取り出していけばいいのだ。

私が子ども時代に出会ったすべての「生きた教師」をみんなに自慢したくて、この本を書く気になった。伝え、伝えられることで、私たちの命は限りなくつながっていくのだから。

私を育ててくれた浅草橋と小名浜

なにかあると心が帰る場所、というのがある。私の場合は、まず生まれ育った浅草橋と小名浜。文中たびたび登場するこの地名は、誰もが知っているわけでは

浅草橋交差点（江戸通り　昭和六一年）

ない。「浅草は知っているけど、橋？」と首をかしげるだろうし、小名浜はどこにあるのだろうと思う人も多いはずなので、少し説明しておきたい。

浅草橋は、浅草寺や仲見世のある浅草とは違う。浅草と浅草橋は距離的には二キロ程離れている。浅草寺を中心に一大観光地として知られる浅草とはまったく趣を異にしていて、浅草橋は、人形、文具、玩具、衣料などの問屋が軒を連ねる一大問屋街なのだ。現在の江戸通りはかつて大通りと呼ばれていて、浅草橋の南方は小伝馬町、大伝馬町を経て日本橋へ。北方は奥州街道にいたる道が、蔵前から浅草につづいている。

浅草橋の由来は橋があったからで、橋の下を流れるのは神田川。神田川の上流は、井之頭池を水源として、御茶ノ水を経由し、美倉橋、左衛門橋、浅草橋、柳橋と小さな川幅に小さな橋がいくつも並び、橋と橋の間隔も短く、一番下流にかかるのが柳橋で、この橋の向こうが大きな隅田川。神田川は隅田川に合流する。明治の頃は、隅田川はその名も大川と呼ばれ、交通網としてもメインストリートだったらしい。

神田川は江戸城の外堀を担っていて、江戸城警護のために、橋の袂に浅草見附（兵が見張りをする番所）が置かれ、ここが浅草への入口で、橋があったところから浅草橋と呼ばれるようになったのだ。日光や奥州街道を行く旅人が監視されたり、時に吉原に遊びに行く人もここで尋問にあったそうだ。といっても吉原に行くのに徒歩で行くのは野暮天。多くは柳橋から発船した猪牙舟（ちょきぶね）＊に乗って行くのが普通だった。

昔は、神田から北はすべて浅草と呼ばれていて、昭和初期までは、私たちが住んでいた浅草橋三丁目は浅草茅町（かやまち）であり、浅草区に組み込まれていた。私の父が子どもの頃は、三社（さんじゃ）祭りの神輿（みこし）は浅草橋見附跡までやって来て引き返し、蔵前、鳥越を通って浅草寺へ戻る行程だったそうだ。つまり、浅草という呼び名は、浅草寺から江戸城外堀までの表通りの総称でもあったのだろう。とても広い範囲の名称として浅草は使われていたということだ。

私の子どもの頃は、現在の江戸通りを「電車通り」と呼んでいた。都電が走っていたからだ。路面電車を私たちは「チンチン電車」とよんでいた。チンチン、ゴトゴトは街のバックミュージックみたいだった。すぐ隣の上野の方は下谷（したや）区で、浅草区と合併して後に「台東区」となった。「上野のお山」などと呼ばれているが、丘ほどの低地で山とはほど遠い。父の子どもの頃は、浅草橋も上野も、あちこち水路がめぐらされて、どぶ板の下から水の流れる音が絶えず聞こえていた水の都であったという。今では水路はすべて埋め立てられてしまった。

この街での思い出は、私が死ぬまで、私の心がいつでも帰りつく場所であるに違いない。日々記憶の中ではセピア色になっていくことも多いが、遊んだ場所や祭りの日の賑（にぎ）わいなど、季節がめぐると繰り返し蘇ってくる。確かにこの街は私の中で今も生きて動きつづけている。

猪牙舟　猪（イノシシ）の牙のように、舳先が細長く尖った屋根のない小さな舟。江戸市中の河川で使われた。

夏祭（浅草橋で、中学二年生のころ）

もう一つは福島県小名浜、小名浜は福島県だ。福島県は広く、ほとんどが山地だが、太平洋に面しているのが浜通り、ほぼ県の中央、阿武隈山地と奥羽山脈に挟まれた一帯が中通り、それに会津地方と、極端に地域で様子が違う三つの顔を持っている。県庁所在地福島市のある中通りは、都市型の新しもの好きでおおらかとされ、会津は山に囲まれ、もっとも東北らしく、人柄も内気・頑固・保守的と言われるなど、この浜通り、中通り、会津の三地方は、まったくと言っていいほど気候も気質も違う。

小名浜はといえば、太平洋の荒波と温暖な気候という、いいとこどりの福島県浜通りの地域だ。人はおおらかで見栄っ張り。荒削りな人が多いのは、開放的な海のせいだろうか。新幹線や急行や特急などがまだない時は、上野から常磐線で、なんと六時間もかかった。ちょうど中間が水戸になるだろうか。水戸から日立を越えると、進行方向の右側に太平洋が広がりを見せる。汽車の窓をあけると海風が頬をなで、潮の香りがして遠くに船が見えてくる。今でもあの時の感触は覚えている。旅は景色を見ながら心を遊ばせるものだと思う。海岸線に沿って青い大きな海原が長くつづく。

常磐線泉駅で降りて、小名浜臨海鉄道に乗り換え、終点の小名浜港駅まで汽車はのんびり走る。母日出の実家という縁で小名浜に疎開し、以後、休みとなればウキウキひとりで出掛けて行った。高校生の頃の私は、家出といえば小名浜だっ

福島県の概略

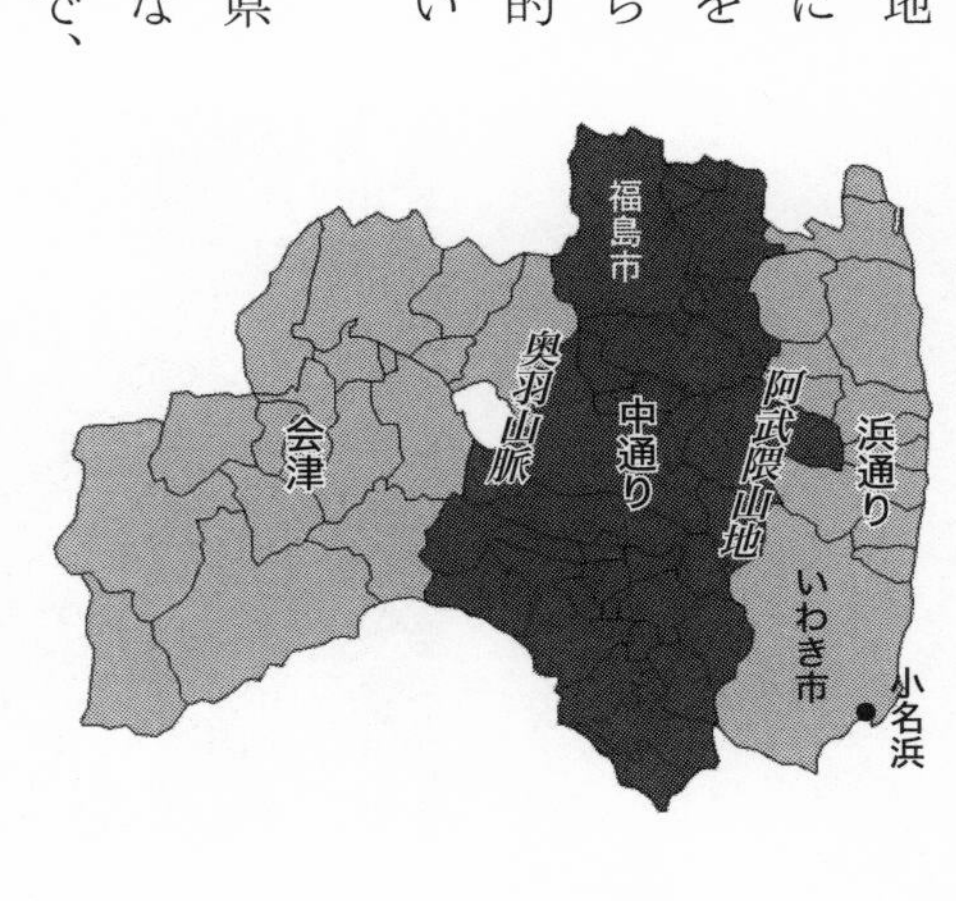

た。

戦後すぐの小名浜の街で外国と出合い、海では泳げるまでに死にそうな体験を何度もし、東京にはない自然の中で暮らした子ども時代が、私の極楽時代といえそうな貴重な日々だった。とりわけ、多くの人との邂逅（かいこう）は色濃い思い出だ。

義理の祖父金次郎の、荒々しいが男っぽい海の漁師の生き様（いざま）も心にとどめている。海は生死を分ける自然の猛威を見せつけ、それに立ち向かう漁師たちに守られて、私は子ども時代を海の街で過ごした。さりげなく見守る大人たちの優しさが心に残る。

誰もに子ども時代があり、その時期にこそ、あらゆることが、人生のすべてが集約されているのではないだろうか。やがて誰もに幕が下（お）りるという人間の時間を、やっぱり大切にしたい。小名浜はそれを教えてくれたもう一つの私の故郷なのだ。

小名浜の海岸沿いの祖母の家が見える

第1章

「かもじや」のよしこちゃん

鬘師

「かもじや」のよしこちゃん

「よしこちゃん」

「おーい、よしこぉー」

『かもじや』のよしこちゃんよぉー」

小春日和の昼下がり、今ではすっかりビル街となった浅草橋の福井町通り（現新福井町）を、散歩と洒落こんで歩き始めた途端、一〇メートルほど道を隔てた向こう側から声がかかった。

「どこ行くんだよ」

どこに行こうが勝手といかないのが、この街の常。同じ方向なら、連れそって無駄話でもしながら歩こうじゃないか、というのがこれまたこの街の暗黙の習い。時に、「よしこぉー」と呼び捨てにされることもあり、振り向けばたいていはご老体で、とうに七〇歳は過ぎている通称、椎野のおじさん。ガラガラ声は年寄りなのに、気だけは馬鹿に若い。伊達男よろしく、チェックの背広でめかしこんでいる。この街は普段着がおしゃれの見せどころなのだ。

「いやだあ、おじさん」

私の方も、もはや可愛らしいというわけにはとてもとても。八〇にならんとしているばあさんだ。

「おまえ、どこ行くんだよ」

答えるまでは、何度でも道の向こうから声をかけてくる。道行く人は誰のことだろうと振り向くが、視線は私を通り越して、子どもがいれば目はそこに落とされるが、そうでなければあたりをキョロキョロ見まわして通り過ぎて行く。

「どうしたんだよ、すましちゃって。めかしこんでさ」

間髪を容れずに答えないと、すぐこれだ。

「もう、やめてよ、その呼び方。子どもじゃないんだから」

と、舌打ちすることもしばしば。そうはいっても、顔を見れば子どもの頃からの知り合いなので、ついつい無駄話に花を咲かせてしまい、たいていの街の情報を瞬時に仕入れることとなる。なにしろ、早口と要点だけの短い台詞で、あっという間に事が足りるのが下町言葉だ。

「どこへ行くんだよー」

「柳橋逸品会に、菓子をちょっと」

「買い物かいー」

「お寺に行くので、ちょっと土産を買いにね」

「俺は横山町だ。そこまで一緒しようや」

数分一緒にいれば、その家の二、三日の生活ぶりは、あっという間にわかってしまう。ついでに昨日今日の隣近所の情報が手に取るようにわかる。

「田中屋のばあちゃん、昨日転んだんだってよ。昨日からうなって寝てるから、お前ちょっとさ、寄ってやんな。あ、呼び鈴なんて鳴らしちゃいけないよ。無理して起きてくるからね」

呼び鈴などある家なんてない。鍵すらかけていないのが普通なのだから、言葉のあやにすぎない。

「わかったよね、『かもじや』のよしこちゃん」

「そういえばお前、八幡様の猫が増えてしょうがないや。餌やってる人がいたら、やんないよう注意しておくれよ。ほら、しょんべんで神社の銀杏が枯れてしまうんだよ。わかったね、『かもじや』のよしこちゃん」

街猫の世話まで、椎野のおじさんには気になるらしい。そして決まって話の終わりに、『かもじや』の……」と符号のように私の家の名前が付く。

子どもの頃からの「よしこちゃん」という私の愛称は、街の中ではこれからも変わることはなさそうだ。「『かもじや』の」と、頭に付くのは、私を知る人がいる限りつづくだろうし、まさに、〝昔の名前でそのまま出ています〟といったところだろうか。

もっとも、この「『かもじや』の」と名前の上に必ず付くようになったのは、私の父の東太郎が「かもじや」という職業についてからで、『かもじや』の東ちゃん」と呼ばれるようになってからだ。愛称などという可愛いものではなく、「新しもの好きでおしゃれで、一風変わった若者が、『かもじや』の若旦那にいる」という意味合いから、父はそうみんなに呼ばれるようになったのだ。

戦後の子ども時代からすれば、この街に喧騒と活気があったのは、一九六四年の東京オリンピックの頃までだったろうか。あれから五〇年以上。街が変化するのは当然に違いない。あの頃を記憶にとどめたいと歳を取るにつれて思うようになってきた。過去はいつも生きる上での教師だ。後悔もあるが、心にとめておきたい思い出もある。誰もがみんな子どもだったことを思うと、振り返ってみるだけでも人生はいとおしい。

朝から晩まで人でわきたっていた。四六時中、暮しの音が響いていた。歩けば人とぶつかり、誰彼の話し声が飛び交い、どこかでいつも自転車のきしむ音がしていた。景気のよい建築現場からは、乾いた音が青空にこだましていた。八百屋、魚屋、蕎麦屋、金物屋といった商家が軒をつらね、暖簾や看板のもと、軒先には生ものの商品が並び、店には絶えず人が出入りしていた。街が若かった。確かにかつて、青春の香りがこの街にはあった。土のにおいも、生活の音も、人の声も、ハーモニーとなって響いていた。一日中、街中が動いていた。人びとが風景の中に生き、輝く陽の中に風が吹き過ぎていた。そして、幼い日の私たちの舞台が、この街にあった。そんな日々は今では遠い昔のことだ。

人生があるように、街にも最盛期から終焉まで、赤ちゃんから老人になるまでの歳の取り方があるのだろうか。さしずめ、老人と化した街には、乾いたコンクリートの道路と墓標のように立ち並んだビルがあり、知らん顔で通り過ぎて行く人の波ばかりで、今では、人と人とが関わる姿をめったに見ることがない。

むろん、それは私の感傷にすぎない。なんといってもあの頃、私は子どもだったのだ。この街の陽炎の中にまず、私は私の子ども時代を追っている。駆けて駆けて、空を仰ぐ私がいた。真っ青な空の下を、争いのない幸せの中に。

「かもじや」って、なあに？

「かもじや」といっても、今の人にはわからない。今では、「かもじや」という職業そのものが消滅してしまっている。

　時代劇に出てくる人が結っている頭といえば、「ああ、あれが日本髪」と納得してくれるだろうか。男はちょん髷を結い、女は重いほど束ねられた髪を高く結い上げるのが、江戸時代までは当たり前だった。その日本髪を結う時に補う、いわば部分鬘やつけ毛を「かもじ」といい、かもじ毛を作り扱うのが、「かもじや」という職業だった。

　もともと女に髪を結う習慣はなかった。長い垂髪*のままか、下層階級では、髪を手ぬぐいや布でまとめたり、縄で縛っていた。しかし、長い髪はいかにも不便で活動しにくい。髪の重さで頭痛を起こしたり、寝込むことさえあったし、労働

垂髪

しなければならない女たちは、髪の処理に苦労が絶えなかった。〝髪を結う〟ことが流行(はや)ったのは、戦国時代の織田・豊臣時代。この頃歌舞伎踊りが出現し、「出雲阿国(いずものおくに)」*が男装男髪で登場した。

異形の芸人は女たちの心を捉え、髷は結えないものの、ねじった形の女髪を考案して、〝髪を結う〟ことが流行り始めた。その後、誰もが髪を結うようになったのは、徳川時代になってからだ。髪はファッションの一つで、実にさまざまな髪形が考案された。自分の毛で間に合わないこともあり、「かもじ」というつけ毛が開発された。髪形には、一つずつ名前が付けられ、髪の文化が生まれていったのだ。しかしそれも明治になり、文明開化で西洋文明が取り入れられて、それまでの日本の風習や伝統、衣食住と、生活のすべてが変わってしまった。でも、日本髪がなくなったわけではない。

私の住んでいた下町では、昭和初期までかたくなにちょん髷を結いつづけていたおじいちゃんや、普段でも簡単な日本髪もどきを結いあげる女もいて、戦後になってもまだ「かもじや」の需要はあった。当然、和服とワンパックで結婚式や行事には日本髪を結う人も多かったのだ。

昔の女たちの髪を見ると、あんなにたっぷりとした髪の毛を結いあげて暮らしていたことなど、今では考えられないが、誰もがふさふさとした自分の髪の毛を持っていたわけではない。女がさまざまに髪を結い上げるには、それなりに補足する毛が必要だった。髪形に合わせたさまざまな補足の髪の毛は、女の必需品、

出雲阿国

御所風

角ぐる髷

遣手

共に「女用訓蒙図彙」所載

いわば、どんな女も愛用した生活用品の一つだった。

そのかもじは、室町時代から女の長く伸びた髪を切って細工し、髪を結い上げる際に使われるようになったのが始まりだったと言われている。髪をさまざまに美しく結うには、まず、他人の人毛（ひとげ）を使って補足する必要があったのだろう。

しかも明治時代までは、女の髪の結い方で、その人の身分や仕事の判別ができた。女なら、既婚か未婚か、武家か商家か、下女か遊女かまで見分けがつく髪の結い方があり、男なら、政治家、商人、職人、遊び人まで、これまた髪形一つが決まりごとだった。身分制度がはっきりしていた時代の、身分証明が髪だったのだ。好きな髪形ができる現代では、考えられない決まりが髪形にあった時代だ。その上、結婚式などの儀式の時に結う髪、夫を亡くし未亡人になった瞬間から変えなくてはならない髪形など、生活するのには何十種類もの髪形があった。そして、それらに付随するかもじという部品も幾通りかあり、「かもじや」という仕事は、生きるためにはなくてはならない職業だったのだ。

かもじが組み合わさって、帽子のように鬘（かつら）というのができあがる。鬘は、手っ取り早く言えば、髪形がすでに結い上げられ、頭に乗せてかぶれば素敵な髪形になるもの。便利だが、重くてあまり使われなかった。しかし、職人はその鬘をも作る技術を身に付けなくてはならなかった。かもじを取り合わせて一台の鬘を作る。この工程があるので、正式には「鬘かもじ職人」の名称で呼ばれた。彼らは昭和の始めまでは「髪結い（かみゆ）」と呼ばれ、それが「美粧院（びしょういん）」になり、パーマネン

かもじやの店先（江戸時代）

トが流行してから「美容院」と名称が変わってきた。

父の記憶では、昭和の始めには、浅草区（現台東区）に二千軒の髪結いさんがいたそうだ。父は髷も作れるが、もっぱらかもじ職人に徹し、花街の芸者衆、歌舞伎や舞台の役者衆、時に、相撲の関取のかもじなどを作り、一般の髪結いさんにも、さまざまなかもじを卸していた。美容院という看板が出た当初は、男の髪結いさんは全国でもめずらしいほど少ない存在だったが、かもじの方は断然男が多く、こちらは男の花形商売だった。

父はかもじ職人としては三代目。二代は私の祖父にあたる内山勘蔵で、明治の終わりに江戸川鎌田村（現江戸川区鎌田）から東京神田佐久間町に移住して、神田でかもじ職人修業をし、昭和になって「かもじや」ののれんを掲げ、浅草橋に所帯を持った。祖父は、「なんたって、将軍様のお膝元、はせ参じて一旗揚げたい」と志を高くしていた結果、かもじ職人の道を選んだということらしいが、かもじ職人はそれだけ実入りのある職業であったらしく、多い時には家に職人が二〇人近くいたそうだ。

「出生を言うようになっちゃ、人はお終いだ」というのが父の口癖で、「過去を自慢するようになるのは下品だ」ということらしく、父の口からはそのいきさ

父方の祖父・内山勘蔵
（昭和一五年一月一六日、五五歳没）

つを聞くことはなかったが、親戚の集まりなどでは、「なぜ、『かもじや』になったのか」と聞かれることがよくあった。

勘蔵の父林蔵は私の曾祖父で、この林蔵の祖先は甲府の武田家の侍であったそうだ。下総里見の戦い（一六世紀半ば頃。国府台合戦とも）に参加して敗れ、近くの江戸川鎌田村に逃げ、そこに居ついて庄屋にまでなった。その末裔が林蔵で、初代のかもじ職人になったのには、本当かどうかわからないが、「昔は首から上に関わる仕事に就けたのは武士だけだった」からという話がある。寝首をかかれることもある、刃物を持つ仕事には危険が伴うのだから、それを容認する仕事は誰にでも与えられるものではないのだ。腕と信用がモノをいう。そう誇れるのも武士の時代の名残なのかもしれないが、かもじという職業は、職人として大いに自負と誇りが持てた仕事だったのだろう。**林蔵―勘蔵―東太郎と三代**、まだ武士としての矜持を持ちつづけて生きていたのかもしれない（しかし、今となると林蔵が「かもじや」であったという確かな証はうすい）。

勘蔵の父・内山林蔵
（明治二四年二月三日没）

私の父東太郎は、明治四二（一九〇九）年、勘蔵の長男として神田佐久間町二一番地に生を受けている。東京はまだ江戸の名残をとどめていて、神田には田んぼがあり、縦横に掘割があり、あちらこちらに水路があったという。水の都の東京で、水路は時代に流されて行く人びとの人生や運命をどのように見つめていたのだろうか。

滋賀県にあるかもじ神社

「なんでもねえ」と父は嬉しそうに話を切り出す。

「毛髪の薄い何々の宮様(父はいつも固有名詞にはこだわらない。おまけに女言葉が特徴)が、日本髪を結うことができなくて困っていたのを、お付きの侍女が見かねて自分の髪を切って差し出し、つけ毛として使ったのがかもじの始まりなのよ。美談なのよ、それが。侍女は髪の毛なくしちゃうんだからね。女の命と言われた髪なのに、主君のために切っちゃうんだからね」

なんでも、滋賀県の琵琶湖の近くに山があって、その山の上と下に「かもじ神社」があるそうだ。なぜ山頂と麓の二カ所に社があるのかは知らないが、この神社が、歌舞伎十八番狂言「毛抜」の舞台となった。天井から大きな磁石で長い髪の毛を逆立て、物の怪を成敗するという話だが、髪の毛が磁石で吊られるなど本当かどうかわからない。

つまり父は、「神社ができるほど、かもじという仕事にはいわれがある」と言いたかったに違いない。私が調べたところ、その神社は確かに存在した。滋賀県

秋葉原から神田へ掘割でつながっていた

大津市逢坂にある「関蟬丸神社（せきせみまるじんじゃ）」だ。確かに上社（かみしゃ）と下社（しもしゃ）がある。蟬丸*は、「これやこの　行（ゆ）くも帰るも　別れては　知るも知らぬも　逢坂（あふさか）の関」と百人一首に詠（よ）んだ歌人であり、醍醐（だいご）天皇の子ども、延喜（えんぎ）帝の皇子とも言われている。幼少の頃より盲目で、僧形（そうぎょう）として逢坂山に棄（す）てられてしまった身の上で、歌人として、琵琶法師として、つとに有名になった。

この蟬丸には、逆髪姫（さかがみひめ）という姉がいて、この姉が逆毛（さかげ）の持ち主だということで、歌舞伎の演目「毛抜」のネタになったのかもしれない。蟬丸はこの姉のために侍女の古屋美女（ふるやのびじょ）に命じて、鬘、かもじを考案したことから、この神社は「かもじ神社」（女の髪の毛にまつわる祈願が成就するという）と呼ばれるようになったと言い伝えられている。そして、かもじ業者や毛の悩みを抱える人が訪れるようになり、だんだん美容業者や演劇、鬘やかもじに関わる人などが詣（もう）でるようになり、今にいたっているらしい。

「髪には念が宿る」ということが、昔から言われている。髪は、人間の体の一部にあるのだから、「気持ちが入る」と言われてもおかしくない。まして伸ばした長い髪は、うねっているように見えて気味が悪いが、髪は神に通じ、天に昇るものだという。

遡（さかのぼ）れば、お釈迦様が弟子を連れて祇園精舎（ぎおんしょうじゃ）にお入りになる時、女の乞食（こじき）が自分の髪を火にくべて献上したが、髪は空中を舞い、光を発し、突風が吹く中も消えることはなかったという。自分の体の一部を献上する、その心の美しさを真心

蟬丸（生没年不詳、平安時代前期）盲目の琵琶法師、歌人とされる。

の一灯として、髪の毛の尊さを伝えたのが、毛髪の最初の歴史、髪の尊さを伝えた初めだとされている。たかが髪の毛、ではないようだ。

そんなことを深くは考えなかったと思うが、東太郎は尋常小学校を出るとすぐ、勘蔵の仕事を継いだ。私の祖父という人がどこでどんな修業をしたのかはわからないが、その頃には、かもじ職人として神社の巫女(みこ)のつけ毛や大垂髪(おすべらかし)という特殊な儀式に使う髪の毛を作っていた。勘蔵は、盆栽のほかに、小岩の近くの立石に養鶏所を作ったりして、なかなかの趣味人、やり手であった、らしい。

当時の「かもじや」家業の景気もよかったのだろうか、勘蔵の庇護(ひご)も手伝ってか、私の父にはかなりの浪費も許された。父はなんにでも興味を持ち、贅沢(ぜいたく)に暮らせたのだ。真面目一方という手合いではなかった。戦前から材料の髪の仕入れに横浜、神戸などの港町に出掛けて行くと、ついでにそこで外国の物をやたらに買ってくるという楽しみを持っていた。シャポーに蝙蝠傘(こうもりがさ)、職人に不似合いな洋装にチョッキという出で立ちで、街を闊歩(かっぽ)していた。洋服は壹番館(いちばんかん)、首にはライカのカメラが光っていた。

父の舶来好きは、下町の古老たちの冷やかしものだったのではないだろうか。やはり、『かもじや』の東(とう)ちゃん」という呼び名は特別な意味を持っていたようだ。その娘の私もまた、『かもじや』のよしこちゃん」と街中のみんなから呼ばれたのは、どうしたことか。姉も妹も、ちゃんと冠(かんむり)なしで呼ばれていたというのに。

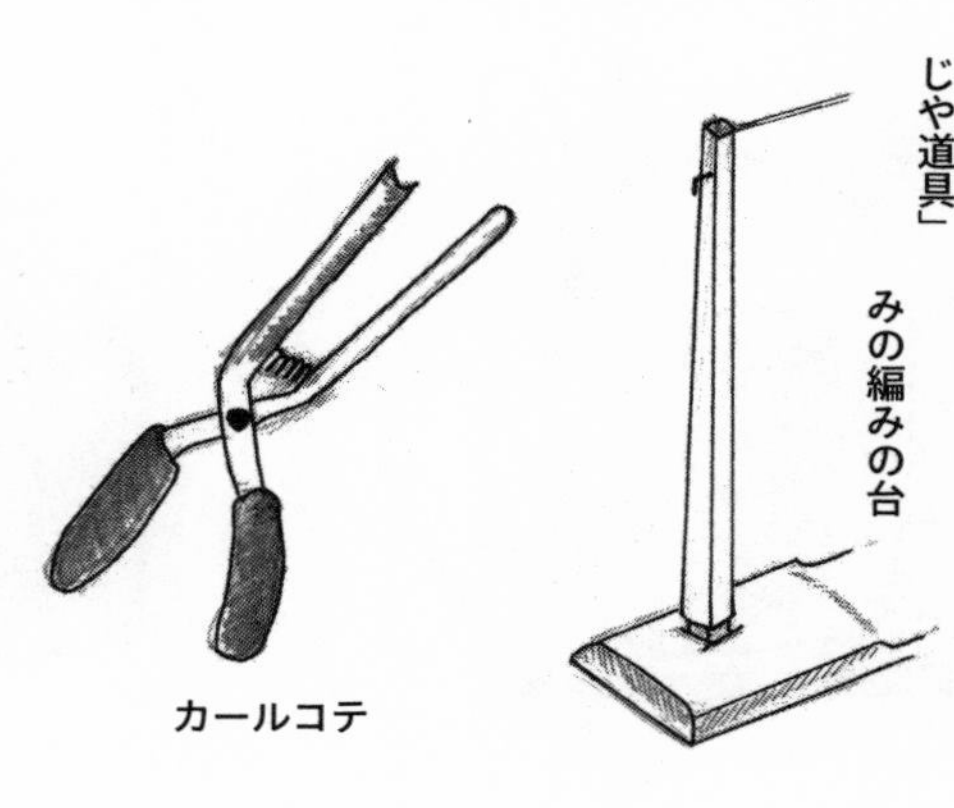

東太郎のいとこ、村井繁雄が描いた「かもじや道具」

本当はとてもつらい、「かもじや」修業

「かもじや」という父の仕事は楽なはずもなく、相当な重労働だ。死人の毛は使わない。死の瞬間に毛は弾力を失い、油気がなくなるからだ。第一、毛を見れば生死は一目瞭然。長い髪を切って、その髪の良し悪しで売値が決まる。日本髪の衰退と同時に、その髪を買い取る仲買人がいなくなった。国内では長い髪が手に入りづらくなり、父がかもじ職人だった戦前から戦後まで、髪は中国や台湾、韓国などから輸入されるようになり、船便が着く港が毛髪の取引の場所になっていった。辮髪令が廃止されたことが、日本のかもじ業界にとって救いの神だった。

私の家では、仕入れた毛は、苛性ソーダを入れた大きな「湯釜」でまず湯通しして、笊の上で日陰干ししてから、大きな目の櫛で丁寧に梳いて束ねる。その毛の束を手元において、樫の木で作った渡し棒にたこ糸を二本張り、その糸の間に毛を編み込む。数本を引き抜いて口にし、そのつど口で丸めて「みの編み」というのを作るのが、かもじの基本だ。「ぶいっ、ぶいっ」と毛を引き抜く音がして、わき目もふらず編み込む。その手順のよさと速さは目を見張るものがあった。

夏、冬にかかわらず、部屋の隅には真四角な火鉢に灰がたっぷりあって、五徳、炭火が絶えず赤々と燃え、時折、「火コテ」が突っ込まれる。これは洋髪が流行った時、長い「はさみゴテ」で縦ロールという髪形を作る時に使った。中には

村井繁雄が描いた「かもじや道具」つづき

作業用の「ぼうず」（底部に真四角の穴あり）

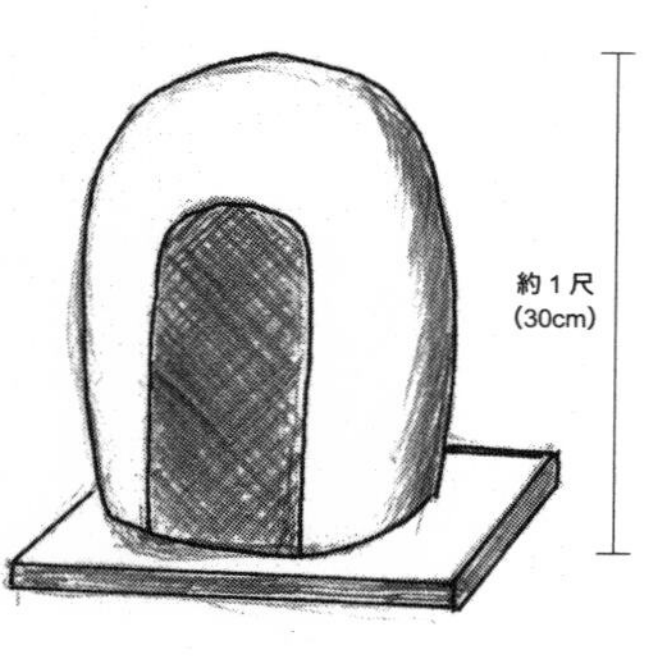

かつらをかぶせる「ぼうず」

くせ毛もあり、それらはコテで伸ばす。直接熱い「コテ」を髪にあてるので、仕上がりの良し悪しは、職人の火加減次第、勘が頼りだ。

一番需要があったのは、「禿隠し」というかもじ。長いこと日本髪を結っていた人のほとんどが、歳とともに頭のてっぺんが禿てくる。日本髪は、「元結」できつくまとめて締めるのと、めったに洗わないこともあり、蒸れてしまうことで、ほとんどの女は頭のてっぺんが禿になってしまうのだ。

羽二重に生地チュールをかぶせて、禿の形を作り、網目をはりつけ、カギ針で毛を編み込んでいく。この手作業はとても大変で、毛糸やレース編みではなく、相手は生きた毛そのものなので技術を要した。扱いは難しく、親方の厳しい指導の中で会得していくのだが、「毛」は刃物のように容赦なく手指に食い込み、傷だらけの経験をしなければならなかった。どの部分にどう使われるのか勉強しなくてはならず、一、二年はとても寝ている暇などなかったそうだ。おまけに漆器などに使われる漆は、編み込んだかもじをまとめる細工には欠かせない。慣れないうちは、顔といわず手といわず漆にかぶれ、所かまわず湿疹が出る。これを克服するのには、耐性ができるまで数年を要する。

父もそうした修業をして、一流のかもじ職人になっていったはずだ。結婚をして、後を継がせたいと祖父が思ったとしても不思議ではなかった。それほど滅多に習得できない技術だったからだ。しかし、滅多にできないものは、やはり伝わってはいかないということも事実だった。

ぼうず台

編み台

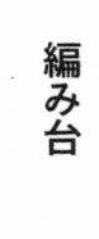

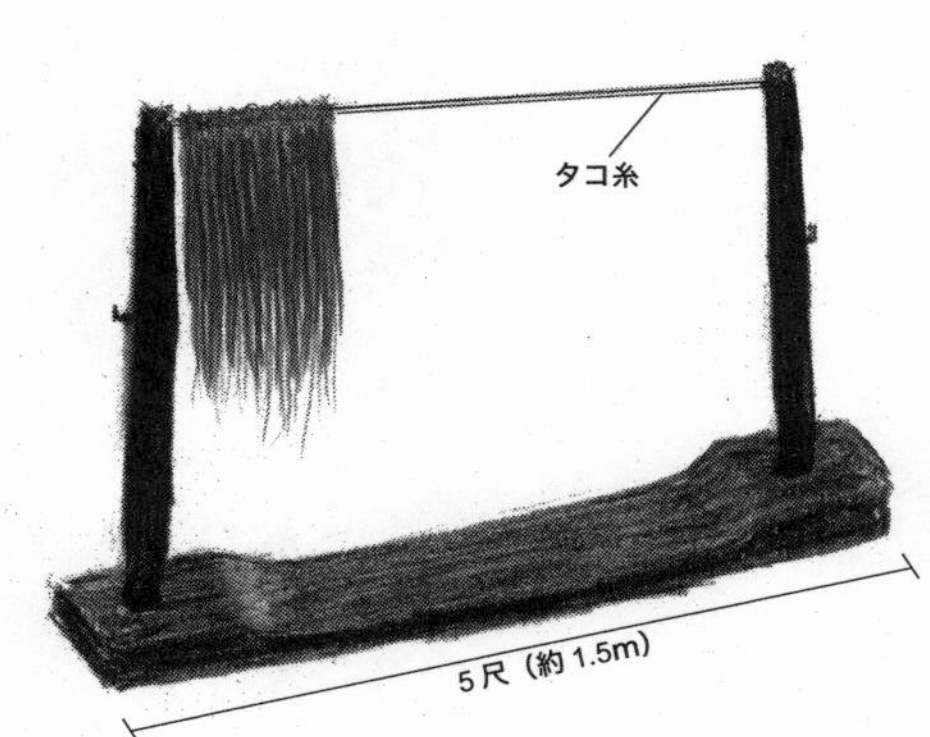

わたしの誕生――期待に反して女の子

とんとん　とんからりと　隣組*
格子(こうし)を開ければ　顔馴染(なじ)み
廻して頂戴(ちょうだい)　回覧板
知らせられたり　知らせたり

とんとん　とんからりと　隣組
あれこれ面倒　味噌醤油
御飯の炊き方　垣根越し
教えられたり　教えたり

とんとん　とんからりと　隣組
地震や雷　火事泥棒
互いに役立つ　用心棒
助けられたり　助けたり

とんとん　とんからりと　隣組

隣組（となりぐみ）一九四〇年に初放送された戦時歌謡曲。戦時体制を支える町内会の内部組織「隣組」をテーマにした流行歌。岡本一平作詞、飯田信夫作曲。

何軒あろうと　一所帯
心は一つの　屋根の月
纏められたり　纏めたり

日独伊三国軍事同盟*が結ばれ、なんだか日本も巨大大国になった感が漂い、軍歌全盛の中、こんな唄がラジオのＪＯＡＫ*から流れたのは昭和一五年六月のこと。その年の秋一〇月五日、三河島（荒川区）の産院で、私は産声を上げた。祖父の勘蔵は、同じ年の一月に身罷っている。父は毎日、祖父を背中に負ぶって病院通いしたが、胃がんで、あっという間に亡くなってしまった。

生まれ変わりのように、私が生まれた。生まれたばかりの私を見て、父は、「なーんだ、女の子か」と失望を隠さなかった。付いた名前も女の子を並べて、「好子」。ずいぶんと安易に命名されてしまったが、いかにも楽天的で単純な父らしいと、つい、苦笑してしまう。ちなみに、姉は近所の長生きのおばあさんにあやかり、同名の「とよ子」、妹は終戦の月に生まれ、昭和が終わるかもしれない記念のためにと、「和子」と名付けられた。いずれにしても、三姉妹とも、考えた末にとか、推敲してなどという命名でないことだけは確かだ。

この年、下町のわが家では、「男の子だったら」と第二子の私に全員が期待していたようだ。まだまだ、男の子の跡取りの誕生は、家の揺るがない繁栄の礎と信じ込まれていた。お産や育児品の費用も惜しまなかったし、兜、刀まで用意し

日独伊三国軍事同盟　日独伊防共協定を発展させ、一九四〇年九月、ベルリンで調印された。第二次大戦中の枢軸国三国の軍事攻守同盟。

ＪＯＡＫ　社団法人・東京放送局（ＮＨＫの前身）のコールサイン（無線局識別の符号）。

ていたと聞く。当時は、生まれてみなければ性別など判別できなかったのだから、ここでもあわてんぼうの父の様子が伺える。産婆さんの勘だという、「今度は男の子に違いない」というご託宣を信じて、後継ぎができると確信し、期待したらしい。ぬか喜びというものだ。がっかりはしたものの、しかし生まれてみればやはりわが子。父などは顔が自分とそっくりとあって、母がやきもちを焼くほどの猫可愛がり、ご執心だったそうだ。

写真を見ればよくわかる。生後二六日目に撮ったという写真が、手元にある。ご大層な着物に包まれて母に抱かれた写真。一歳の誕生日に、両国にあった工藤写真館で撮ったという記念写真は、きれいにそろえたオカッパ頭にモダンな白い繻子(しゅす)のベビードレスを着て、片手にガラガラのおもちゃを持ち、籐の椅子に座っている。他に丸髷の祖母リンと母日出(ひで)が紋付の正装で、父は髪を七三に分けて、これまた羽織袴の一等盛装で写っている。誕生を祝う家族勢揃いの記念写真だ。

当時としては豪勢と思える装いの写真を見るかぎり、子ども時代の豊かな暮らしぶりが偲(しの)ばれる。写真など一般家庭で滅多に撮る時代ではなく、あったとしても、写真屋を呼んで撮る集合写真か、修正のきいた冠婚葬祭の記念写真くらいだ。写真の多さが豊かさの象徴。めずらしもの好きの父が一家の長の仕事として、まめに写真を撮ったのだ。お抱えの写真家を持ってい

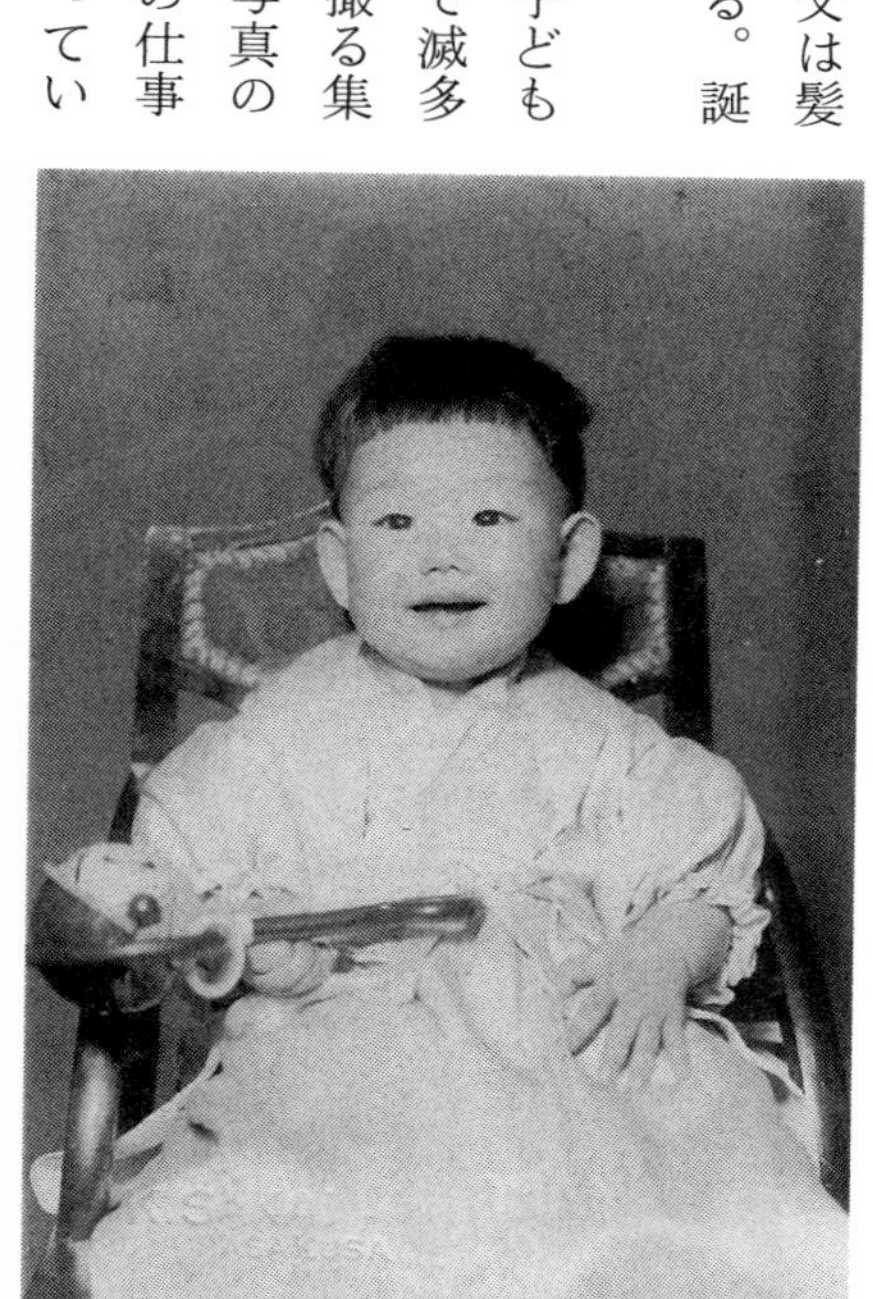

一歳の頃のよしこちゃん

たという証拠だ。そして、それを支える家計の豊かさをも物語っていた。

むろん、その当時のことが、私の記憶にあるわけではない。

私が生まれた昭和一五年は、太平洋戦争に突入する年の前年で、誰も敗戦で終わるなどとは露ほどにも思っていなかったので、緊張感は薄く、浮かれ気分が充満していたという。世の中の景気もよく、わが家も商売繁盛(はんじょう)。怖いもの知らずの日本と日本人の塊は、そんなにうまくはいかないという想像力さえ失っていたようだ。大国を相手に戦って勝てると本気で信じていた人が多く、庶民にも活気があり、無知無謀(むぼう)とはいえ、「行け行け、どんどん」ムードだった。

「お祭り気分だったよ、あの頃は。なんで絶対勝つなんて思ったんだろうねえ」

「勝つことしか思い浮かばなかった。あんなことがあるんだねえ。馬鹿だよ、本当に」

いかにも忌々(いまいま)しいといった口調で、祖母リンはいつも回顧していた。時代に浮かれていたのは、なにを隠そう自分自身のはずなのだが、大騒ぎしていたあの頃の話題に触れるたびに、祖母はまったくやりきれないといった顔をする。

自己嫌悪を通り越して、腹立たしいと八つ当たりしたい気分だったのだ。

わが家はともかく、開戦直前の昭和一五年頃から、毎月一日(ついたち)は、「興亜奉公日(こうあほうこうび)*」と決められ、パーマネントは禁止。出征兵士の家族のために、街頭では白地に赤糸でひとり一針ずつ縫い込む「千人針」や慰問袋があちらこちらで作られたそうだ。

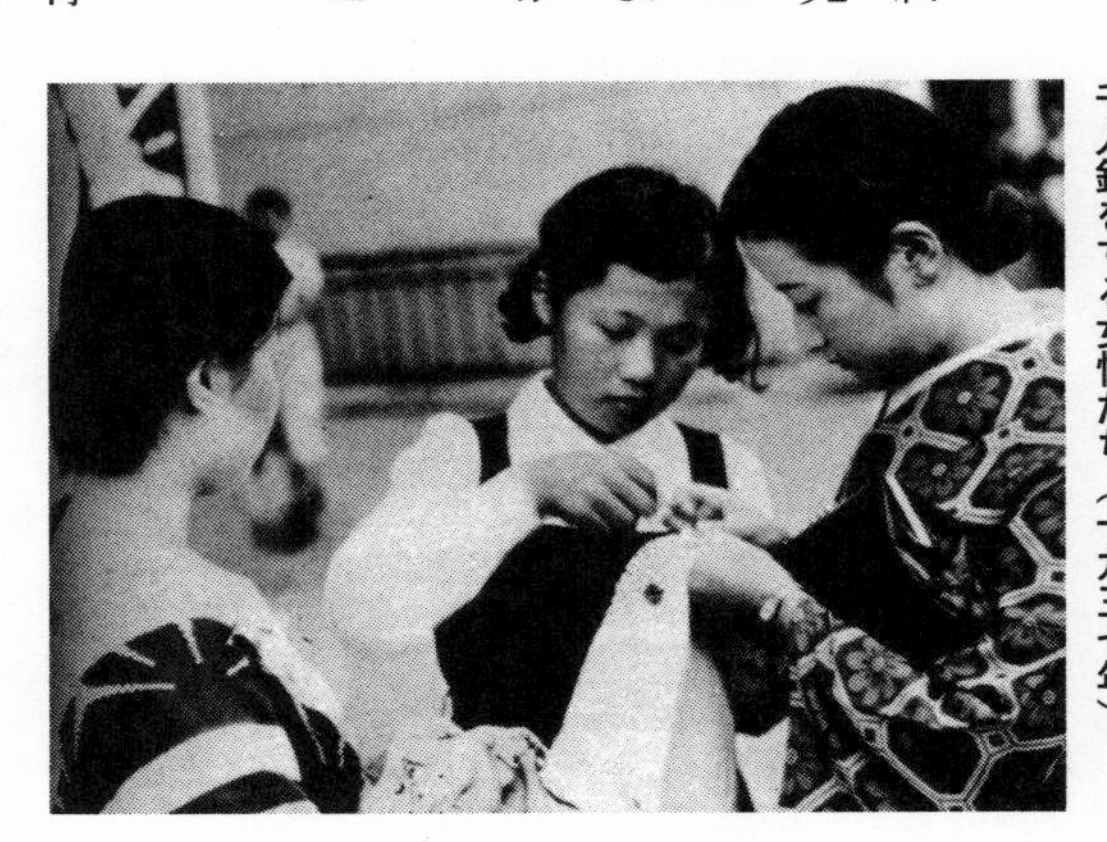

千人針をする女性たち（一九三七年）

興亜奉公日　国民精神総動員運動の一環として、一九三九年から一九四二年一月まで実施された生活運動。

たすきに大日本帝国婦人会、竹やり訓練が始まり、と開戦に向けて着々と準備をしたつもりなのでしょうか。まあ、負けるわけですよねえ。

第2章

疎開先の小名浜での日々

小名浜海岸（昭和 18 年）

疎開先、小名浜——私の原点・人生の出発点

私自身の幼い日の記憶は、戦時中の、それも後半、五歳くらいの頃の疎開先、福島県南相馬郡小名浜町の港町に始まる。

東京で疎開*が始まったのは、昭和一八（一九四三）年のこと。戦火による火災を防ぐため、何軒かの間隔で家を壊して間引きし、類焼を食い止めようという政策があった。家が密集している下町は危険地帯だ。棟割長屋などは丸ごと叩き壊された。家を失った人たちは、強制的に引越しをせざるを得ない。所どころに空き地を作るために「疎開」と言われて、泣く泣く家を壊された人たちは、土地を離れなくてはならなかった。移住の斡旋先は気が遠くなるほど遠かったり、過疎の地だった。

昭和一九年には、学童疎開*が開始された。子どもたちを親元から離し、安全な場所で集団生活させるということに強制力はなかったが、戦火が激しく、命が脅（おびや）かされる日常がつづけば、せめて子どもだけでも、と考えるのが親心だ。わが子を離すに忍びない者が、自発的に「疎開」の道を選ぶこともできた。

私の街浅草橋では、うまく山と海に分けたもので、学童疎開地は那須塩原と千葉房総の岩井海岸だった。大半は寺や大きな民家や旅館で寝起きするのだが、食料難はなにも解決されていなかった。学童疎開が提示され、しばらくすると、今

疎開　空襲の被害を少なくするため、集中している人口、建造物を分散させること。建物疎開や、それにともなう強制疎開、学童疎開などがあった。

学童疎開　国民学校初等科の児童を対象とした疎開。

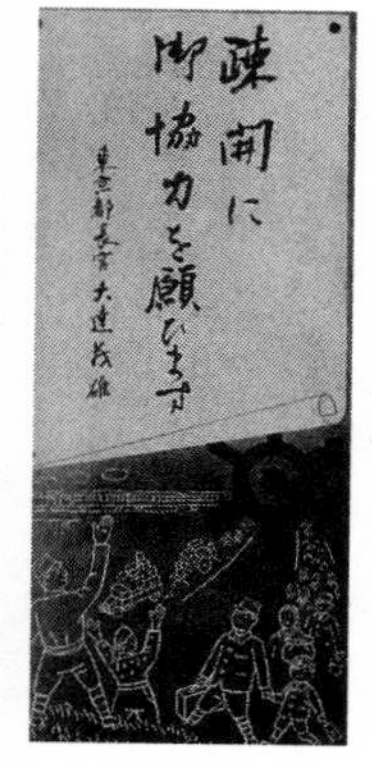

までよりさらに強硬に強制疎開になるとあって、親たちは戦々恐々となった。
「冗談じゃない、この子はやれないよ」。姉贔屓の祖母リンの強硬なひと言によって、姉は学童疎開を回避、自由疎開（別名縁故疎開）をせざるを得ない羽目になった。この場合、一家の主である父は、一緒に行ってはいけなかった。いつ徴兵があるかもしれないし、町内の守りの要でもある男は、自由に動くことが禁止された。祖母リンは姉と一緒に行きたがったが、肋膜で寝たきりの父の弟、叔父英次郎を動かすことができなかった。その看病がある。結局、疎開したのは母と私たち姉妹の三人だった。

本土決戦という切羽詰まった状況も迫っていて、東京の街も空襲に脅かされていた。疎開先がある人たちは、幸運な部類だった。

小名浜は母や祖母の郷里であり、典型的な縁故疎開だ。幼い時期の記憶はないが、それでも疎開先のあの頃の港町の生活が、私の原点ともなっている。

小名浜港駅から真っ直ぐ走るなだらかな坂道の途中に、食堂をしていた母方の祖母ヂュウの家があり、私はそこで幼児期を過ごすことになった。まわりに親戚が大勢いたので、食べることには困らなかったが、疎開に行ったのが三歳とあっては、その記憶はまったくおぼろげだ。といっても、あっという間に思い出に色がついてき始めた。それなりにいじめられたり、「都会から来た」というだけで、白い目で見られることも記憶に刻まれ始める頃には、五歳になり、幼いながら、地元の中学生の後をちょこちょこついてまわり、毎日、海で遊ぶまでになってい

小名浜銀座商店街（本町通り　昭和一八年）

た。

小名浜の海は、太平洋だ。うねる沖合から白い波頭が音を立てて砕け散る、激しい勇壮な荒海だ。私たち子どもはその中で泳ぎ、砂浜を駆け、時を過ごした。強い男のような荒波(あらなみ)が荒れ狂う海には、真っ白な銀砂の浜が広がり、太陽はまばゆい光を投げかけていた。ただ、屈強な漁師たちの多くが戦場に駆り出され、浜はひっそりと鳴りをひそめていった。戦火は日立や茨城あたりまで激しかったが、小名浜は一時(いっとき)、とても静かだった。

子どもの私は、海が遊び場だった。波の音を聞くのも好きだった。私は、今でもそうだが、海を眺めるのが無性に大好きだ。辛いことがあると、必ず海辺に旅をする。

私は幼い頃から、どこに行っても、誰に会っても、物怖(ものお)じするということはまったくというほどなかった。これは天性というより、父親の溺愛(できあい)からきているのかもしれない。おそらく、父が私のどんなわがままも許し、聞き入れてくれたせいだろう。親子の関係というのも最初が肝心で、大人たちへの対処は父の投影となっていたのかもしれない。よくとれば、無邪気で邪心がないと映っても、実は得手(えて)勝手(かって)、わがままいっぱいという面もある。それは、私自身が今も感じている。

疎開先では、ぽっちゃり顔の元気な女の子の私は、大人たちのおもちゃだった。「貸しておくれ」と、ご飯時(どき)になると私を連れに来るおじいさんも、「お芋を茹(ゆ)でた、トウキビを茹でた」と足繁くやってくるおばあさんもいた。時に親戚宅に泊

小名浜にて。右からよしこちゃん、久ちゃん、静江叔母の夫、光江叔母。海には誰かしらが一緒にいてくれた。

まりに行かされることも苦にならず、どこにでも行き、誰にでもなついた。それは私の性分で、考えたらレンタルベビーとしての役を担っていたようだ。地元の子どもたちとも、すぐ仲良くなった。そんな毎日なので、幼い時から、朝から晩まで忙しかった。

それも束の間、港町小名浜にも敵機来襲が毎日起こるようになった。飛行機の飛ぶ回数も多くなり、空襲警報が日常茶飯事に鳴るようになった。小名浜から一駅離れた江名（えな）の方が安全ということで、母の祖母、ひいばあちゃん、いのの家にも何カ月か疎開先を移した。

姉は一〇歳くらいだったろうか。江名から、往復二里（にり）（八キロ）の道のりを、小名浜の小学校まで歩いて登校していた。毎日学校では、天皇、皇后両陛下の御（ご）真影（しんえい）に最敬礼し、「朕惟（ちんおも）フニ我（わ）カ皇祖皇宗国ヲ肇（はじ）ムルコト……」と、舌足らずで「教育勅語」*を唱和した後、大本営発表の戦果の報告を受け、軍国一色、封建主義の教育を受けていたのだ。もっとも、先生が、陸軍士官学校出の青年将校とあっては致し方ない。教育といっても、木の戦車や敵に見立てた藁人形などを作り、それを竹やりで突くという訓練ばかりで、今考えるとお笑いだが、それが教育の基本だったのだ。

毎日そのために通学するわけだが、通学時に何度となく機銃掃射（きじゅうそうしゃ）を受けた。ドームのような隧道（すいどう）に隠れて難を逃れ、真っ青な顔で帰って来る。相手はこんなに鉄砲の弾を使うのだ。落ちた弾の一つを見て、「いつかこの戦争は負けるだろう」

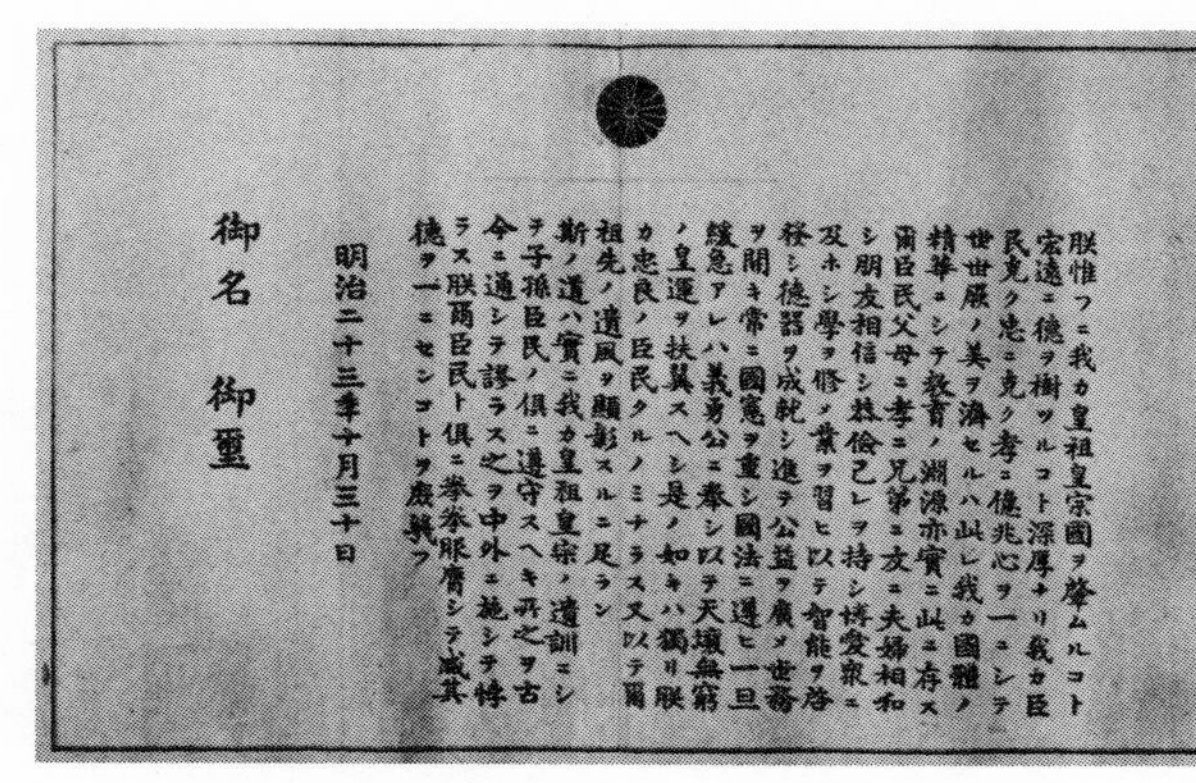
朕惟フニ我カ皇祖皇宗國ヲ肇ムルコト宏遠ニ徳ヲ樹ツルコト深厚ナリ我カ臣民克ク忠ニ克ク孝ニ億兆心ヲ一ニシテ世世厥ノ美ヲ濟セルハ此レ我カ國體ノ精華ニシテ教育ノ淵源亦實ニ此ニ存ス爾臣民父母ニ孝ニ兄弟ニ友ニ夫婦相和シ朋友相信シ恭儉己レヲ持シ博愛衆ニ及ホシ學ヲ修メ業ヲ習ヒ以テ智能ヲ啓發シ徳器ヲ成就シ進テ公益ヲ廣メ世務ヲ開キ常ニ國憲ヲ重シ國法ニ遵ヒ一旦緩急アレハ義勇公ニ奉シ以テ天壤無窮ノ皇運ヲ扶翼スヘシ是ノ如キハ獨リ朕カ忠良ノ臣民タルノミナラス又以テ爾祖先ノ遺風ヲ顯彰スルニ足ラン斯ノ道ハ實ニ我カ皇祖皇宗ノ遺訓ニシテ子孫臣民ノ倶ニ遵守スヘキ所之ヲ古今ニ通シテ謬ラス之ヲ中外ニ施シテ悖ラス朕爾臣民ト倶ニ拳拳服膺シテ咸其徳ヲ一ニセンコトヲ庶幾フ

明治二十三年十月三十日

御名　御璽

「教育勅語」　「教育に関する勅語」。写真は、文部省が諸学校に交付した謄本

と、姉は何度となく思ったそうだ。藁人形を竹やりで突くなどしているのが勉強とあっては、姉でなくてもそう思ったのではないだろうか。大きな飛行機を見れば、負けることぐらい子どもでさえわかっていたのだ。

八月一五日の数日前に、母と姉と私は、江名から用足しに来た小名浜で空襲にあった。祖母の家に着くなり、空襲警報が鳴った。敵機は夕刻にやってきた。夜には雨あられの爆撃を受けた。

小山を掘って作られた防空壕で、私たちは耳が裂けるほどの爆音とブス、ドドーンという爆弾が突き刺さる音を聞いた。「丸」という名の犬が、防空壕の入り口で狂ったように空に向かって吠えつづけていたが、誰も「丸」を中に入れようとはしなかった。子どもだったせいだろうか、不思議に恐怖は感じていなかったように思う。

空襲が解除されると、小山に上って、みんなで爆弾の殻や薬莢（やっきょう）を集めた。突き刺さった薬莢をバケツに入れて、大事に持ち帰った。なんにするというわけではなく、金属類回収令*で、金属はなんでも供出（きょうしゅつ）することになっていたのだ。鉄鍋、鉄釜、お寺の鐘、橋の欄干（らんかん）まで、金物（かなもの）と名のつくものはすべて供出させられていた。

母はこの時、妹の和子を身籠っていたが、どこで産んだか記憶をなくしていて、妹は、とうとう〝防空壕の子〟にされてしまった。

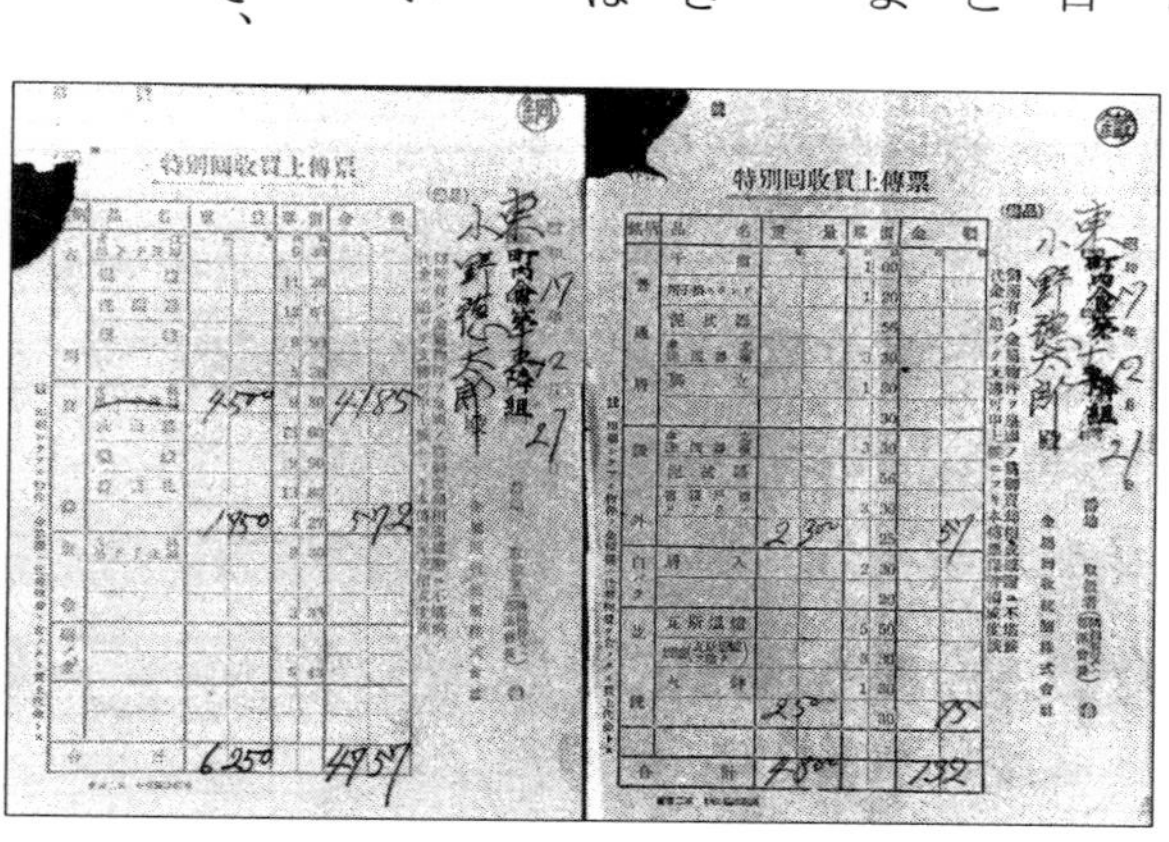
特別回収買上傳票

特別回収買上傳票

金属類回収令　昭和一六年公布。武器生産のための金属を供出させるもの。

万歳、終戦だ

そして、昭和二〇年八月一五日終戦。

昭和一六年に日本軍の真珠湾攻撃から始まった太平洋戦争は、初期に華々しい戦果をあげ、南方諸島を占領したものの、二年ほどするとじりじりと敗色を深め、とうとう原爆という最悪の事態で敗戦となった。つまりすってんてん、すべてが後手づくし（ごて）の末の敗戦だ。それでも、誰も「敗戦」と言わない。そのまま素直に、「終わった、やっとの終戦」という安堵感で、敗戦という言葉より、終戦という言葉への感情移入が強かったのではないだろうか。港町小名浜は何日間か、どこもかしこも水を打ったような静けさに包まれていた。蟬が鳴き、波の音がジャブジャブ、ザブーンと繰り返すのみ。私たち子どものけだるい夏の午後は、これまでの戦時中のなにもかもをすっかり忘れたかのような時間が流れた。

ある朝、八月の終わり頃ではなかったか、浜辺がざわついていた。時々、笛が鳴る。「浜さでなにか、おっぱちまるぞ」。私は、一つ違いの叔父と、叔父の仲間の少年たちと浜辺に走る。そこで目にしたのは、私の度肝（どぎも）を抜く敗戦の光景だった。浜辺を埋め尽くす外国人の群れ。背高（せいたか）のっぽの青い目の巨人。中には初めて見た肌の真っ黒な人たちも並んでいる。日本の軍隊のような整然とした整列はなく、気ままに集まったという感じで、おまけに、みんな口をくちゃくちゃさせて

連合国勝利を喜ぶ連合国軍捕虜たち

いる。ガムを嚙(か)んでいたのだ。彼らは、大日本炭鉱や常磐炭礦*で強制労働させられていた捕虜たちだった。帰還船を待って港に集結する毎日がつづいた。初めて見る半袖の軍服はよれよれだったが、肌の白さがまばゆかった。

数日後、空から荷を積んだパラシュートがいくつも落とされた。白いパラシュートは大輪の白い花で空を埋めつくしているように見えた。中身は服装を整えるための軍服や靴などで、着替えると、ぼろを着た捕虜たちが瞬(また)く間にみんな立派な軍人に早変わりして、顔つきまで変わったのにはびっくりした。

次に、食料が落とされ、捕虜たちが群(むら)がり取ると、よほどお腹がすいていたのか、むしゃぶりついて食べていた。それから、木箱などを開け、バッグと赤十字のマークのついた布袋が、次々と一人ひとりの手に渡っていった。それまで「捕虜」として扱われていた顔には笑顔があった。彼らを助けるどころか、裸で逃げまどわざるを得ない日本人の過去の威信が、木っ端微塵に砕かれた瞬間だった。私たち子どもは口をあんぐりあけて、呆然(ぼうぜん)とその一部始終を見ていた。

私たちはまったく知らなかったが、実は小名浜には日本の特攻隊がいたのだ。私は叔父から特攻についてこんな話を聞かされた。

> 部隊の記号は〇(マル)六〇六。第一七特攻隊、別名「嵐部隊」。本土決戦に備え、海軍が全国一七〇カ所に配属した特別攻撃隊の一つだった。
>
> もう一つ、こちらは「アオガエル」*と呼ばれる船による高速特攻隊もいて、

常磐炭礦　福島県浜通り南部～茨城県北部にかけて広がっていた炭田は、明治初期から開発され、一九七〇年代ごろ閉山した。

ふたり乗りのベニヤ板のボートに飛行機のエンジンを搭載し、スクリュー二基で大船団に突入するというもの。なんと小名浜の港の内外にゴムボートを浮かべ、白波を立てず全速力で相手方に体当たりするという訓練を、夜な夜な海でやっていた。いったいなにを考えていたのか。それらの貧弱なボートはどこに隠されていたのか。海を見下ろす三崎公園の真下付近に洞穴が掘られていたそうだ。

私たち子どもが知らないのは当然として、部隊の若者たちは内緒で民家に匿われていたらしい。結局、空襲警報が鳴ったところで、突入する敵船はいないので、次第に「腰抜け兵隊」と蔑まれていったという。海をなんとか利用したいという軍隊の意図が見えるが、計画どおりにはいかなかったのだ。それが、「朕深ク世界ノ大勢ト帝國ノ現状トニ鑑ミ……」との勅で、あっけなく敗戦。

無念の涙を流した特攻隊員たちが、八月一六日朝に自爆したという説が流れた。洞穴には、舟艇や火薬や食料がいっぱいあったというが、八月一七日、部隊は書類や大事なものを焼却した。アメリカの占領は敏速で、その二日後には米軍が小名浜に上陸、嵐部隊は占領された上、潜航艇は破壊、火薬は海に捨てられた。部隊は解散となった。てんでんちりぢりになるしかなかった。

小名浜の海は、大きな船が入る築港の長い岸壁の先は海底も深く、故郷アメリ

アオガエル　モーターボートに爆薬を装備して敵艦に激突させる小型特攻ボート「震洋（しんよう）」（別名アオガエル）。敵の本土上陸にそなえ水際で阻止するための特攻艇として作られた。四八〇キロ爆弾を積み両舷にロケット砲二基を備えたベニヤ板張りの船艇。色が青だったので「青ガエル」。

カへの帰還船が入港するのに適した港だった。

元捕虜たちは一カ所に集められ、帰還を待つ。その日が来るまで、街の民家や旅館は、彼ら帰還兵の宿舎に割り当てられ、海岸で帰還順に区分けされていた。

私たち子どもは、この巨大なガリバーのような男たちの集団を口をあんぐりあけて見ていた。アメリカ兵の到来がなにを意味しているのかさえ知らずにだ。一様にカーキ色のズックのバッグを肩にしていた。バッグの中にはコンビーフやチョコレートなどの食料、私たちがまだ見たこともない洒落(しゃれ)たものが詰まっていた。私たち子どもは毎日浜に行った。「カムオン、カムオン」という彼らから、この世のものと思えない美味しい物をもらった。それは、チョコレートだった。

アメリカ兵たちが街に散った後、港町は空前の賑(にぎ)わいを見せることになる。なにしろ、あちらは戦勝国、こちらはみじめな敗戦国だ。それにしても、彼らの青い目は海の色となんと似ていることだろう。次々に東北の各地から捕虜たちが小名浜にやって来た。そして、何カ月も帰還船の運行はつづいた。

度肝を抜かれたのは、港を離れる時、船上で軍楽隊が「蛍の光」を演奏することだった。このわびしげな歌の音律は、本来は夢心地の気分がするはずだが、これがなんとも賑やかで弾むような行進曲になっていた。ドラマチックな感傷の中にいるのは日本人で、日本を離れて行くアメリカ兵に、自然にこちらからも別れを惜(お)しむように手を振り、テープを切るのに時間はかからなかった。

小名浜の街は大賑わい、繁華街はアメリカ一色、飲み屋や売春宿が軒(のき)を連(つら)ねた。

進駐軍兵士と日本の子どもたち

「ギブミー、チョコレート」

その結果、馴染みになった女たちの見送りも日増しに増えていた。ハンカチを振るという別れの儀式は、海には実によく似合っていた。それがいつまでつづいたかは、まったく記憶にないのだが、私たち子どもは、ガムやチョコレートの恩恵にあずかった。「ギブミー、チョコレート」*は、パン、ガム、バナナ、牛肉の入った豆の缶詰、サイダーと、さまざまなアメリカの生活を垣間（かいま）見る文化への興味と驚嘆になっていった。「負けて当然、当ったり前だよ」という言葉が出るようになっていった。

幼かった私は一日中海で泳ぎ、白浜を駆け、夜はナイトショーで毎夜映画を見て暮らした。街には「銀星座」「金星座」という二軒の映画館があり、芝居小屋の名残か、二階は畳敷きの観客席となっていた。「鞍馬天狗」や「佐々木小次郎」。洋画では飽きるほど「サラトガ本線」を見つづけた。

アメリカ兵が去った後も、常磐炭礦は全盛の頃で、一番から三番交代で石炭採掘が行なわれ、そのつど鳴る大きなサイレンで、炭礦から小名浜の街まで、蟻の行列のように人があふれ出てきた。二四時間フル稼働の街は、波の音を消すほどの歓声で沸いていた。

私のいた祖母チュウの家の前は、なだらかな坂道となっていて、下れば海へとつづき、上れば街に突き当たる。上下から押し寄せて来る人の波に、恐ろしささえ感じたほどだ。カーキ色の作業服に、風呂敷包みのお弁当箱をぶら下げた一団は、この坂道を下り、海に面した小名浜臨港駅へと向かうのだ。漁師のにおいと

「鞍馬天狗　角兵衛獅子」（昭和二六年）

映画「サラトガ本線」のゲーリー・クーパーとイングリッド・バーグマン

は違う、労働者と名付けられた都会の残臭を持った男たちの集団だった。

　帰路を急ぐ人ばかりではない。街に繰り出す人波も、並たいていの数ではない。労働の後の快楽を充分与える場所として、港町は賑わいをみせていたのだ。「寄っていったらよかんべよ」。べえべえ方言丸出しの陽気な港町の女たちが、店の前で道行く男たちに声をかけていた。

　小名浜独特の言葉で、色街の女は「くさもち」と言われ、娼婦宿は「くさもちや」と言われていた。子どもの頃は草餅を食べるたびに、なんだか不思議な気がした。街の風呂屋の上は劇場になっていて、浪曲師（ろうきょくし）が一日中、浪曲を唸（うな）っていた。学校の校庭にはサーカスがかかり、ジンタ*が空に向かって軽やかにその音を響かせ、いやが上にも子ども心を高揚させる。猿と熊は平和そうに檻の中に寝そべり、私たちは塩しゃけを投げ込み、「こいつら、喉が渇（かわ）くか確かめんべよ」などと企（くわだ）てるが、その結果を見るまでもなく、すぐに忘れて街や海辺へ走った。

　街は魚のにおいで充満し、店の中から流れる賑やかな音楽で沸き立っていた。喧噪（けんそう）の前の一瞬の静けさ。気が遠くなりそうな午後。子どもの私はその風景を眺めながら、大人たちの間をいつも元気で、絶えず動き、疲れれば海風を吸って眠って暮らした。街はうねり、静まり、海と同じだった。

　歓楽街は、いっせいにカタカナの店名になった。助五郎酒店が「ラッキー酒店」、みなと蕎麦屋が「ハレルヤそばや」、桶川時計店が「ミモザ時計店」になっていた。店では蓄音機が鳴り、街はにぎやかな音楽に占領され、波の音を合いの手に沸き

ジンタ　明治時代中期の日本に生まれた民間オーケストラ「市中音楽隊」の愛称。

立っていた。祖母ヂュウの家の屋号は「ヤマサ」。これは、変えられることはなかった。

祖母ヂュウと義理の祖父にあたる運賀金次郎

食堂をしていた祖母ヂュウの家の賑わいは、並ではなかった。海から取り立ての魚は即料理された。外国人も地元の人も、戦争が終わればニコニコと一緒にお腹を満たしに来た。祖父の関係で、アメリカの偉い人たちも出入りして店を潤した。祖母はなぜだか、近所の女たちに受けがよかった。みんな、祖母のためならと、朝早くから店の手伝いにやって来ては働いてくれた。店が終わった後の茶飲み話が楽しかったらしく、いつも、祖母のまわりにはたくさんの女たちがいた。

奥は祖父の管轄。祖父といっても、祖母の再婚相手で、私にとっては血のつながりはない。無口で名前は「運賀金次郎」といい、船元で多くの沖仲仕*や、漁師を束ねていた。戦時中は船も漁に出ず、物資の運搬船として生き延びたが、戦後はそのまま徴用され、アメリカに活用され、思わぬ好景気となっていた。みんなが困窮しているのに、祖父は以前にもまして金回りがよかった。進駐軍にも、コネと顔が利いていた。

「女にはだらしないが、生き延びる知恵と貫禄があった」というのが、祖母の夫への評価で、この思いは生涯変わることはなかった。板敷の大広間に、フルチ

小名浜の祖母ヂュウ（昭和五四年一二月二六日没、八四歳）

沖仲仕　はしけと本船との間で荷物の積み下ろしをする人夫。

ンのまま寝そべっている漁師を見下ろし、まるで牢名主のように、万祝い*を羽織った祖父がでんと座っていた。腰巻きのまま煮炊きをしている飯炊きのおばさん、畑から野菜を運んでくる百姓や、魚を仕入れに来る行商人たち。出入りが多く、誰が客で誰が家の者か、さっぱりわからない。そのみんなが、祖父には丁寧にお辞儀をしていった。

午後になると、一段落した店のおばさんたちが帰り、今度は囲炉裏の前で、祖母がひとりですぱっすぱっと、刻みたばこをキセルに詰めて煙を吐きつづけていた。そんな時はたいてい、祖父の金次郎は街中に住む妾の艶さんの所に行っていて、子ども心にも、祖母の鬱なる気配を感じる。嵐の前の静けさ。着物の裾を端折って祖母が立ち上がった時は危険信号だ。祖母は口を真一文字にして、艶さんの所に乗り込んで大暴れしてくるため、隣近所の噂にもなっていた。

「女は、孕ませておけば安心」というのが祖父の口癖で、そういえば、祖母はいつもお腹を膨らませていた。生涯に一四人も子どもを産んだので、お腹の休む暇もなかった。しかし、安心どころか、祖母の強さには金次郎もかなわなかった。お腹の大きい祖母は、妾を決して許さなかった。それでとうとう祖父は、原ノ町に艶さんを隠してしまった。

戦後すぐに、金次郎の兄弟の「じいよ」と「ばあよ」と呼ばれる老夫婦が、北海道からやって来て働き始めた。この夫婦は典型的な醜女*と美男のカップルで、じいよは、うっとりするほどの美男子だった。ばあよは、お世辞にも褒められな

万祝い 大漁を祈り、鶴亀などが描かれた長い半纏（はんてん）。

いご面相。大顔、大口、色黒、目はロンパリ、怖い顔だった。不似合いな取り合わせだが、いつも一緒で、とても仲良く身を粉にして働いた。

ふたりは夜になると懐中電灯を持って浜に行く。私も、同じ年の叔父と一緒に付いて行く。戦時中に砂の中に埋めて隠しておいた食器や漆器を掘り出し、回収するのだ。貴重品は金目になるという。お宝ではないが、海軍や陸軍から献上された物で、金の飾りや紅白の国旗が印刷されている花瓶や大皿、それに刀剣もあった。戦争に負けようが勝とうが、国からの名入りのお猪口や皿は大事に掘り出された。これは、私たちがワクワクする夜中のお宝探しだった。

祖母ヂュウは子だくさんで、戦時中はそれが自慢であり誇りだった。「愛国の母」として、国から金杯までもらっていた。戦時中は、息子たちがもらう勲章などを、それは大事にしてみんなに披露していたが、それらを掘り出して持って行っても、今度は誰も見向きもしなかった。祖母は上の息子三人が相次いで戦死していたから、悔しくてならなかったのだ。遺骨は帰っても来なかった。空の骨箱に、勲章らしきものと紙切れが一枚入っていただけだった。

しかし、祖父の亡くなった後没落した家は、この戦死した息子たちに下された遺族年金がなければ、生活を維持することができなかったのだから、戦死は大きな犠牲であったが、祖母たちが生きるためにどれほど役に立ったことか。なんとも皮肉なことだった。

ふたりのおばあちゃん

誰もに両親がいるから、当然、子どもにとっては祖父母も父方と母方のふたりがいることになる。私にも浅草橋にいる父方の祖母リンと、小名浜にいる母方の祖母ヂュウがいる。しかし、このふたりの祖母が姉妹ということは滅多にない。

祖母リンは私の父東太郎の継母（ままはは）である。父の実母きみは、数え二七歳で肺結核で死に、父と父の妹春が遺児となった。一三歳で柳橋の置屋（おきや）に働きに出されたリンが見合いしたのが、父の父、勘蔵だった。リンは残されたふたりの子どもがかわいそうという一心（いっしん）で、再婚に同意し、継母になった。ずいぶん厳しかったらしいが、幼かった兄妹は素直ないい子に育った、と思っていたようだ。たまに小名浜に帰り、妹のヂュウとも姉妹の付き合いを欠かすことはなかった。

ヂュウは私の母日出（ひで）の母であり、リンの妹である。籍を入れないまま戦死した金成（かなり）熊次郎との間に、日出という娘が生まれたのだ。ヂュウは再婚した運賀金次郎の籍に養女として日出を入れ、親戚に預けてしまう。大きくなって、姉リンの再婚先の義理の息子の嫁として、私の母は嫁（とつ）いで来た。縁つづきの結婚は双方に都合がよかったのだろうが、幸いに父は母を子どもの頃から知っていて、「かわいそうな女の子」という男気があり、母も親切な東京のお兄さんという気持ちも手伝って、結婚がスムースに決まったようだ。

祖母リン（左）

母の父・金成熊次郎（横須賀海兵隊入隊のころ）

ふたりの祖母リンとヂュウは、親戚中から「浅草のおばあちゃん」「小名浜のおばあちゃん」と区別して呼ばれていて、私もそう呼んでいた。複雑だが、浅草橋に病気の叔父の看病に残っていた祖母リンは、叔父の死後、小名浜に疎開して来て、私はふたりの祖母と一緒に暮らさなければならなかった。当然名前も区別して呼ばなければならないが、母もふたりの母の呼び方には苦労していたようだ。母にとっては叔母であり姑であるリンを立てて、「おっかさん」と言う一方、実の母親のヂュウのことは「かあちゃんよ」と小名浜弁で訛(なま)って呼んでいたと記憶している。

さて、飛び跳ねてばかりはいられない。太陽の真ん中に生きていたように感じていた日々もすっかりマンネリ化した疎開地、私は浜言葉を使うようになっていた。

「浜さ、行くべよ」と私は友だちを誘い、祖母ヂュウの店に来るアメリカ兵に、「ギブミー、チョコレート」を連発し、大人たち、とりわけ母を苦り切った気持ちにさせていたようだ。東京から迎えに来た父は、妹を産んだばかりの母と私を見て、また身体の弱い姉の健康をも考えて、しばらく疎開先に残ることになり、昭和二一年秋、祖母リンと私だけが一足先に東京に帰ることになった。私の小学校の就学に間に合わせるため、ということだったが、「やっぱり学校は東京でなくてはならない」という母の希望が強かった。このままいけば、田舎の子に染まってしまうというのが母の考えだった。母は、幼い自分を戦争で死んだ父方の親戚に預

集団疎開先から帰って来た児童たち（横浜駅）

け、すぐに再婚してしまったチュウを最後の最後まで許してはいなかったのだ。しかし、本当は自分も早く東京に帰りたかったのだろう。

帰京、さあ帰ろう——浅草橋三丁目三五番地

帰京の際の私は、お腹にお米を入れた腹巻を巻き、背中には風呂敷に包んだ先祖の位牌を背負っていた。銘仙（めいせん）のもんぺに、絹で作ったブラウス。それは米軍の落下傘の絹布（けんぷ）で母が作ったよそ行（ゆ）き着（ぎ）だ。祖母リンは、今考えればまだ四〇代の若さだったが、髪をひっつめにして後ろに束ね、地味な絣（かすり）のもんぺをはいていて、若いという感じは微塵もなかった。浅草橋の祖母リンは小名浜の祖母チュウと姉妹なのに、性格はまったく正反対。長女というせいもあるだろうが、華やかさはまったくない。真面目、実直、几帳面（きちょうめん）、しっかり者、おまけに我慢強い。背中を垂直に伸ばし、暑さ寒さの話題すら口にしないという性格だった。ことさら、自分を律（りっ）しているとしか思えない、明治の女の鑑（かがみ）のような堅苦しさを持っていた。いつもこの祖母の手にする長い物差しで、足のふくらはぎを叩かれた記憶しか私には残っていない。「行儀が悪い。履物（はきもの）が揃っていない。座り方が悪い。わたり箸*をする」と、どうでもいいことを咎（とが）められた。なにかにつけて行儀が取り沙汰された。

帰京時の祖母との旅は、結構緊張した。水筒の水を飲み、蒸したサツマイモが

わたり箸　おかずを食べもしないのに、次々と料理に箸をつけること。

旅中のおやつだった。着の身着のまま、国民服やつぎはぎの衣服の乗客の中では、私の白い絹のブラウスは目を引き、奇怪にさえ見えたはずだ。疎開先の小名浜から潮騒に送られ、泉駅から常磐線で上野までは、約六時間の汽車の旅だった。暗いうちに一番列車に乗り、上野に着くのは昼。まだ石炭車だったから、顔はすすだらけ。敗残兵のようによれよれになって、上野駅に着いた。

溝鼠のような乗客の一団が、上野駅から一斉に吐きだされる。誰もが声さえ出ないほど疲労し、うめき声しか出ないありさまで、怒濤の大波が引くように足早に四方に散って行く。私は、「さらわれないように」と言う祖母に強く手を引かれ、異様なにおいのする大人たちの間をぬって歩くのが精一杯だった。バラバラに散って行く人の、さまざまな人生は誰もが平等に波乱含みで、なにもかもが、ないないづくしの最低からの戦後の幕開けだった。上野駅はその象徴ともいえた。

祖母はきついほど私の手を握りしめ、私はといえば、ただ絹のブラウスの汚ればかり気になっていた。ぜいたくな絹ではなく、疎開先のアメリカの払い下げの落下傘をリメイクしたもの。なにしろ当時、着る物すべてが器用な母の手作りだったから、わが家は全部が絹づくし。「まるで〝鶴〟のようだよ」と、祖母はぐずらせないために、心にもないお世事を言い、私をなだめながらの旅だったが、これは〝白鳥〟の間違いに違いない。その白鳥の衣装も道中でよれよれになり、そんな姿で降り立った上野駅の光景は、今でも目に焼き付いて離れない。

一歩外に出れば、延々とつづく灰色の瓦礫の街。瓦礫は重なり、小山を作り、

終戦直後、神田上空から見た隅田川岸の焼跡

大きな土管の中から人の顔がのぞいている。とても家とは思えないトタンで囲ったバラック。外に七輪を置き、あちこちから集めた木っ端（こっぱ）をくべてなにかを焼いているらしい。瓦礫の間から、つっかえ棒にやっと立っている水道管。蛇口に口をつけてうまそうに飲む男。汚れて襟のないワイシャツと軍服のズボン。「復員してきたのだ」と祖母は言った。蒸れる残暑の太陽。目ばかりが光る大人と傷痍（しょうい）軍人のアコーディオンの音。喧騒（けんそう）以外には規律（きりつ）も覇気（はき）も力もない。しかし、下町の復興は恐ろしいエネルギーを持って、すでに敗戦の翌日から始まっていたのだ。無一文、無一物は、実は一番強いのだ。

その上野の駅前の原っぱには、今にも消え入りそうな栄養失調の小さなコスモスが、風に吹かれて揺れていた。コスモスの薄いピンクはわずかな希望の色だった。その風景の中、私と祖母はその花に迎えられるように手をつないで、それからずっと住むことになる浅草区*浅草橋三丁目三五番地のわが家に向かって歩き出した。

祖母が口の中で、「南無阿弥陀仏」を唱えつづけていたのを覚えている。

浅草区　昭和二二年に、下谷区と浅草区が合併して、台東区が誕生した。

第3章

新たな浅草橋の生活

母考案の新日本髪（よしこちゃん小学校四年生）

最初の仕事は防空壕の穴埋めから

翌日から、毎日毎日、祖母リンと私は、家の下に掘った防空壕の穴埋めに精を出した。石や土は空き地のいたる所にあり、それを笊に入れて運び、空洞となった場所に埋めていった。防空壕とは名ばかりで、単に穴にすぎないわずかな空間のまわりを板で囲っただけのもの。爆撃でもあればひとたまりもないほどもろい作りだった。気休めとしか思えない。

この防空壕は、叔父英次郎の病気が重くなり、とても疎開などできる体力がないために、避難する場所として作られたものだった。空襲警報のたびに、祖母は叔父を抱えてこの地下に逃げ込んだのだ。なにかがあれば助からないことは、火を見るより明らかだったが、祖母にとっては、死なば諸共といった切実な思いがあったのだろう。

薬も食べ物もなにもない、ないないづくしの中で、叔父は昭和一九年一月二〇日に、二五歳の若さで没している。湯浅金物という会社に就職し、前途洋々のはずが、結核菌による肋膜炎に冒された。病気は徴兵検査の折に見つかった。お国の役に立つという自負心が人一倍強く、なにしろ大男で、力士の横綱東富士*が幼友だちとあって、相撲を取っても負けたことはないというほど強かった。外見からしても見るからに頑強に見えた。昭和一五年に祖父勘蔵が亡くなり、残さ

よしこちゃんが左手をおいている本は、叔父英次郎の本

横綱東富士（一九二一〜一九七三）東京都下谷（したや）出身。富士ケ根部屋〜高砂部屋所属。第四〇代横綱。幕内優勝六回。

れた祖母への孝行だけを考えて、湯浅金物*に就職した叔父は、今度は兵隊に行くことで祖母を喜ばせたかったのだ。皮肉にも、もっとも体力が問われる徴兵検査での肋膜炎の宣告はきつかった。生きた心地がしなかったという。結局、体力の挫折と精神の挫折が一緒にきてしまった。

当時、戦争に行けない若者は、人間としても、人生にしても、落伍者の烙印を押されてしまう。「お国の役に立たない」「男と生まれた価値はない」という自責で、以後死ぬまで叔父は、自信という言葉とは無縁な存在だった。治療らしい治療も受けられず、薬らしい薬を飲むこともなく、終戦も知らず、親不孝を詫びながら、叔父は亡くなっていった。

その報が、疎開先のわが家に届いたのは、昭和一九年一月二〇日の夜中。電報を見た母が、布団に突っ伏して泣いていた姿が、今も私の目に焼き付いている。潮鳴りと母の泣き声ばかりの夜だった。疎開先の私たちの元に、祖母が遺骨を抱いて戻って来た時、私は山姥が来たと思った。魂を吸い取られ、まるで幽霊のような生気のない祖母は、空を歩いているようだった。お骨はその日から私たちの同居人となった。

しかしその頃には、田舎町でもあちらこちらで戦死の若者の報が相次ぎ、死が日常化するにしたがって、祖母は元気を取り戻していった。不幸が自分ひとりだけではないと悟り、その心は他人の不幸によって救われたのだ。人は、自分だけが不幸だという中では立ち直れないものだ。不幸が不幸によって救われるという

湯浅金物 現・ユアサ商事。創業一六六六年の産業機械などを扱う大手専門商社。叔父英次郎の就職先。会社も叔父も青春の時期だった。

のも、生きるための方便かもしれない。「心の傷は日薬」。その毎日が治療薬というわけだ。

そして終戦。祖母はもういないとわかっていても、叔父の終焉の地である浅草橋のわが家へ、一刻も早く戻りたかったのだと思う。遺骨はその胸に抱かれて一緒に帰って来た。

祖母は、防空壕を埋めるたびに、叔父に話しかけていた。

「早く死んでよかったよ」

「布団の上で死ねただけでも幸せだ」

「無駄死にした仲間が、うらやましがっているかもしれないねえ」

「せめて戦地で死なせてあげたかった」

しかし、「勇壮果敢(ゆうそうかかん)なドラマなど戦争にはない」とわかってからはなおのこと、言ったことなどけろりと忘れて、

「看取ることができた私は幸せ者だ」

「どうせ人はいつかは死ぬんだから」

「おっかさんの手の中で死ねたお前は、本当に親孝行だね」

と、時に泣きながら、祖母は自分の気持ちにあきらめをつけるように、自問自答しながら穴埋め作業をしていった。

たった一度、死の近い叔父に、家の前の岩崎さんという素封家(そほうか)*からリンゴを一

父の弟・内山英次郎、二〇歳の頃（昭和一九年一月二〇日没）

素封家　財産家。金持ちで裕福な人のこと。

つもらったことがあった。そのリンゴは、祖母にとってダイヤモンドより価値のある贈り物だった。叔父にリンゴを口にさせてあげられたことを、祖母は終生恩に感じていた。毎日、両手を合わせて岩崎家を拝むことも忘れなかった。仏様を拝むように岩崎家に向かって拝んでいる祖母を変だと思いつつ、黙っているしかなかった。そのつど、「ありがたかった」という話をする祖母に、小さな私は閉口していた。

祖母の話を聞きたくない時は、家の前に咲くペンペン草やすみれの雑草を摘んでおままごとをして気を紛らわせていた。座布団を折って着物を着せ、人形に見立てて赤ちゃんにしていた。それを背中に負ぶって、いっぱしお母さんもどきをしていたのだ、当時の女の子たちは。

御免ください　花子さん*
大変お寒くなりました
みなさん　ご機嫌いかがです

まあ、ようこそ幸子さん
こちらにお通り遊ばせな
私の大事な人形は
加減が悪くて昨日から

御免ください　花子さん　大正期の幼年唱歌『お客様』。葛原しげる作詞、梁田貞作曲。

少しも笑顔を見せませぬ

人形相手に、ひとりで何役でもできるのが、おままごとだ。そしてそれらの登場人物は、みんな空想の中にいる。たとえ子どもであっても、おままごとの中の母親を見事に演じているつもりなのだ。

私の遊んでいる横で、「とんとんとんからりと　隣組」と、祖母は無意識にいつもその唄を唄っていた。近所の仲がよかった頃に唄われたものだが、その大好きな唄をあまり口にすることはできなかった。早く近所の仲間が戻ってくることを、待ち望んでいるようだった。

私たちと前後して近所でも、「あの家が疎開先から引き上げて来た。戻って来た。誰それが復員して来た」というニュースが街をかけめぐるようになった。浅草橋では、激戦の戦地に行ったという人はあまりいない。うがった見方だが、「根気がない浮かれ者では、寒さにも暑さにも耐えきれないと思われたのさ」「そんな者が戦地に行っても役に立たない、と国の方も考えたのかもしれない」と、冗談とも自嘲ともとれる話が、酒の席でされていることがしばしばあった。案外本音だったかもしれない。色男金と力はなんとか……。下町の男たちは心底、とても東北地方の人たちの忍耐や根気には叶わない、と思っていた節がある。

熱波の南方や北方での抑留などが報道されるようになると、自分たちの体力やあきらめのよさで、とても生き延びられることはない、と認めざるを得なかったのだろう。戦後の下町の復興の目覚(めざ)ましさは、人びとを陽気にし、もとが楽天的ときているから、戦地の話もいつの間(ま)にかおもしろおかしくなってしまう。実際、「南方で劇団『戦友座』というのに参加して役者をやっていた」などというのも出てきて、まるで歌舞伎座にでも出たようなホラ話になって、笑いを取っていた。「そういうのを役者というのかね。しかも戦地でね」などと聞いた者をあきれかえらせていたが、そうして、戦地の話題も日々次第に遠のいていったのだ。

玉音放送

さて、私の父はといえば、昭和二〇年八月一五日の玉音放送の後、町内の集まりで、「翌日の明け方に、男子は全員神社にて自決をする」という通告を受けた。むろん父にはそんな気は露ほどもない。「いやだね。負けた上に、その上改めて死ぬことはない。せっかく生きのびたというのに」と言うと、みんな血相を変えて、「非国民」と父をなじり、中には石を投げつけてくる者もいたそうだ。石つぶてを浴びつつ家に帰ると、父は荷物をまとめて、その日のうちに妻子の待つ小名浜に出発してしまった。思いついたが吉日(きちじつ)、というのが父の口癖だった。とはいえ、そんな大騒ぎをしたにもかかわらず、次の日の町内自決決行はなかった。

玉音放送の日は、誰もが興奮していたものの、実際には次の日から、みんな気抜けしてぼんやりして、死んだようになってしまったのだ。虚脱状態、熱しやす

終戦の詔書

朕深ク世界ノ大勢ト帝國ノ現狀トニ鑑ミ非常ノ措置ヲ以テ時局ヲ收拾セムト欲シ茲ニ忠良ナル爾臣民ニ告ク
朕ハ帝國政府ヲシテ米英支蘇四國ニ對シ其ノ共同宣言ヲ受諾スル旨通告セシメタリ
抑ゝ帝國臣民ノ康寧ヲ圖リ萬邦共榮ノ樂ヲ偕ニスルハ皇祖皇宗ノ遺範ニシテ朕ノ拳ゝ措カサル所曩ニ米英二國ニ宣戰セル所以モ亦實ニ帝國ノ自存ト東亞ノ安定トヲ庶幾

圖リ尋常ニアラス爾臣民ノ衷情モ朕善ク之ヲ知ル然レトモ朕ハ時運ノ趨ク所堪ヘ難キヲ堪ヘ忍ヒ難キヲ忍ヒ以テ萬世ノ爲ニ太平ヲ開カムト欲ス
朕ハ茲ニ國體ヲ護持シ得テ忠良ナル爾臣民ノ赤誠ニ信倚シ常ニ爾臣民ト共ニ在リ若シ夫レ情ノ激スル所濫ニ事端ヲ滋クシ或ハ同胞排擠互ニ時局ヲ亂リ爲ニ大道ヲ誤リ信義ヲ世界ニ失フカ如キハ朕最モ之ヲ戒ム宜シク擧國一家子孫相傳ヘ確ク神州ノ

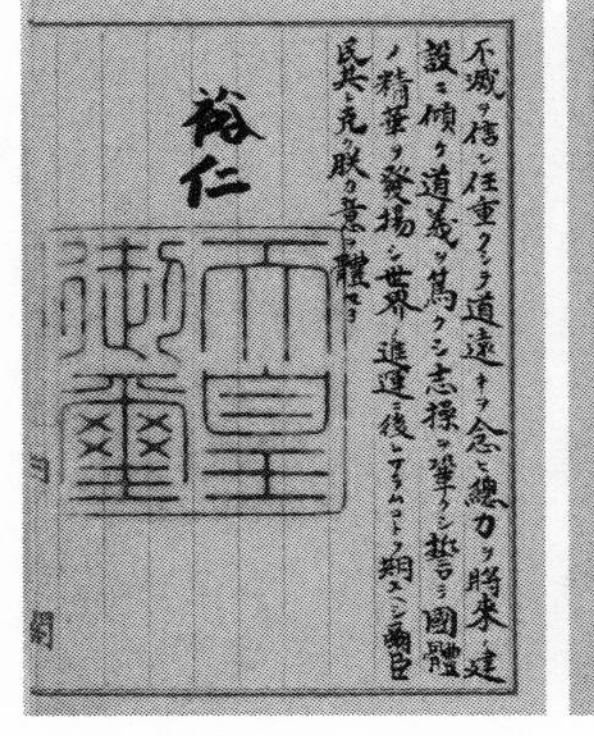
不滅ヲ信シ任重クシテ道遠キヲ念ヒ總力ヲ將來ノ建設ニ傾ケ道義ヲ篤クシ志操ヲ鞏クシ誓テ國體ノ精華ヲ發揚シ世界ノ進運ニ後レサラムコトヲ期スヘシ爾臣民其レ克ク朕カ意ヲ體セヨ

裕仁

御璽

く冷めやすいのもいかにも下町らしい。いや、鳥越神社の宮司さんだけは、敗戦と同時に、その堅い意思で割腹自殺をした。父はそんなこととは露知らず、上野の松坂屋で、戦争中でも変わらず造られ売られていた麦わらのカンカン帽を買ってかぶり、上野不忍「鈴本演芸場」で寄席を一席聞いて汽車に飛び乗った。

そして、なんと疎開先の小名浜に一年ほど居ついてしまった。おまけに、しばらく就職までしていたのだから驚きだ。第一、日本中どこも敗戦で進駐軍が来ると女は犯され、強姦は当たり前という危ない噂でもちきりだった。東京にいても心配だし、生まれたての子どもを連れて、一家で東京へ帰ることはしばらく避けようと思ったようだ。幸い、小名浜の祖父金次郎の仕事が順調で、なんとしても人手が足りなかった。

父の義父にあたる金次郎は、男気が強く、本当は政治家になりたかった節もある。しかし、貫禄はあっても威圧感がありすぎて、みんなに恐れられていた。一方、東京からやって来た私の父は陽気な人で、人を笑わせるのが天性のような性格だったので、金次郎はいつも父を連れて歩いていた。お気に入りのひとりになっていたのだ。

父はこともあろうに、進駐軍の通訳の仕事にありついた。むろん、英語のＡＢＣさえ知らない父を紹介したのは金次郎。「見よう見まねで絵を描いたり、笑ってごまかしているうちに、なんとか意志が通じるようになった」というから驚きだ。父は缶詰や落下傘などをよくもらってきた。

終戦の玉音放送を聴いて皇居前広場を訪れた人たち

「これからは政治だ」と、なにかにつけて口癖のように言っていたが、その金次郎も結局、脳溢血で倒れる。「揺れる、揺れる」と言いつづけたのを、みんなは酒を飲んでいて、船に乗っている夢でも見ているのだろうと、気にもしなかったのだ。あっけなく、キツネにつままれたような最期だった。

祖母ヂュウには六人の子が残された。一番下の息子は私と同じ歳、叔父と姪は同年、なかなか複雑怪奇な一族だ。復興の最中には、確かに金次郎のような男男した人間には、格好の花道が政治にはあったのかもしれない。みんなは怖がっていたが、私には優しい祖父で、万祝いを羽織り、海を見ている姿はかっこよかった。「よしこよう、赤い財布は持つんでないぞ。金がアカンベーと逃げて行くからな」。さて、あれは冗談だったのだろうか。

当時の父は、今でいうとどのくらいの金額になるだろうか、本当かどうか現金で二百万円は懐にあったという。家が二百円で買えた時代だ。落ち着くまで充分に暮らせると考えたのかもしれない。これもまた時代の流れの父の読み違え、大きな的外れ、誤算だった。金がものを言う時代ではなく、いかに生きていくか、糊口をしのいでいくかの方が、誰にとっても優先だったのだ。明日に目的がない命は、その日をどう過ごすかだけが問題だったのだ。敗戦の翌年には、持っている預金は銀行に押さえられ、引き出し額が制限された。結局、多額の預金は紙切れとなるような政策がとられた。やがて父の持っていた金も底をついた。

戦争に行かなかったのだから、と国に供出し、軍需工場として使われていた嶺

（大田区）の土地と、祖父勘蔵の実家のあった立石（葛飾区）の田畑や養鶏所などは没収されてしまった。幸い、浅草田原町にあった家作が一つ残り、父は戦後浅草橋の自宅から徒歩で田原町の仕事場に通って行くようになった。

職人は五人。私は浅草が面白いので、父の仕事場によく泊まっていた。安い物、わけのわからない酒や食べ物。売春や芸人のたまり場が、浅草寺を中心にして集まっている。物と食と女がいる街が栄えないはずはない。不夜城と化した街は、子どもにとって、おもちゃ箱の中で暮らすようなものだった。子どもの私は、手当たり次第にすべての好奇心を街の中で満たすことができた。

歯が空を飛んでいく

六歳の私は、長旅の疲れが出たのか、しばらくして虫歯が痛み始めた。治療は町内で一軒だけ、そびえたって見えた福井ビル四階の歯医者。軍医さんあがりで、復員してきたばかりの医者で、荒療治（あらりょうじ）だった。ビルの四階の窓からは、青空に映（は）える富士山がくっきり見えた。なにしろ浅草橋では、ビルと呼べるものはこの福井ビル一軒しかなかったのだ。

歯医者は治療の後、「目をつぶって駆け出して、一目散（いちもくさん）に家に帰りなさい」と言った。私は言われたとおりに、長い廊下を駆けた。しばらくしてはっとした。歯が空を飛んで行くのがわかった。歯医者は、私の虫歯に糸をつけて、その糸が張り切ったところで歯が抜けるよう仕掛けたのだ。それがいやなら、待合室で歯が抜けるまで、自分で動かしていなければならないというやり方の歯医者だった。「戦地では歯など自分で抜いていた」と言うのが口癖で、「痛くなく歯を抜こうなどとは甘えている」と言っていた。足にはゲートル*を巻き、よれよれの白衣で治療していた。

ありがたいことに、街にはもうひとり小笠原先生という方がいらして、戦前から、「町医者というのを本懐としてこそ医術」と固い信念をもって開業なさっていた「赤ひげ」*のような先生だ。まだ草の生えた庵といったたたずまいの医院で、午前中は診療をし、午後からは街へ往診に出掛けた。先生はまるで正確な時計のように、定時に玄関を出て、まっすぐ一直線に前を向いて歩く。往診鞄を規則的に左右に揺らし、いっさい脇目もふらない。代々医者の家系で、生まれは岩手県二戸。北大で医学を学び、この下町で開業した。

奥様になった方が三筋町の医者の家に生まれた下町娘で、これまたちゃきちゃきの江戸っ子とあって、明るくて愛想がいい。「先生の声を聞いたことはないが、その何倍かの話を、受付の奥様としている」と言う患者がほとんどだった。

この街の人は、夜中でも先生をたたき起こして往診を乞うた。先生は嫌な顔もせず、駆けつけてくださった。暗闇の街に灯る医院と書かれた街灯は、街の人たちの心をどれほど明るくしたかしれない。戦争から生き長らえた命は、栄養失調という病名をもらい、すがる場所として、みんなが医院に殺到した。子どもの急

ゲートル　巻脚絆。左は日本陸軍兵のゲートル姿。

「赤ひげ」　昭和四〇年に公開された黒澤明監督映画。貧しい人びとの中で尽力する老医師の赤ひげ（三船敏郎）が主人公。原作は山本周五郎『赤ひげ診療譚』。

患も多かった。病院という大げさな施設を思い浮かべることなど思いもよらない時代で、誰も彼も、街の医院だけを頼りとしていたのだ。

私たち子どもは、学校の藪田(やぶた)さんという校医さんによって、年二回便の検査をされ、虫下しを飲まなければならなかった。やせこけた子どものお腹の回虫が、全部栄養を持っていってしまうからだった。犬にかまれて狂死する狂犬病や栄養失調からくる肺病などが、現実にまわりに起き、病気は恐怖だった。私も人ごとながら、咳をしただけで死ぬのだと思ったりしたが、それより両親が死んだらどうしよう、と心配でならなかった。当時の子どもは私ばかりでなく、みんな親思いだったのではないだろうか。そして、だれもが健康が一番心配だった。「国のために死ぬことは、生きるより先に考えること」という、理不尽な道徳教育は戦前の悪しき教え、過去の教えになっていった。

あっという間(ま)に友だちができた

日本中が長い戦いにくたびれ果て、大人たちは残る体力を出し切って、新しい国づくりに向かわなくてはならなかった時代だ。そんな大人たちは、子どもなどに構(かま)っていられなかったのだ。お陰でというわけではないが、干渉されない自由なエネルギーを、子どもは子どもなりに発散し、満喫できたのだと、今にして思いあたる。

私は小名浜から浅草橋に戻ると、あっという間に友だちができた。子どもは大勢いたし、狭い家にいれば、なぜ外で遊ばないのかと怒鳴られた。つまり大人にしてみれば、私たち子どもはチョロチョロ目障(めざわ)りな存在だった。どの家も一間半くらいの玄関の家で、大方家業に忙しく、玄関は店先、表の顔で、子どもがいられる場所ではなかったのだ。

私の家の裏口には、露地や誰の土地ともわからない狭い空き地があって、そのまわりの家には、どこにも子どもがいた。行く場所がない子どもたちが、自然にそこに集まり、「あんた、どこの子？」「どこから来たの？」「どこに住んでいるの？」と、無遠慮に聞き、自分の家を指しながら自己紹介しつつ、友だちになっていった。空き地は、隣近所の子どもの集合場所だった。

洋服の羅紗(らしゃ)*屋の澄子(すみ)ちゃん。眼鏡をかけているので、頭がいいとみんなが思っていた。文(ふー)ちゃんは子だくさんの家の上から三番目。目をくりくりさせて、いつも笑っていた。コンちゃんは近藤というのだが、一筋(ひとすじ)露地を離れた家から、いつも仲間に加わっていた。私と小川のよしこちゃんはふたりとも〝よしこ〟なので、『かもじや』のよしこちゃん」「大工のよしこちゃん」と区別して呼ばれていた。

男の子は阿見さん。ちゃあちゃんと家族に呼ばれていた。めずらしくお父さんは、どこかにお勤(つと)めをしていた。それに丹治。いつも青っ鼻を二本垂らしていた。韓国人だ。私たちにとって、中国も朝鮮もどこの国かなどは関係なかった。丹治はいつもみんなから一歩遅れて付いてくる。容赦(ようしゃ)なく「のろま」「うすのろ」な

羅紗　羊毛で地の厚く密な毛織物。毛織物全般のこともいう。

ど悪口を吹いても、丹治もまた平気の平左だった。丹治は一緒に遊びの仲間にいたが、丹治の両親は街に顔を見せたことはない。どこでなにをしていたかも、誰も知らなかったはずだ。

私たちは集まれば、いつも駆けていた。意味もないのに「ワァー」という歓声をあげ、われ先に前へ駆け出す。飛行機のように両手を広げ、体を左右に揺らしながら走った。福田笑子ちゃんが仲間に加わった。なんとなく付いて来るので、友だちになった。背の低い鼻がまん丸の笑ちゃんの家は、箸やお椀を商っている問屋で、使用人も一〇人はいただろうか。遊びに行くと、背の高い影の薄そうなお母さんが、お皿にフォークをつけて果物を運んでくる。お父さんはいかにも商人らしく、にこにこと愛想がよかったが、お母さんは決して笑わない。

「お父さんが愛嬌のいいのは、わが家とちょっと似ているのかな」とふと思ったりしていたが、私たちがみんなで遊びに行った時、笑ちゃんのお母さんが突然、「笑ちゃんは先の人の子で、私は後妻ですから」と妙にはっきり宣言した。笑ちゃんは、「そうなのよ」と平気な顔でリンゴをほおばっている。「どうせいつかはばれることですから、この点ははっきりしておかないと」。別にそれをはっきりさせたとしても、なにがどう変わるわけではないのだろうに、子どもも慌ててしまう。

「つまり、お父さんは本当の血を分けた肉親だからよいということなのか。なんであんなことを言うのだろう」と、みんなで顔を突き合わせて謎解きに熱中した。「どうせ、と言ったからには、なにか意味がある」と澄子ちゃんが言えば、「うちのお母さんにばれたら、なに言われるかわからないから、先に本当のことを言ってしまおうと思ったんだよ」「継母でいじめていると思われないように、言ったのかも」という文ちゃんの説が、一番正しいという結論になるのに、そう時間はかからなかった。そのことを、私も家に帰って祖母に話したら、祖母は、「なんでそんなところで、後妻は言ったんだろうね」と、さらに疑問を突きつけてきた。「まあ、どこの家もそれなりの事情があるから」とは、祖母のいつもの諦見（ていけん）だ。「それに、わざわざ子どものいる家に後妻に来るっていうには、それなりの深い意味もあるんじゃないかね」

そういえばリンばあちゃんも、子連れの祖父の後妻であった。

神田川を見つめつづける蛸（たこ）じいちゃん

神田川沿いはぼうぼうの芒（すすき）野原で、そばに船宿があり、船頭が丸太の縁台に腰をかけて煙草を吸いつつ、私たち子どもが遊ぶのをじっと見ていた。危ないことをすると、声をかけるかわりに、キセルで椅子を叩（たた）いて気づかせてくれた。私たちはその姿が鉢巻をしている蛸に似ているというので、いつも「蛸じいちゃん」と陰で言っているのが、いつの間にか口の端にのせて呼びかけるようになって、とうとう「煙草を吸う蛸じいちゃん」と名付けてしまった。

蛸じいちゃんは、五円玉の真ん中にたこ糸を通して左右をねじりながら、ブンブン振り回すのを教えてくれたり、停まっている屋形船に乗せてくれたりした。いつも一緒の友だちは五人ほどで、誰かが欠けても別段気にもならなかった。集まるのに強制力も義務もない。

澄子ちゃんは同じ年でもお姉さん格。いつも落ち着いていて、「でも」と真っ先にワンテンポおいてものごとを考える。文ちゃんはいつも都合のいい方に付く。コンちゃんはひと言多い皮肉屋で、小川さんのよしこちゃんは、苦労性。それぞれ家の背景が性格に反映されている。私たち子どもは、「遊び移動隊」。街のどんな所へも出没し、飽きることなくいたずらと冒険をしまくっていた。

なんとも懐かしく、本当に浮かれるような毎日だった。今でも、陽炎(かげろう)の中に私の子ども時代が幻のように見えてくる。風を切って駆け出している元気な女の子の姿だ。誰もが幼い時代を生き、その時代が一番幸せだった。あの頃の私に、不幸を感じるものなど、どこを探しても見あたらない。父がいて母がいて、姉妹がいた。みんな若くて明るかった。はじけるように笑い、動き、毎日の暮しそのものが、陽を浴びてぎらぎら輝いているように感じた。豊かではなかったが、あの頃、明日への不安や怖さなど微塵も感じたことはない。むろんそれは私が無邪気な子どもだったせいもあるが、戦後の幕開けという特殊な環境のせいもあったからではないだろうか。

当の私はといえば、おっちょこちょいでお祭り屋で、疎開先でのままに、怖いもの知らずだった。一度こんなことがあった。私の家の裏で、阿見さんとの間に、「一富士」という旅館があり、そこで内緒で賭場を張っていた男たちが手入れにあった。ひとりが、わが家の物干し場を通り、部屋に飛び込んで来た。「追われているので、かくまってほしい」と言うので、咄嗟に祖母が炬燵をめくった。私はすぐ寝たふりをして、身体を横たえた。当時の炬燵は、生火を入れたまわりを木枠で囲うもので、大人が隠れるには相当無理がある。おまわりさんが飛び込んで来た時の私の演技は、完璧なものだったらしい。寝返りを打ったり、わざと布団を剥いだりして、まんまと捕り手の目を誤魔化したという。後でこわもてのやー様に、どれほど感謝されたか。それから何年もの間、わが家には祭りに必ず一升瓶が届いた。義理と人情の現れだろうか。私の方とて、「とっさに」ということに慣れているのだろう。「よしこちゃんに頼んでおけば、下手な大人より安心」というのは、ませた私への賛美だったかもしれない。

　私は、ほめられておだてに乗りやすいのだが、子どもの誰もが、街の大人たちから可愛がられ、重宝されているという記憶ほど自信につながるものはない。「お腹がすいた」と言えば、「しょうがないねえ」と隣近所のおばさんから、あり合わせのお菓子が出てきたし、自転車のタイヤがへこんでいれば、「タイヤが泣いてるのがわかんないのか」と縁台に涼んでいたおじいさんに怒鳴られ、怒鳴られただけではなく、ついでに空気入れでタイヤをふくらませてくれるのが街の人だった。気にかけ、怒られ、私たち子どもは街の一員となっていった。

蛸じいちゃんもそのひとり、手にも背中にも刺青(いれずみ)があった。船頭だからあっても不思議はなかったが、実は刑務所帰りの犯罪者だった。そんな過去は子どもには関係ないが、蛸じいちゃんの方も、子どもといえども、決して馴れ馴れしい態度はとったことがない。一線は冷静に守られていた。

いつも、いつ行っても、神田川をじっと見ていた。街のどこかで蛸じいちゃんを見かけた人はひとりもいない。風呂にも床屋にも行かなかった。居酒屋にも行かなかった。買い物もしなかった。口もきかなかった。まわりの人の噂にもならなかった。つまり船宿の船のそばでしか、姿が見られなかったのだ。誰とも関わらないのに、私たち子どもを見ていた。そして、私たちもまた、蛸じいちゃんと口をきいたり、話したりしたことはなかったのだ。

そんな人が確かにいた。しかし、その存在感は人一倍深くて強い。

第4章

学校と家族の光景

小学校入学式（後ろから二列目、右から五人目がよしこちゃん。
その前の女性の先生は一年生の数ヶ月の担任、松井先生。）

台東区立育英小学校に入学

小名浜の疎開から戻って、昭和二二年四月、私はめでたく台東区立育英小学校*に入学した。ランドセルを持っていたのは、紐問屋の中根公夫さん、金物屋の牧野秀昭さん、自動車修理工場の今西恵子さんなど、数人だったのではなかったろうか。ランドセルはほとんどの子どものあこがれの的（まと）だった。

負けず嫌いの父は、私が肩身を狭くしてはいけないと、浅草の皮問屋の友だちに頼んで突貫で、ランドセルを作らせた。頼まれたといっても、靴屋が本業なので、できてきたのは規格外（はず）れのしろもの、しかも豚革（ぶたがわ）だった。臭（くさ）いにおいも発していた。「嫌だ」とも言えないが、正直恥ずかしかった。洋服は母のお手製、運動靴などしゃれたものはなく、下履きはわら草履（ぞうり）、ほとんどの子どもは裸足（はだし）だった。私の草履も数日して下駄箱から消えていた。

クラスは四組編成で、私は二組。クラスメートは四〇人近くいた。いつも一緒にたむろしていた仲間は、全員バラバラ。一緒のクラスになったのは阿見ちゃんだけ。三組にコンちゃん、文ちゃん、四組が澄子ちゃん、小川のよし子ちゃん、それに丹治がいた。といっても、放課後はまたみんな一緒になった。

雲一つない青空が広がっている。陽が焼けつくような夏の午後、学校が終わると、私たちは汗びっしょりになって、われ先にとばかり、街を駆け抜ける。原っ

育英小学校　二三区最古の公立小学校。蔵前四丁目にある西福寺境内に設立された。開校は明治三年六月。旧大名・旗本やその家臣の子弟が入学した。

ランドセルを背負った小学一年生のよしこちゃん

ぱに着くなり寝転ぶと、草のにおいがかすかに鼻をつく。どこかでセミが鳴いている。

下校時は家の前を素通りして、水まきをしている母に手を振り、まず浅草橋駅近くの原っぱにたむろするのが、子どもの頃の仲間との決まりだった。おもちゃも遊び道具もなかった戦後、そんなことはものともせず、はちきれるほどの元気と自由さが、私たちをなぜかわくわくさせていた。

省線電車*が浅草橋の駅に着くと、降り立った乗客たちが吐き出されるように、西口の裏通りにあふれ出す。たいていは大きな荷物を持つか、まだ戦闘帽とリュックを背にしたままの姿でいる。私たちの興味の的は、すべての大人たちだった。むろん、歩いて行く大人たちは、原っぱにいる子どもなどにはまったく無関心だ。

「あのおっちゃんは、公衆便所の上に家を建てたんだよ」

「臭くて眠れないだろうにね」

「ほら、あのリュックを見ろ。中は闇米だと思うよ」

「おばちゃんの帯の中も米だよ、きっと」

「だけどみんな青びょうたん*だね」

「あれじゃ、もうすぐお陀仏だね」

こちらが勝手に棚下し*や噂をしていることなど知る由もない。子どもはいつも残酷だ。おもしろおかしく想像力を働かせて、大人たちを笑ったり馬鹿にしたりしているが、それは大人への関心度が高いことでもあった。

現在の育英小学校

省線電車　元鉄道省（運輸省）の管理に属した電車及びその路線の通称。国電の旧称。

青びょうたん　やせて顔色の青白い人をあざけっていう言葉。

棚下し　他人の欠点などをいちいち指摘すること。

放課後から黄昏時まで、私たちは大人たちの噂をし、鬼ごっこやかくれんぼに熱中した。戦争が終わったのに、男の子は戦争ごっこが好きだったし、時節柄スパイごっこや暗号作りなどに熱中した。女の子はといえば、缶詰のラベル集めのペーパー屋さん、これは友だちとラベルの交換をするのだが、いったいどこから外国のペーパーが出まわったのかはわからない。疲れると寝転んで空を見、やがてまた駆け出して家路についた。なぜかいつも街中を駆けていた。手をまわしながら、駆けて駆けて駆け抜けていた。

近くの本所の被服廠、上野公園や蔵前の国技館や清澄庭園などに、放課後出掛けて行くのも私たちの日課だった。

小学校は六年間、組替えも担任が替わることもなかったので、友だちはきょうだいと同じ感覚だった。小学校は私の家から三分とかからない。裏口から出れば、目と鼻の先に学校の裏門があった。正面の校門を入ると左に用務員室があり、戦争帰りのおじさんがそこに用務員として寝泊まりしていた。おじさんは植木が好きとみえて、校内にはいつもなにがしかの植木鉢が置かれ、小学校には似つかわしくない釣り忍*があちこちに吊るされ、風にからから音を立てていた。中央に校庭があり、職員室と図画室、音楽室と講堂が、うまい具合に四面に向かい合っていた。

当時の校長先生は、志波末吉*さんという方で、文京区林町にお住まいがあった。休みになると決まって手紙を出したので、今でもその住所をそらで覚えている。

釣り忍

志波末吉（一八九一～一九七一）国語教育者。

今になってわかったが、志波校長は国語学者としては大変著名な方だったらしい。その経歴には育英小学校の校長をしていたという記載もあり、国語学者として『現場の校長学』（一九五七年）という本まで出していた。戦後すぐに、国語のローマ字化が話題となった時、ローマ字一辺倒になるのに真っ先に反対したのは、志波先生だった。むろん漢字を残そうという主張もなさっていた。「美しい日本語をしっかり残し教えるべき」という主張をなさった先生は、国語教育に熱心で、当時はその授業が個性豊かであったらしく、私たち生徒もよその学校に出掛けて行き、講堂や体育館で、文部省の役人や近隣の学校の先生に授業を公開し、見学されるという試みがなされた。

それは、国語の研究授業の一環として行なわれた「出張授業」だった。私たちは見学者たちが大勢いる中で、国語の授業を受けたわけで、年中、校外活動に出向いていた。NHKが取材に来て、マイクというのを初めて見た。ある時、『コイの子の旅』という本の感想を発表するという授業があった。マイクを突きつけられて、ドンドン後ろに反り返っているうちに、とうとう倒れてしまい、大爆笑ものという友だちもいた。低学年では、もっぱら国語の中でも読書と詩に重点を置いていた。高学年は、出張授業で自作の詩や文章が取り上げられた。今でも覚えているのは、樋口一葉*の『にごりえ』の朗読。「ちょっと新さん、寄っておいでよ」という客引きの冒頭の台詞があり、意味もわからず暗唱するのだが、柳橋の置屋の子は本当に上手かった。環境のなせる業ということだったのだろう。

樋口一葉（一八七五〜一八九六）東京都内幸町出身。小説家。代表作は『たけくらべ』『にごりえ』。

歌や詩を作るための思索の時間の授業もあった。小学校なのに詩歌部、絵画部、演劇部があり、子ども一人ひとりに文化教育が施されていた。今考えると、大変な授業を受けていたと思う。「図画」の授業の松本先生は美大出で、画家が着るルバシカ*を着こなし、「空間構成」という授業をやった。本棚や棚のものを各人がさまざまに図として面白く描きあげるというものだった。いわば本を本として写生するのではなく、色彩や構図や構成といった感覚を教えたかったらしい。そんな「空間構成」なる言葉が、小学生に理解されるわけではないが、とても物知りになった気分を味わった。

浅草橋のお稲荷さんの横に住んでいたという安藤鶴夫*という文芸評論家も、何度か学校に話に来てくれた。安藤さんの隣に住んでいた村松電気店の親父さんが、「子どもも、有名人に小さな時から会っておかなくてはいけない」という理由で、学校に呼んだのだ。後に、『巷談本牧亭』という本がベストセラーになり、寄席や歌舞伎のテーマが受けて、ずいぶん話題になった有名人だ。育英小学校の卒業生で、大正七年に入学している。私たちは身近で、寄席や芝居の芸人の話、志ん生や三木助といった人の話を面白く聞いた。村上さんという人気のNHKアナウンサーも同じ理由で学校に来て、「こちらは、NHK第一放送です」と繰り返していた。声の出し方なども教えていただいた。

たぶんご迷惑なことだったと思うが、地域には盾つかない、なにか言われれば、即、協力する、という心意気が当たり前にあったのだ。それだけ、町会というの

ルバシカ　ロシアの男性用のブラウス風の上着。

安藤鶴夫（一九〇八〜一九六九）東京都浅草橋出身。小説家・演劇評論家。義太夫八代目竹本都太夫の長男。『巷談本牧亭』で第五〇回直木賞受賞。

に力があった。地域と学校、親と学校、みんなが子どもたちのために口と手を出して、余計なお世話がまかり通っていた日々だった。

美人で優しい受持ちの先生

男の子は全員が、受持ちの先生が好きだった。担任は檜山茂子先生、すばらしい美人だった。先生は戸越銀座（品川区）から通って来ていた。男の子の多くが、「初恋の対象は先生だった」と言うのを、後の同窓会で気楽に話せるようになってから聞いて、初めてわかった。檜山先生は生涯独身を通された。父兄も檜山先生が好きだった。

「なんでもいいから、一日に一度、お子さんを抱きしめてあげて下さい」と、父兄会で親に対して先生はまずお願いした。「冗談じゃない」と言いながら、「早くおいで」としぶしぶ抱くふりをした親が多かったのも下町の照れくささ。「お前は臭いよ、風呂に入りな」。抱かれて怒られるのも変な話だが、それでも若い先生の提案だからしょうがない。親もまだ、先生に尊敬と感謝の気持ちを持っていたのだ。

先生は、朝から授業が終わるまで教室に生徒と一緒にいたから、目が行き届いていた。一緒に脱脂粉乳のミルクを飲み、コッペパンをかじり、授業が終わると夜まで「壁新聞」を作るのも手伝ってくれた。用務員のおじさんも戦地の絵を描

檜山先生（左）と私（中学一年になった時の同窓会で）

いて持って来てくれ、ついでに編集を手伝ってくれたりした。

あの頃、なんであんなに楽しかったのか。たぶん大人たちにも未来に対しての希望や夢があったからではなかったか。大人の暮しが子どもに伝染していたとしか思えない。今にして思う。「純情」という言葉が日本の戦後にぴったり合っていた時代だったのかも、と。

教員室も楽しそうだった。円座を組んで先生方が談笑しているのを見ると、どれほど幸せな気分になったことか。教員室に入って行くと、たくさんの笑顔が一斉にこちらを向いた。仲のいい風景が一番いい教育だと実感している。少なくとも、日教組や文部省が教育現場のゆがみを作るまでは。

実際、人が仲良く暮らすことが、生きていく上で一番難しく、また、才能がいることなのだ。権力やお金、地位や欲望といったものが人に付くことで、単純で簡単な基本が見えなくなってきてしまっている今、それらが目を曇らせるに充分な魅力と魔力を備えているということだろう。しかし、私は大人を見る子どもの心を信じる。かつて私も子どもであり、親の心の反映のままに育っていたからだ。

後に知った格言に、「良母は百人の教師より勝る」というのがあった。私の場合は、圧倒的に「よい師は両親を越える」というほど、先生は親よりも大きな存在だった。むろん両親にも正直で、真っ直ぐな優しさをもらっていると感じるが、自分が大人になり、世の中に出てみると、やはり教育が役に立つ現実に感謝、先生への恩は計りしれないほど大きい。

学校給食

今考えても、学校が辛いという記憶はなに一つない。私だけではなく、同級生の誰もが同じに懐かしがっていた。苛められても誰かが助けてくれた。理屈がうまい子もいれば、慰めるのに的を射ているという女の子もいた。「変でも、おかしいと感じても、いえいえ、誰にもなにかしらいいところがある」というのが、私たち子どもの価値観だった。

二卵性の双生児がいた。男の子は女っぽく、ダンス部のキャプテンで、女の子はまったくがさつで、男より男の子っぽい。神様はなにを間違えてこうした配分をしたのか。家は船宿の船頭をしており、夏の屋形船の商売は、女の子が父親の船頭の手伝い、船の中で踊っているのは男の子と逆転していた。私たちはそれだからといって、からかったりしたことはない。そこはそういうきょうだいなのだと割り切っていた。もっとも、「おとこおんなの方」「おんなおとこの方」といった呼び名の区別はしていたが、それを当人たちもなんとも感じてはいないようだった。

いろいろな人間が教室にいるということで、私たちは安心をしていたのだ。なぜなら、「大人の世界には、もっとさまざまに生きている人間が集まっている、というのが世の中なのだ」といつも話し合っていたからだった。「おかしいといえば、みんなおかしいよね」「そうそう」、それでおしまいだった。

青空授業を受ける児童たち（昭和二一年）

「登校拒否」という言葉はなかった

誰も登校拒否など起こしたことはない。拒否がなにかもわからない。そんな言葉もなかった。草履を取られた私は、裸足（はだし）でいるのも気にならず、校内を飛び回っていたし、ガキ大将やいじめっ子がいても、さして苦とも思わなかった。学校に行くのが当たり前。当たり前なことは疑いもしなかったし、泣いても笑っても、そこが生活の場であると自覚していた。なにかある度に、誰かが、「これが世間というものだ」と、まったくわかっていなくても、大人の言葉をまねてわかったように慰めてくれた。

ただ一つ、親の仕事に対しての悪口（わるぐち）は許せない。親の職業だけは、けなされたくなかった。しばらくすると何人かの悪ガキ集団が、手下を連れて私の前で暴言を吐いた。

「お前のうちの毛は死体から持ってくるんだろう」

「それとも墓場で死人から切ってくるのか」

「お前のうちには長い髪の女の幽霊が出るだろう」

開（あ）ければ家の奥までが見渡せるような狭い住まいに、幽霊など出るわけはないのだが、質（たち）の悪いことを言う友だちとバトルの連続だった。

確かに髪の毛は、毛だけを見れば気持ち悪い。特に中国からの辮髪（べんぱつ）*がそのまま

辮髪　清朝における男性の髪型のこと。

木箱で送られてくるのをあける時は、独特のにおいとまるで蛇のとぐろのようにうねっている髪の毛にぞっとする。それを苛性ソーダで洗浄し、絹のようになっていくのを見るようになって、やっとほっとする。それが自分の家の日常で、これがうちの職業と思えば我慢もできるのだ。そばで見れば、気味悪く、友だちもきっと本当の気持ちを言っていたのだろう。

「苦しい時は巫女に頼った」という父の台詞を思い出した。私はこの手しかないとばかり、放課後、「重大な話がある」とみんなを家に呼ぶことにした。当時悪を極めていたガキは、美容院のひとり息子。自分も髪の毛を扱う家に育っているのに、なぜか私をいじめのターゲットにした。後でわかったことだが、彼はもらい子だった。とても小学生には見えないほど大きい。ひょっとすると、本当は私たちより、二、三歳年上だったかもしれない。誰も怖くて手が出せないのだ。悪ガキどもを座らせて、まるで巫女のように顎を上げて、私は話すことにしていた。

「いい、しっかり聞くのよ。これは人間の源の話なんだから……」

こういう時の私は、実に芝居がかっている。馬鹿にしたように寄ってきたものの、たいていは生唾を飲みながら、私の手にした、「しゃぐま」*という縮れ毛の固まりに度肝を抜かれている。「カミは上、頭にある毛。〝ケ〟というのは大地に仕える人間の食べ物のことなのよ。食べ物がなくては困るでしょう。毛だって人間になくては困るものなの、生命の源」。こういう時の私は、したり顔でわかっ

しゃぐま（赤熊） 赤毛。赤ちゃけた毛。縮れ毛で作った入れ毛。主に、日本髪などを結う時にふくらませる部分に入れる。

たようなわからないような講釈で胸を張って言うのだ。「相手が怖い、手ごわい、どうしようと思ったら、人の顔だと思わず、宇宙人かカボチャと思え。ゆっくりと、ひと言ひと言区切って、とてつもないことで煙に巻け」というのが父の教えだった。

辞書や勉強の末、というより聞きかじりの耳学問で教わったものは、なんとか身に付くものだ。それらを難しくひけらかせるようになったのも、中学生になった頃からだが、私の負けず嫌いは小学校からあったのだ。たいてい相手は生唾を飲んで、あっけにとられているうちに納得するらしい。「お前んちは、そういう手合いのうちなんだ」。どういう手合いかわからないが、それがみんなの結論だった。「かもじや」という職業があることを、みんな知ったはずだ。

結婚の時の両親（父・東太郎、母・日出。昭和八年）

混声不一致な音楽の授業

昭和二二年の秋には、疎開先から家族が戻ってきて、一挙に家が賑やかになった。電灯の下で父は初めて、家族水入らずという言葉を使った。なにもかもが輝いていた家庭という宝物。一番平和で楽しい一家の若い時代だった。家族が一緒にいるというだけで、後で考えれば人生の黄金時代だ。母も父も若く、日本もまた若返った時代。唄の一つも唄いたい気分だ。そういえば、あの頃はみんな勝手に思い思いに唄を唄っていた。父は、唱歌『夏は来ぬ』*が得意だった。

卯の花*の、匂う垣根に
時鳥、早も来鳴きて
忍音もらす、夏は来ぬ

これは、尋常小学校で父が最初に習った歌だった。卯の花は、父の子どもの頃には大川（現隅田川）の川岸に咲いていた思い出の花だった。白い小花をつける卯の花に、忍音のような時鳥の鳴き声は、父の子どもの頃の原風景だったようだ。この唄を父は生涯愛唱歌としていた。

母も祖母も、なんとなく鼻唄もどきの節を口の端にのせて家事をしていた。「あらえっさっさ」などと、意味もない合いの手を入れながら、祖母が水撒きをしていることもあった。私はといえば、朝から晩まで一年中、

山は白銀　朝日を浴びて
すべるスキーの　風きるはやさ
とぶは粉雪か　舞い立つ霧か

『夏は来ぬ』　佐佐木信綱作詞、小山作之助作曲。

卯の花　ウツギの花の別称。日本では五～六月に開花する。

おおこの身も　かけるよかける

というものだった。これは『スキー』*という文部省唱歌だが、いやというほど唄って、口癖になっているのは、小学校の音楽担当の丸山先生のテーマソングだったからだ。音楽の授業はまず、この唄から始まった。たとえ夏の暑い日でも、桜が咲く春になろうが、落ち葉が舞う秋だろうが、そんなことはお構いなしで、一年中、春夏秋冬、『スキー』を唄ってからでないとなにも始まらなかった。私たちは、スキーなど行ったこともない下町っ子だ。なぜこの唄かも考えず、ともかく音楽といえばこの唄と結びつく。山の白銀も知らないし、舞い立つ霧も見たことがない。真一文字に身を躍（おど）らせることにも想いがいたらない。しかし、音楽、唄、といえばこの曲でなくては始まらなかった。丸山先生になにかの思い入れがあったのだろう。その証拠に、目をつむり、空を見上げ、陶酔（とうすい）したようにタクトを振った。つまり、先生のために生徒の私たちが毎日唄ってあげていたのだ。

芸者の置屋の子は、どうしてもこの唄に「こぶし」をつけて唄うし、義太夫*に凝っている子は、頭の部分がワンテンポどうしても遅れる。混声不一致な生徒など度外視、勝手気ままの唄い方にもかかわらず、お構いなくタクトを振りつづける丸山先生は、生徒の顔を見てはいないようだった。それを見ながら私たちも思いのままに唄いつづける。どう唄っていようが、この唄に関してはそんなことはお構いなし、どうでもよかったのだ。しまいには、やけのやんぱちのように声を

『スキー』　時雨音羽作詞、平井康三郎作曲。

義太夫　浄瑠璃節の一つ。竹本義太夫が創始した「義太夫節」の略称。

張り上げるが、それでも先生の陶酔時間は変わりなかった。

思い思いの家族の唄が高じて、私は義太夫を人形町に習いに行かされる羽目になった。六歳の六月六日、合せて6×3は18、十八番（おはこ）*で得意な芸になるというゲン担ぎ、とにかくその日の習い始めが、「芸は身を助ける」ということに通じるらしいのだが、私の生涯にどうにかなると思っても、踏んでも、どうなるものではないとすぐわかった。「女なら三味線の一つ、小唄の一つもできなくては、いざという時生きていけない」というのを金科玉条（きんかぎょくじょう）のように信じている祖母と、「習いごとをさせれば正座ができる。少しはおとなしくなるだろう」という母の意見が、私の習いごとになったのだ。祖母の見栄でそれなりの師匠が見つかったが、長つづきせず、本音を言えば、なだめすかしてまで行かせたところで、これは無駄とすぐ悟ったようだ。「すじがよくない」ということらしい。

が、本当のところ、私はお師匠さんの所になど、ほとんど行っていないのだ。近所に住む稲葉芳江さんという人と一緒に通っていたのだが、人形町松竹という映画館に、美空ひばりの実演を見に行ったのが運のつき。行けば映画館の方が面白く、そちらに直行ということになっていたのだ。祖母は、「お前はだめらしいよ」と致命的なことを当の私に言うと、今度は左衛門町にある「つみ草会」という塾で書道を習わせてくれた。ついで「そろばん塾」、報恩会での「お作法の会」、柳橋での「民謡」と「日本舞踊」。すべては中途で頓挫（とんざ）した。その頃の下町では子どもになにかを習わせるということが、親のステータスとなってきたのだ。

戦時中の間引き住宅政策と私の家

浅草橋の家は一四坪の二階建てで、一階は広い土間、奥に六畳の座敷と六畳の板の間兼台所。二階は六畳と八畳の二間に、四畳半ほどの物干しがついていた。一階の左側にはガラス張りのショーウインドーがあり、そこには江戸時代からの日本髪やちょん髷、丸髷などの鬘が並べて飾られていた。「昔の家はその倍近くの広さがあった」というのだが、どういうわけかどんどん削られてそんな坪数になってしまったのだそうだ。家や土地が削られるということは、常識では考えられない話だが、父もそんなことには実に無頓着で鷹揚だった。というより無知だった。「知らないうちに小さくなっていた」というのだが、そんな馬鹿な。

私の記憶では、家の一番奥に井戸があったと思うが、戦時中に、井戸はいつの間にか家の外にあって、隣近所の共同のものとなってしまっていた。中庭ごと、近所のみんなが使うという理由で没収されてしまっていたらしい。水道が引けて、どの家にも水が出るようになったのは昭和二〇年一二月。

戦時中の家と家とを離す間引き、わが家の一部がそうであったかどうか知らないが、なにか事情はあったのだろう。国の命

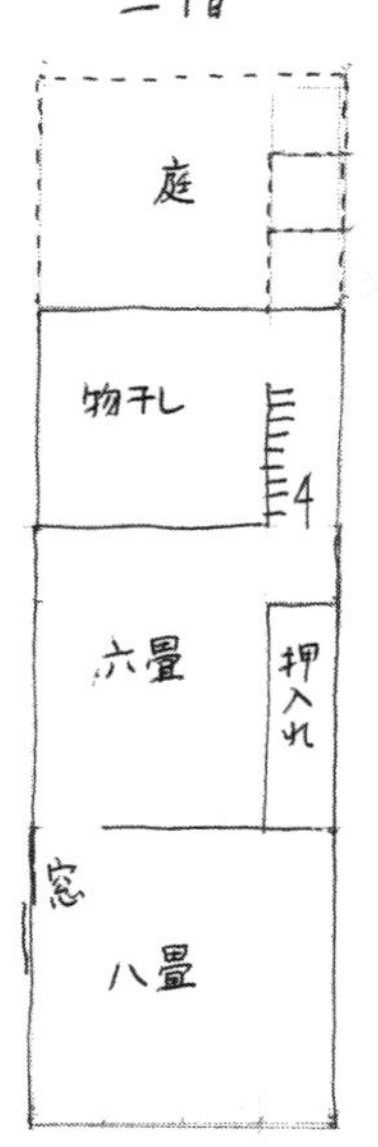

浅草橋のよしこちゃんの家

令は絶対であり、逆らったり、自分の意見を言うことなどは考えられない時代だった。「自分の家だけは守りたい」などとは誰も言えなかった。なにしろ、その時は土地や家が、莫大な金に換算されるようになるとは誰も思っていなかったし、特に父などはまったく予想さえしていなかった。「うちはおとうちゃんが戦争にも行かないで済んだのだから、大きな口をたたいてはいけない」と、酸っぱいほど言いつづけた祖母の無知に、父も逆らえなかったのだ。

玄関の間口は二間、うなぎの寝床のように細長い住まいだ。そのせいで家に入ると階下はひんやり冷たく暗かったが、家のにおいがして、いつもさっぱりこぎれいに片付いていた。祖母がきれい好きで、階段などはぬか袋で毎朝磨く。お陰で、私は年中滑って落っこちた。生傷の絶えない子ども時代で、赤チン*は私の常備薬。家族から「日の丸嬢チャン」と綽名されていた。体のどこかに必ず赤丸が付いていたことでのネーミングだが、あわてんぼうで転ばない日がなかったほど、私は落ち着きのない子どもだった。

初春や飛び跳ねるよな女の子

これは父の俳句。〝跳ねるよな〟は、お世辞で、跳ねたらすぐに転んだ。

表通りに面した私の家の左隣は、靴下屋の松本商事で、靴下を製造している卸問屋。その隣は通称、海老銀さん。このあたりに家作をたくさん持っている大家

赤チン 傷薬として、消毒用に使われていた薬品。マーキュロクロム液の通称。「赤いヨードチンキ」の意だが、化学的組成とは無関係。

さんだが、戦後の時期には傘の柄を作っていた。一日中、傘の持ち手となる部分のエボナイトのにおいが街に流れていた。その先は澄子ちゃんの羅紗屋さん。羅紗は洋服生地では高級品だ。自宅で家業の洋服屋をしていて、奥にある住いと直結していた。

下宿とは違うだろうが、疎開先や戦地から引き揚げてきた一家が、部屋を借りて間借りするというのも多かった。焼け出されたり、区画整理という名のもとに家を失くしたなど当たり前だったのだから、みんな人助け、お互いさまという精神がまだ共有できたのだ。どこの家も居間だ、茶の間だ、寝室だなど区分けもできなかったし、まして自分の個室を持つなど考えられない住環境。布団をたためば茶の間や居間、多様な使い道で生活ができた。

今でも丸い卓袱台（ちゃぶだい）*を思い出す。考えたらなんと機能的なものだったのだろう。脚を折ってたためば、立てかけても決して邪魔にはならない。客が来ればテーブルになり、帰れば勉強机になり、夕方には家族を囲む食卓になり、夜は父の書類整理に使われた。縁台（えんだい）という便利なものも、下町の家では必需品。冷房もないので涼み台となったし、子どもがうるさい時は、男たちは将棋や碁もここでやった。たたむ、立てかける、折るなど、生活の道具は実に機能的な家具ばかりだった。

夜は一列に布団を敷いて寝るのだが、部屋に一部の隙（すき）もないのに、よく人が泊まりに来た。一度に三人も来る。縦横すべて布団という部屋の状態の中で、プライバシーなど一分（いちぶ）も入る余地はない。誰かがつまずけば、全員が起きてしまう。

丸い卓袱台

大人になったら、大きな部屋がほしいと思い、それが私の最初の未来への夢だった。

道路だって使っちゃえ――浅草橋教会の出発

私の家の右隣は浅草橋教会だった。

「泉田さんのおじさん（泉田精一）*は大変えらい牧師さん」と後で聞いたが、子どもの私にわかるはずもなく、しばらくして賀川豊彦*さんなどが毎週講義に通っていたと知った。賀川さんは『死線を越えて』（一九二〇）という本が売れた、今でいうベストセラー作家だ。大きく貼った紙に、墨でメモを書きながら講義をする。その紙が貴重品だと知ったのは、私が大人になってからのことだ。社会運動家というが、戦後はなんでも運動がつきもの。その大元（おおもと）はこの方に発していると いうほどだ。賀川さんは、どんな運動でも、たとえば労働者の社会運動、弱者救済運動や労働争議運動など限りなく、表立って活動していたキリスト教の信奉者だった。

泉田家には五人の子どもがいて、その賑やかさといったら並ではなかった。わが家と同じ大きさの家であることを考えると、よく教会をやっていたと首を傾（かし）げてしまう。階下は畳のままの教会の礼拝堂で、正面にはイエス・キリストが掲げられ、足踏みオルガンもあった。住まいの空間は二階だけということになるが、

泉田精一（一八九二～一九七八）宮城県出身。浅草橋教会初代主任牧師。一九二五年開拓伝道を開始。

賀川豊彦（一八八八～一九六〇）兵庫県神戸市出身。キリスト教社会運動家。牧師。

他人ごとながら、どうやって家族が寝ていたのだろうと不思議でならない。

物干しはわが家と並んでいたから、ここは筒ぬけで、その物干しも長男の栄（さかえ）ちゃんという、いかにも頭のよさそうな男の子の勉強場になっていて、彼は茣蓙（ござ）を敷いて卓袱台で勉強していた。とにかく子どもたちはうるさくて、牧師さんは相当訛（なま）った言葉で子どもを叱っていた。讃美歌が時には中断され、「待つなさい、わらすたちよ」と訛りながら、表まで子どもを追いかけて来る姿をしばしば見かけた。それでも信者さんは、じっと聖書を開いて牧師さんが帰って来るのを待っている。牧師さんは、はあはあ息を切らして、讃美歌を歌っていた。

日曜日には家の前の大通りが結婚式場となり、簡素ながら結婚式というのを初めて見た。普段着の髪にベールを垂らしただけの花嫁と、まだ足にゲートルを巻いたままの花婿が並び、どこから来るのか不思議に思われるほどたくさんの人が集まり、讃美歌を唄い、花を投げ合うというのどかな結婚式風景が道路で繰り広げられた。道はアスファルトで、その道をリヤカーや三輪車が走って行く。車などは滅多に通らなかったから、花のじゅうたんが道にできて、花は一日中きれいなままに保たれた。

この教会くらい、道路を上手に使っていたところはない。人があふれれば、教会のドアを開け放して信者を外に集めていたし、集会で人が多い時は、道がそのまま集会所だった。

浅草橋教会の前で

いつくしみ深き＊　友なるイエスは
罪とが憂いを　とり去りたもう
こころの嘆きを　包まず述べて
などかは下ろさぬ　負える重荷を

いつくしみ深き　讃美歌三一二番。

雨の日に中には入れないほどの信者がやって来ると、外で雨傘をさしながら唄う。時に肺病患者救済の集いがあり、全国から活動家や信者が集まって、「信仰とはなにか」という演説が大きな声でなされた。隣に住む私は、讃美歌だけは耳から覚えてしまった。そんな時には、妙に感傷的な気分になったものだ。なにかにつけて、「それでは何番を」と言って讃美歌が唄われた。

教会の隣は高石さんという水道修理屋（下水屋）さん。またその隣は根津ガラス屋さん、靴屋さん、糸屋さん、八百屋さんなどがつづいていた。

「えせ信者は来るな」、ある日、泉田牧師は頭から湯気を上げて怒って、こぶしを振り上げていた。戦争に負けて、いち早くアメリカかぶれしたインテリの学生の間では、教会の前で十字を切り、にわかクリスチャンになるということが流行り始めていたのだ。アメリカの宗教活動は活発で、「世界観」などという言葉が説教にまで使われ、それを元にいち早く迎合する若者たちが議論などをふっかけに来るのを、牧師は快く思わなかったのではないだろうか。

「自殺倶楽部」なるものも流行していた。「そんなに死にたきゃ勝手に死ねばい

現在の浅草橋教会

いものを、死にたい願望の若者が倶楽部などを組織するのがそもそもおかしい。そういうのは〝弱虫倶楽部〟」と祖母などは冷笑していたが、牧師は本当に頭から湯気を出して、ごろつき若者と議論していた。

その教会の前に、「アーメン・ソーメン・ヒヤソーメン。おまえの母さん出べそ、お前の父さん糞っ垂れ」と、堂々野次る子どもの一団が現れた。神も仏もないと本気で思っている子どもたちだ。空襲で親や家族を亡くし、孤児となった子の集団。上は中学生くらいから下は三、四歳ほどの幼さで、鼻水を垂らしていた。中にはまだおむつがとれないでいるのだろうか、こんもり下半身を膨れ上がらせて、ガニ股でちょこちょこついて来ている子もいた。小さな子はみんな手をつないでいる。そんな子どもにとっては、外国の宗教は、それだけで憎しみの対象だったかもしれないが、そんなことを考えるより前に、本音は時折牧師がくれるビスケットの恩恵にあずかりたい、と思っているデモンストレーションだった。

集団の中には姉の友だちも混じっていた。集団疎開に行ったものの、その間に戦災で親が死んでしまい、スリやかっぱらい、こそ泥などをして、ガード下や軒下でどうにか生きていたのだ。私たちは、そうした一団のいることは知っていたが、当然仲間というわけにはいかない。一緒に遊ぶこともなかったし、第一、私たち子どもは誰も、助けようにも助ける術がない。黙って見ていたのだが、子ども心に、どこか彼らに畏敬の念があったことは否めない。

彼らは自分で生きる力を持ち、同じ境遇の子どもたちを助けるという仁義を

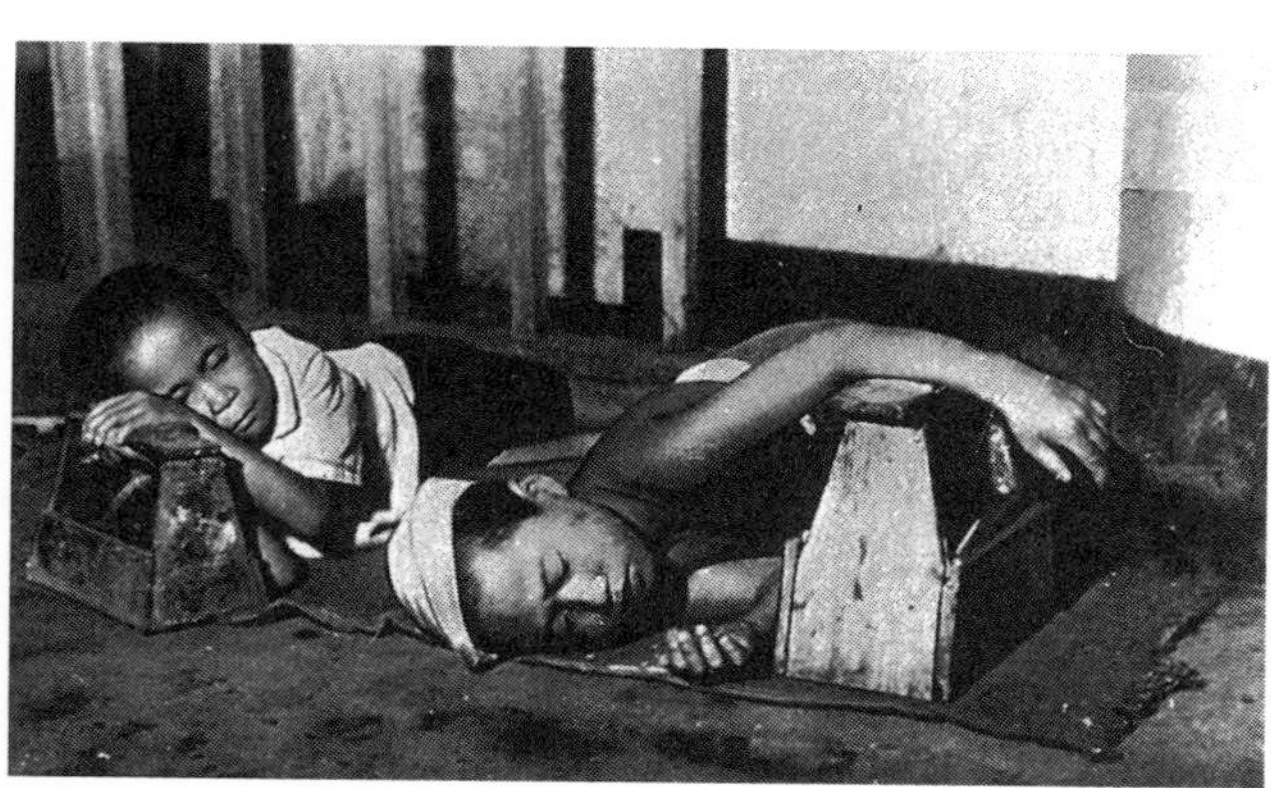

浮浪児

まっとうしていた。自分でしか自分を救えないとなぜか知っていたのか。それが、戦後の子どもたちだった。戦争で浮浪児*と呼ばれた孤児たちを見ればなおのこと。そういう中からみんな出発したのだ。薄情も情のうち、日常の惨めさに負けずに堪えなくてはならない。それが戦後の子どもから大人までの生きる掟だった。

「ああやって、鬼とも蛇ともなって大人になっていくのがあの子たちの定め。そうなれば、やがて大きな野望へつながっていく。なまじの親切なんか涙の一滴にもならない」。祖母も母もそう言うが、私には薄情に映った。「人はそれほどたくましい生きものなのだ」と教えてくれたのも、戦後の浮浪児たちだった。寄り添いながら公園や空き地や教会に、そんな子どもたちが群がる。

「ララ物資*」という、こういう子どもたちへのアメリカからの支援があり、教会でも時々炊き出しをした。大鍋で煮たシチューに群がっているのは、いつも悪態をついている彼らで、食べ物に群がる無邪気な姿の中に凄みのある大人の顔が覗いていた。あの頃の日本人には、子どもと大人を区別することも、意識することもできなかったのではないだろうか。

人を思いやるやさしい余裕など、誰の心にも育つ場所がなかったし、明日を考える夢も、希望すらも見つからなかった。しかし孤児を見る限り、「人はどんな環境でも生きていけるし、生きなくてはならないのだ」と、これが六歳の私が最初に学んだ人生訓だ。「希望の星」と書かれた募金箱が、色あせて何年も教会の玄関に置かれていた。いったいどこに、そんな星が輝いているのかねえ。

ララ物資　LARA（Licensed Agencies for Relief in Asia　アジア救済連盟）が提供していた、日本向けの援助物資。一九四六年にアメリカ政府によって設置が認可され、同年一一月に横浜港に第一便が到着。一九五二年終了。食糧、衣料、医薬品など。

ララ物資の学校給食

祖母の毎日の口癖は、「ああ、眠れるのはありがたい。寝るより楽はなかりけり。浮世の馬鹿は起きて働く」というものだったが、それを聞く度に、「あの子たちはどこでどうして眠るのか、それに比べれば私は本当に運がいいのだ」と思ったものだ。〝幸せ〟などというのはまだ未開語の一つで、〝すべては運次第〟というのが、ものごとの基準になっていたのだ。

浅草橋教会は、後に引っ越し、今も健在である。栄ちゃんが後を継いだのだろうか。泉田牧師は戦犯の最後に立ち合うという重責を担い、巣鴨プリズンの教誨師となったはずだ。やがて、浮浪児狩りが行なわれ、「孤児院」という施設の開設でいったんは解決されたが、浮浪児たちの運命が波乱に満ちたものであったことはいうまでもなかった。

「蛇善」――蛇の恐怖幻想

蔵前で「蛇善」という蛇を商っている老舗の一家が、戦後しばらくして私の家のそばに越してきた。店の改築で一時の仮住まいだった。奥さんの姿しか見えなかったから、旦那はほかに住んでいたのかもしれない。

蛇を売るといっても、ここではいわば漢方薬。蛇やまむしの肝臓や胆嚢は、結核の特効薬と言われたし、戦後は特にまむしの黒焼きは万能薬だった。表通りに面したショーウインドーに、蛇がたくさん折り重なってとぐろを巻いていた。蛇善の開店前には、早朝から店先に人が列をなした。みんなやせて青白い顔をして、口を布で押さえていた。蛇は肺病や栄養失調の特効薬とも宣伝されていた。お目当ては蛇の胆嚢。店員が蛇の首の下をキュッキュッと両手でしごいて、胆嚢を取り出し、それを小さな器に盛り、生卵で飲み込む。まむしはわずかに出てくる血を葡萄酒で割って飲む。みんな生きたいのだ。そうまでしても。

蛇と聞けば　最初は、「蛇はお尻の穴から入るから、パンツをはいて」などと大人たちにからかわれていたが、そう言われると、「万一、お尻から入ったら出られないよねえ」などと私たち子どもは本気に怯えて、昼寝さえもしなかった。蛇という言葉に怯えていた。うんこ型に巻いたまむしの黒焼きは、粉末にして売っていて、あんな形にどうしてできるのか不思議でならなかったが、蛇善がそばにきてやっとわかった。

ある日、実に香ばしいにおいがあたりに流れてきた。お茶やウナギといった香ばしさではなく、ちょっと植物的な生ぐさい香ばしさだ。「なんだろうね」と私たちは相変わらず友だちとたむろして原因究明などと勇んでいたが、結局わからずじまいだった。夕方になって、そのにおいはまむしの黒焼きのにおいだと知った。「ごめんなさい。お得意さんに頼まれたので、少し作らせていただいたの」と奥さんは頭を下げ、私たちはやっぱり蛇が傍にいたことを知った。

その焼き方が、今現在もつづいているとは到底思えないが、それはいわば急場のまむし黒焼き製造だった。燻製に近いものだ。炭火を起こし、上に大きな金網

蔵前通りに現在もある「蛇善」

創業明治17年
蛇善
各種黒焼一般
猿頭・狐の舌・他
大宝魚・膽臓
山生魚・赤蛙
水蛭・孫太郎虫
活蛇生きも料理
雑種蛇・蒸焼
まむし・縞蛇
営業品目

を乗せ、そこにまむしの入った籠を置く。まむしは次第に、下からの熱で苦しさと熱さに耐えきれなくなって、身体をぐるぐると丸めていく。そうしてできあがったのが、蛇善に並んでいるまむしの黒焼きだ。蛇もかわいそうだが、私たちはやはり、蛇善には、常に蛇が同居していると思い込んで、勝手に恐怖を感じていた。私の家は蛇善の若奥さんの仮屋とは数軒しか離れていないから、恐怖のどん底だった。登校路も変えたし、夜も外出を控えた。もっとも、あっという間に、奥さんはまた蔵前の本店に戻って行った。

その時、「籠や麻袋に入った蛇が運び出された」という噂が流れた。無論噂の域は越えていないが、時にこの蛇婦人の話は学校での話題の中心だった。「旦那は蛇取りに全国をまわっていた」という噂も伝わった。東京の下町でも上野の森あたりでは蛇はまだいたのだが、子どもにとっては身震いがする生きものなのに、怖いもの見たさの魅力があった。小学校に入って、放課後は友だちと一緒によく蛇善へ蛇を見に行った。ガラス張りのショーウインドーの中では、置かれた石の上にまったく動かない蛇が絡み合ってとぐろを巻いていた。怖いのに、いつまでもいつまでも見ていた。

店にひっきりなしに来る客の多さは相変わらずで、朝どころか夜もいっぱいだった。「戦争では蛇は常食だった」という話があり、戦争の悲惨さにはまったく無頓着なくせに、傷痍軍人を見ると、「蛇を食べてた蛇男だ」「わあー」などと大声ではやしながら、駆け出していた。子どもはなにも知らないから、残酷なの

だろう。
もっとも、浅草では蛇が「うなぎ」として路上で売られていたそうだ。「鰻重」ではなく「蛇重」だ。食べた人がいて、「とてもおいしかった」と言っていた。やせ我慢に違いない。

アメ横、闇市、売春婦

私といえば当時、見るもの聞くもの、すべてが面白くてしかたがなかった。とりわけ色彩に関しては、外国の色。あの多彩で、強烈で、見事な原色がたまらなく好きだった。なにしろ戦時中の色は灰色一色で、すべての世界から色という色が消えた時代を経て、飛び込んできたものは、目を見張る鮮やかな多色だったのだ。

「ギブミー、チョコレート」は、ご多分にもれず、私が疎開先で覚えた最初の英語だが、終戦と同時にあちこちに出歩くようになり、アメリカ兵の前に立ちはだかってお菓子をねだる時に使った。お菓子がほしいのではなく、英語を使うことが面白かった。それにしても、あのミルクチョコレートの舌にとろける淡い時間。そしてドロップの登場だ。セロファンに一粒ずつ包まれたドロップの色のきれいさ。それらは忘れることができない。虹色の夢が一粒のドロップにあった。私がその頃から、自分の中で「ドロップカラー」と名づけた色だ。緋色に匹敵するオレンジ。萌葱色（もえぎいろ）をもっと鮮やかにしたミルクグリーン。母乳を思わせる白。それらが口に入る時の幸せ感を、今でも忘れることができない。

家から三〇分も歩けば御徒町（おかちまち）の闇市だ。* 闇市には、アメリカ軍の横流し品やアメリカ兵のセコハン（セカンドハンド・中古品）があふれていた。驚くことに、露天闇市ができたのは、終戦の翌日だったという。大鍋に水八割の雑炊が五円で売られ、長蛇の列ができたそうだ。次々に露天が並び、最初は「自由市場」と言われていたが、売り物はほとんど闇物資。それもほとんどが、アメリカの横流し品で、いつしか「アメ横」（アメヤ横丁）と呼ばれるようになり、それが今では正式通称となってしまった。

缶詰、タバコ、食料品や嗜好品がメインだったが、洋物ばかりが売られていたわけではない。細い通路の左右に並んで、人びとが勝手に物を置いて売っていたのが始まりで、いわばフリーマーケットなのだが、ここではなんでも手に入った。

いつの時代でも抜目（ぬけめ）のない人間というのはいるもので、くだらないものが、目が飛び出るほどの高さで売られていた。千葉や埼玉から担ぎ屋のおばさんの持ってくるやせた野菜が超高級品に見えたほどだ。また、どこにでも知恵者がいて、結局、先はやくざが入り込むこととなるのだが、ショバ代を払わなければ売ることができない、というシステムがいつの間にかできあがってしまった。「もめごと、争い、情報を一手（いって）に片付けてやろう」というのが最初の名目（めいもく）だが、弱い立場の人間に対しては、強気だけを武器としてまとまるグループがやくざだ。脅し、恐喝、

闇市　終戦後、日本中どこにでもできた。売るものはなんでもよかった。盗品であっても、使い古しの傘から、何が入っているかわからない大鍋のゴッタ煮まで、闇鍋と称して、空腹をみたした。

乱暴狼藉（ろうぜき）はやくざの専売特許。肩を怒（いか）らせて何人かがまとまって道をふさぎ、商店を威嚇（いかく）してまわる。逆らえば暴力に及んだ。そんな人間を取り締まる警察も弱体だった。

闇市は人の坩堝（るつぼ）。ごった煮の鍋のような場所。ぎらぎら目を剥（む）いた大人たち。それとは逆に放心状態のよれよれ男に、やけっぱちになった女たち。みんなに共通の食欲を満たすための大鍋や、なにを出されるか見当もつかない体（てい）のいい食堂。生きるためのかっぱらいや盗みの子どもの群れ。そして、男から金を取るために街にたむろする女たち。生きていることは確かなものの、生きることがなんなのか、そんなことを考える余裕もなく、生きるために生きているといった、ぎりぎりの選択がなにより優先された。強い者が幅を利かせ、その強い者に守られたくて、組織が生まれ、やくざがはびこった。弱い人間がいる限り、やくざの組織は伸びつづけ巨大化していく。金力、権力の力の幅を利かせるのは、ある程度落ち着いてから発揮されるもので、いざ、裸の中で力を持とうとすれば、ずば抜けた体力と生命力にものをいわせる強引な駆け引きが必要だ。

もうその頃には、街に売春婦が大勢いた。パーマをかけた頭に派手なスカーフを巻き、そろって真っ赤なルージュを塗ってガムをかんでいる。なにか動物的なにおいを体中に漂わせて街角に立つ女は、女の子にとって度肝を抜く存在だった。パンパンという呼び名はどこから付いたものだろう。サイパン島に日本人が駐留した際、島の娘たちは恐れて外には出て来ない。手をパンパンと打ったら木の陰

アメ横。進駐軍の横ながし物資が売られていたところから、アメ横とよばれるようになった。

から勇敢な女たちが出て来て、相手をしてくれたのが通称となったというのを聞いたが、はたしてどうなのだろう。
楽町（有楽町）のお時、野上（上野）のお八重などがスターとして扱われた。ともに一〇代の若さだ。お時は下駄屋の娘で、お八重は工場に勤めていたというのがニュースになった。その女たちに暗さはまったくなく、開き直った度胸と華やかな出で立ちが若さに鋭さを加えた。むろん、弱くは見せまいといった強がりが優先していたのだろうが、若さゆえのやけっぱちが、体を張った強みとなっていたのではないだろうか。「楽町のお時は有楽町界隈の売春組織の番長で、市川国府台の下駄屋の娘で親孝行なのだ」という話は、下町の茶飲み話の一つだった。まだ一〇代の女の犠牲が祭りあげられるほど、私たち日本人の意識は低かったのだ。

　しかし、戦後の売春組織が文化的においを持ったということは皆無だ。そんな余裕は誰の心にもなかった。敗戦後の進駐軍相手の性処理に駆り出された女たちが、どんな気持ちで毎日を送ったか、みんな知らぬ存ぜぬを装わざるを得なかったのだ。

　吉原*は浅草の隣町だ。性をこれほど上手く、人工的に美化させた街はない。ズーズー弁やきつい言葉遣いの貧しい暮しをしていた娘たちは、親から売られて吉原という街にやって来る。中には服役後の女たちもいた。身ぎれいにするより、まず言葉を矯正され、形ばかりの芸を仕込まれ、最終的には男たちの遊興や体を売

吉原

るようにさせられる。言葉や規則や罰則の決まりも、いわゆる女を金銭の対象にしてのご商売。

四世紀にわたる江戸からの公娼制度は、そこに出入する人を文化人のように扱っていたし、町も人も風俗も、芝居や落語や音曲などにも扱われ、私の子どものうちから面白おかしく身近にあったものだ。事実の重みや負の部分は「虚」の作りものとして吉原では美化され、「ありんすことば」を作りあげ、謳歌され、娯楽化された。そんな中で教育を受けた私の子ども時代は、終戦で大きく価値観を変貌させた。

吉原の持つ哀感は、戦後なんら意味を持たなくなった。「花街」というあでやかな名前の影に隠された売春は、すべての衣を脱ぎ捨てて、単に裸の体を売るという事実と目的達成だけを露呈させた。どんなに親孝行したくても、生きるためと言っても、きれいごとでは済(す)まされない。戦争という地獄を経験した後、女はこんな時、捨て鉢なほど現実的になるのかもしれない。

「日本は武力を放棄し、文化国家として立つ」という宣言が、私の街ではどういうことかわからなかったのではないだろうか。というより庶民には、文化など言われても、摩訶不思議に見えただけだ。庶民文化が、ブギウギや落下傘スカートに象徴され、江戸文化などは震災で壊れ、戦争で壊滅した。文化包丁*、文化鍋*が最も身近な文化生活の代名詞となったのもうなずける。文化などという言葉は、最初から曖昧模糊(あいまいもこ)としたものだったに違いない。たまたまアメリカの言葉が目新

文化包丁 肉・魚・野菜などさまざまな食材が扱える包丁のこと。
文化鍋 アルミニウム合金を鋳造して造られる深鍋。炊飯用に用いられる。

しく、ここでも私たちはすぐにアメリカかぶれして、わかったような妥協をして、暮しを変えていったのだ。

私はまだ子どもだったから難を免れたのだろうが、親や子のため、見も知らぬ異国の男の餌食になって、青春を送らざるを得なかったかもしれない。国は弱い命などに目もくれず、犠牲と生け贄を少女ともいえる女たちの身体に負わせたのだ。無論当時はそんなことを考えるわけはなく、町には吉原の女郎さんやみずてん芸者と呼ばれる売春専門の芸なし芸者さんが大勢いた。供給に追いつく需要があったのだ。

娼婦のレイちゃん

私の家の裏にも、レイちゃんという街娼が住んでいた。この人は栃木の生まれとか。いつも口を半開きにして、髪の毛をだらしなく垂らしている。髪の毛をキチンと結い上げるのが嫌いということだが、商売柄、私の父は髪がだらしないのが一番嫌いで、苦虫を嚙み潰したような顔で応対していたのを今でもよく覚えている。栃木訛りがひどく、尻あがりのズーズー弁は暑苦しい感じがした。少し頭が足りなかったのかもしれないが、だらしないくらいだからのんびりしていて、お人好しだった。

結局、威勢のいいテキヤのお兄さんと同棲し、お寿司屋の若旦那と同棲し、最

連合国軍による一般女性への強姦防止のため日本政府が設けた特殊慰安施設協会（RAA）。横須賀にあった安浦ハウス

後には当時はめずらしかったタクシーの運転手さんと郷里の九州に駆け落ちしてしまった。一緒にいる男の人に感化されやすかったのだろうか。テキヤの時は、昼は焼きそば屋になり、お寿司屋の時は河岸にも出掛けて行き、タクシーの時は客引きまでしていたが、短期間にまあなんという変化。めまぐるしい人生を垣間見ていると、申し訳ないが面白い。夜は上野で街角に立っていたことを考えると、ずいぶんな働き者だったに違いない。いや大変なバイタリティーの持主だったのだ。

　総じて街の女たちは、男たちの数倍も元気で潑剌としていた。真っ昼間から威張って外人と肩を抱き、腕を組んで歩いている女たちの出現は、日本の社会を吃驚させたが、その相手は戦勝兵士なので誰もなにも言えない。実際、そんな女たちの存在が、日本の女たちの防波堤となり、保護の役目をしていてくれたとあっては、みんな目をつぶるより仕方がなかったのだ。「戦争に負けやがって、なんてざまだよ」「じろじろ見んなよ」と悪し様に悪態をつく女たちは、例外なくタバコを吸っていた。

　パングリッシュ*が得意。つまり、文法や言いまわしや単語は最初から無視している。「プレゼント、オーケー?」欲しければ、これで全部通じてしまう。「ユー、ストッキング。プレゼント、オーケー?」といった具合だ。

　はったりばかりのお姉さんたちも、子どもたちにはとても親切で丁寧だった。大人には憎しみを剝き出しにする野獣でも、どこかに母性愛を持っていたのだろ

パングリッシュ　街娼（パンパン）とよばれた女性たちが使った独特の言葉。日本語と英語の単語が交った言葉。

う。「女っていうのはね、いざとなると残酷になるようにできているんだよ」。そうみんなに噂されていたが、私たち少女には、大変興味のある存在だった。たいてい貧しい者同士の協定があり、どんな人にも目線だけは平等に優しくしていたように見えたが、町にあって周囲の大人たちから冷酷な目で見られていたのはなぜだろう。やっぱりここでも運の悪さが作用していたとしか考えられない。

よく缶詰のラベルをレイちゃんからもらった。それに油紙ももらったが、あれはいったいなんだったのだろう。ガソリンやシンナーのにおいが、外国の文明の香りだったことを思うと、とても目新しいおもちゃだったのかもしれない。そういえば、においガラス*と称して子どもの宝物だった時代なのだもの。

そのレイちゃんが毎晩上野にいるという。夕方になると濃い化粧で出掛けて行くので、すぐわかった。浅草橋から佐竹の商店街を抜けて行けば、御徒町に出る。ぶらぶら歩いて通勤距離は、徒歩三〇分というところだろう。こちらも夕方アメ横を冒険して帰ってくる時刻なので、よくレイちゃんに出会った。アメ横に並んでいる、よだれが出そうなお菓子を眺めて、「あれはお金さえあれば買えるよねぇ」などと生意気を言いながら、友だちと歩いているのだ。経済観念だけはしっかり身に付いていたわけで、どんなにしても働いてお金を稼ぐ人は偉い人だ、と子どものみんなが思っていた。どうしたら、私たち子どもが稼げる(かせ)のか。レイちゃんは体で稼いでいるという意味がわからず、たいしたものだと感心していたので、会えば、「お仕事いってらっしゃい、がんばってね」などとお愛想を言っていた

においガラス 今考えると、飛行機の機体の破片ではなかったか。曇ガラスのようだった。地面にこするとちょっといいにおい（？）がした。

のだから無邪気なものだ。

なんにでも興味があり、どんな大人も生きていて不思議な存在だった。どう暮らしているのか。なぜ平気に毎日を送っているのか。大人たちのすべてが、とてつもない不思議な生きものに見えた。私たち子どものエネルギーは、まるで全開のチューリップのように、好奇心と冒険心に花開いていった。見るもの、聞くもの、触れるもののすべてが面白くてならなかった。どんな大人たちも暮しの見本だった。私も好奇心と冒険心の塊のような子ども時代の真っ只中に生きていた。

それにしても男たちは寡黙だった。軍国主義の中で育まれた「男」という形が音をたてて崩れ、男たちには目標というものがなくなってしまったようだ。泣く子も黙る兵隊さんなどどこにもいないし、男たちはアメリカ兵に立てつく勇気など露ほども持ち合わせていなかった。

「戦争すれば勝つと思っているから、こんなざまになるんだよ」。若い女たちはそのとおりと思うようなひと言を、あからさまに男たちにぶつける。言われて男たちはといえば、「国のために」（「天皇のため」などという男はひとりもいない）、小さな声で「家族のために戦ったのに」と弁明をする。その家族さえ、路頭に迷い飢えている。守るという対象と義務をなくした男たちが、公私にわたって弱くなったとしても不思議ではない。男たちは生きるとはなんなのか、という本質を完全に見失ってしまった時代の孤児だったのだ。しかし、裸のままの強さは、女たちによって遺憾なく発揮されていた。考えれば男というのは本来生活に向かず、そ

小学校の教室の風景
六・三・三・四制、男女共学が始まった（写真は昭和二二年）

のぶん仕事や争いごとに天分を発揮できるように生まれついているのかもしれない。「なに気取ってるんだよ」。街ではねんねこに子どもを負ぶって、買い物かごを下げて歩いている元日本の軍曹さんによく出会った。制服を脱いだ彼らには、自分という存在場所がなかったのだ。「ふん」といった蔑（さげす）みに、彼らはひと言もなかった。

まだ子どもだった私は、大人の世界を横目に見つつ、家族の中にいて幸せだった。両親に守られ、貧しい中で買ってもらった真っ白い運動靴や鉛筆やわら半紙の感触のなんと新鮮に感じられたことか。たったそれだけのことで、明日の登校に胸を躍らせた。あれが子どもが生きるということだったのだ。嬉しくて嬉しくて、明日が待ち遠しいという気持ちがつづく毎日だった。そして、ささやかな幸せをくれる人が傍にいるという、目には見えないものが、実は一番大切な心を育んでいたのだ。

第5章　父の生きざま

暮のお茶屋あそび。松葉屋の父。

〝江戸っ子〟父ちゃん——父の原点とその風景

そもそも大江戸三百年の中で、〝江戸っ子〟なる言葉ができたと思われる江戸中期。今では、「江戸っ子、江戸っ子」と当たり前になっているが、本当の〝江戸っ子〟とはなんだったのだろう。下町独特の人種のようにとらえられているが、当時の江戸では、どうとらえられていたのだろう。

「江戸っていうのはね、北は浅草観音から上野広小路を通って湯島に抜け、神田駿河台下から日本橋三越あたり。西は京極を取って返して、水天宮から隅田川を渡って本所両国かぎり。対して山手は本郷赤坂芝白金あたり。それよりほかは場末なんだ」というこの大江戸の解釈は、河竹黙阿弥（かわたけもくあみ）*の見解だ。その中で、「将軍のいる大江戸城下で生を受け、江戸の水で育ち、乳母日傘（おんばひがさ）*で可愛がられ、金にも物にも執着せず、生粋（きっすい）の江戸生え抜きを自認し、粋（いき）と張りとの気風のよさを備えている」のが、〝江戸っ子〟ということなのだ。

私の父が〝江戸っ子〟かどうかは、胸を張って自慢できるものではないが、祖父の頃は江戸末期の幕末、こんな気風が残っていて、父にも多少影響はあったかもしれない。

江戸時代は、男社会で、男同士の生き様がしのぎを削っていた時代だ。殺風景な世相は、男たちの隠れた願望で、「粋」だの「すい」だのと格好をつけて、文

河竹黙阿弥（一八一六〜一八九三）歌舞伎・狂言作者。幕末から明治にかけて活躍した。

乳母日傘　子供、特に幼児が必要以上に過保護に育てあげられること。

化に発展していったのではないかと思う。まあ、「三代つづけば、本物の江戸っ子」というらしいが、父は三代目なので、合格。物や金に執着しないこと請け合い、洒落っ気と粋さも持っていた。シャイで、楽天家で、裏表のない性格であったことも確か。冗談と頓智で人を楽しませてくれることも天下一品、とにかくおしゃれだった。「人間、洒落っ気がなくちゃあ、おしまいよ」「洒落っ気と食い気には年季がいる」というのも口癖だった。父は、〝江戸っ子〟の尻尾をつけた職人であり、東京人の初手*の人種だったのだ。

父は、本当は大工になりたかった。「なんといったって、大きな家を組み立てるの、スカっとしていいやねぇ」と言い言いしていた。調べてわかったが、祖父勘蔵の義祖父（最初の女房きみの祖父）定吉は大工で、七歳でいっぱし鉋を削り、一七歳で棟梁として一家を束ね、宮大工もしたという強者だった。父は父親の勘蔵から、大工の勇壮さと仕事の見事さの話を子どもの頃耳に蛸ができるほど聞かされていたらしい。

しかし父は結局、家業の「かもじや」を継ぎ、たった半畳もあればすべて賄える作業の仕事に従事した。胡坐をかき、目の前には一メートルほどの棒を立て、その頭に小さな溝をつけ、糸に張りを持たせ、二本の毛の間に毛を編み込んでいく。使うのは手先と口と自分の唾だ。原始的なこと、この上ない。できあがった毛には職業専門の符丁があり、「たぼ」「みの」「しゃぐま」などと名付け、髢屋に卸すのだ。時に頭をかたどった台で、髢を作る日もあったが、かもじを一つず

*初手　物事をするはじめ。最初。てはじめ。

父と一緒に（三歳頃）

つジグゾーパズルのように毛にはめ込んでいくのを見るのは、面白かった。
お金には符丁があって、素人にはまったくわからない職業用語が飛び交っていた。

一…兵（へい）
二…疋（びき）
三…山（やま）
四…佐々木（佐々木高綱、源義経の忠臣）
五…片（片手）
六…真田（六文銭）
七…田沼（田沼意次の紋所、七つ紋）
八…八幡
九…際（きわ）

職人は誰もみんな、黙々と作業していた。朝は五時起き。神棚と仏壇を拝んで掃除し朝食。昼食は人より早く一一時半に済ませ、ひと休みしてまた仕事に向かう。仕事は午後三時に終了。その後、決まって近くの銭湯に行って、蕎麦屋によって小腹をおさめてくる。夕食は六時、大きな茶わんに小さなご飯の盛りで二膳。一膳の飯は仏ご飯で縁起が悪いと言う。判で押したような生活だ。父はあまり腹

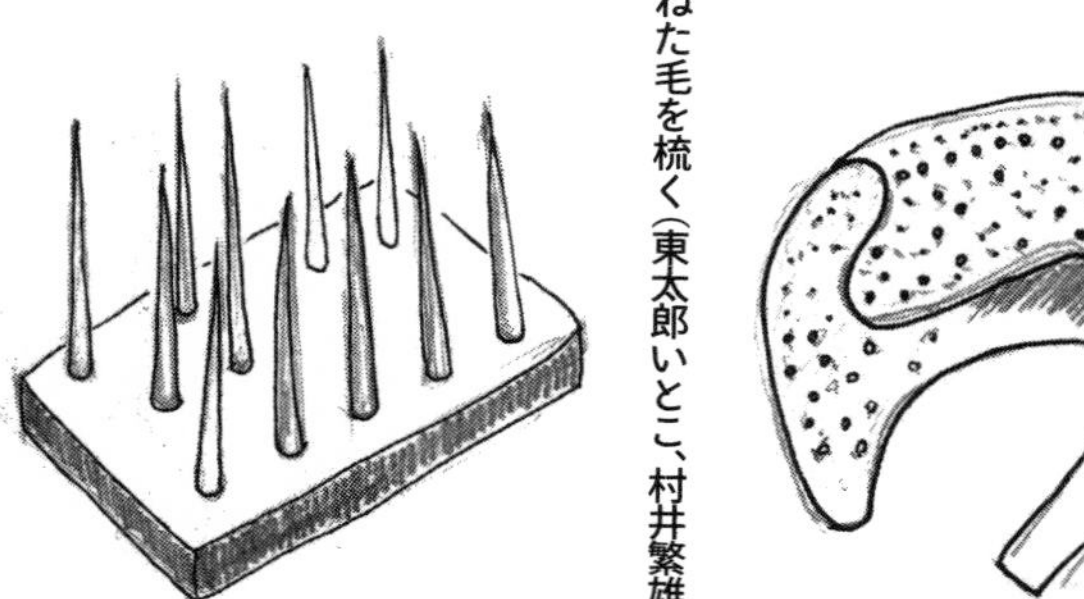

かもじや道具の一つ。銅（あか）でできている、毛を植えるかつらの土台。全面に小さい穴があいている。

束ねた毛を梳く（東太郎いとこ、村井繁雄画）

験が大きくものを言っていそうだ。をたてるということもなく、いつもニコニコしていた。それは、子どもの頃の体

関東大震災と被服廠（ひふくしょう）

父は、「戦争よりも地震の方がよっぽど怖い」と戦時中から堂々と言っていた。「戦争は警報が鳴って知らせてくれるので、逃げることもできるが、地震や火事は突然で予測が立たないだけに怖い」というのだ。

大正一二年九月一日の関東大震災の時、父は一四歳だった。当時家は神田区佐久間町一丁目五番地にあり、職人も通いの者を入れて七人いたそうだ。昼時に起きた地震は、あっという間に帝都を火に包み、子どもの目にも地獄絵となって映り、生涯心に恐怖を植え付けることとなったようだ。すべては一瞬になくなった。以後、「燃えちゃえば、すべて灰なのだ」という哲学が、父の精神の基本となった。

祖父勘蔵は、風向きを見て考えた。憲兵が馬に乗って本所の被服廠*に逃げるよう大声で指示していたが、風は両国の方に向かって吹いていた。とっさに命令を無視して上野の山に逃げたお陰で、家の者はみんな助かった。言いなりに被服廠に逃げた何万人の人たちは、火の中で亡くなった。人生なんてどこが分かれ目になるかわからない。あの時、役所の指示に従っていたなら、私はこの世には存在していない。この時の祖父の判断が家族の命を救い、私たちという子孫をつくっ

関東大震災で倒壊した家屋

被服廠　大日本帝国陸軍の組織の一つ。軍服を製造。関東大震災による火災旋風発生場所とされる。

た。一瞬の知恵の働きの賜物（たまもの）ということだ。

「生命は奇跡の中に生まれ、つながれていくのだ」というのは本当だ。うちの一家は上野の山の空家（あきや）に逃げ込み、お墓に立っている卒塔婆（そとば）を燃やして米を炊いたそうだ。米を持って逃げたのは、祖母の機転の賜物で、米なら噛んでもお腹が満たされる。水はどこにでも井戸があったので、困るということはなかったそうだ。

「震災後数日間、不気味な地鳴りがつづき、風が吹いた」と祖母もことあるごとに言っていた。「そういやあ、なにか不吉に感じる残暑だった」と祖父も言っていたそうだ。不思議なことに、後になってこの惨事の虫の知らせを受け取っていた人は、街にとても多くいた。

この日、わが家も焼失してしまった。みんな散り散りになり、何人かの職人は指示どおり被服廠に逃げたが、以後の消息は不明のままとなった。江戸の名残をとどめるすべてのものが消え、その日を境にして、まったく新しい東京が始まったのを実感していたのが私の父だった。

語り部としての父の話

「あん時やぁねぇ、天気がいいのにものすごい風が吹くのよ。私（あちし）は、今でいえば中学生くらいかねぇ。学校の初日から帰って来たわけ。初日ちゃまずいね、新

震災時の上野公園入口

学期だね。学校から帰って来たら地鳴りが、『うぉぉぉ、うぉぉぉぉ』ってね。これがすごいのよ。そうねぇ、一分ぐらいは鳴っていたんじゃなかったかねぇ。そのうち、『ドカドカドカッー』っときた。あの頃、どこの家もみんな瓦でしょ。そいつがドワって落っこって来て、だから夢中になって飛び出した人がね、やられたり怪我してしまったの。

一一時五八分、よぉーく覚えているよ。

揺れると同時に、二畳ぐらいの中庭があって、私はそこに飛び出した。そうしたら、瓦とか、簾とか、莫蓙とか、あちこちから、箒とか、降って来るわけ。飛んでも来るわ、危ないってんで、また引っ込もうとしたけど戻りきれなくって、便所の前にうずくまっていた。二分ぐらい揺れたのかね、いったん収まってさ、『あーあ』と思ってたら、二度目が来た。それでひどくやられちゃった。

うちはお昼が早いもんだから、もう食べちゃっていたんだけど、他はこれからって時でしょう。どの家も台所で火を使っていた。火はほうぼうから次々出たね。やっと外に出たら、もう火の海よ。道具類が氾濫し、お札が風に吹かれて空を舞っていたけど、誰あれも拾う人はいなかったね。それどころではなく、この世は終わりだと思った。中には、気がふれて狂乱状態になっていたのを、家族が足手まといになったのか、電柱に兵児帯で結わいつけて置いていかれたのを見た。本当にかわいそうだったというものの、誰あれもどうすることもできなかった。みんな逃げるのに必死よ。自警団も消防もあったもんじゃなく、次第にみんなおかし

浅草・震災の跡

くなって。

風はビュービューひどいでしょ。それが怖くてね。後はあちこちの道路が地割(じわ)れしていた。両国橋まで逃げて来たの。何時頃かな、こりゃあもう渡って逃げられないなって、いったん戻って来て、鳥越の明神様の前の原っぱに逃げた。その時、不思議なことに上野の方には火がないんだよね。それで、『上野の山まで行こう』ってことになった。私(あちし)の父親がね、そこのとこだけが妙に静かに見えたんだって。上野の山に来たらもう人がいっぱいで動けない。山をいったん上がって、西郷さんの銅像のとこから山づたいに逃げた。なにしろ、まだ風が強くてね。だけどあん時は竜巻だったね、ありゃぁ。

三日間ぐらい逃げまどっていたかね。そん時にね、武装して馬に乗った連隊が街中をドンドン向こうから来るの。街では、『朝鮮の人たちが焼き討ちに来る』からって大変な騒ぎをしているわけ。みんな竹やりなんか持っちゃって。流言蜚語(りゅうげんひご)って言うんだよね。それでさ、みんな夜になって怖いもんだから、『合言葉を言え』って言うのよ、『山』とか『川』とか『イロハ』とかね。『言葉、発音が変だったらやっつけちゃえ』っていうわけ。

お互いにね、『お前は山か川かほんとはどっちだ』なんて、言う方も答える方もわかんなくなっちゃってる。怖いやつなら、そんなことという間(ま)に家に入って来ちゃうし、反対にやっつけられちゃうよね。子ども心におかしかった。合言葉にもなんにもなりゃしない。そのうちにお互いにうんと近づいて来ちゃってさ。ど

上野公園西郷隆盛像

うなるか墓石の陰で見ていた、子どもだからね。棒切れかなんか持ってさ、馬鹿に威勢はいいんだけど、いざ人が傍に来たらてんでだめで、お互いに、『山なんです』とか『お前は、山か』って、笑うわけにいかないしね。だけど、近所の朝鮮の人なんか震えていたよ。おやじがね、『うちの親戚だ』と言って庇ったよ。なんにも罪ないし、一緒に逃げたんだからね。

うちは、上野の山で墓に立ってる卒塔婆なんか燃やして米を炊いて食べていたけど、一週間後には山を下りて浅草橋にバラックを建てた。両国橋が馬鹿に近く見えたし、焼け残った蔵前の蔵がよく見えたね、札差のとこのね。あれで江戸は全部消えて終わっちゃった。きれいさっぱりとさ。職人の何人かが両国の被服廠に行って、それっきりよ。どうなっちゃったのかねえ。だけどおやじは偉いね、すぐに浅草橋に住まいを移した。もちろん貸家、飴*問屋の岩崎さんの家作*にポンと引っ越した。なに一つ、愚痴も嘆きもしなかった」

飴　当時は水飴しかなかった。
家作　貸家のこと。

「なあに、人間五〇年生きりゃ、三回は天災に合うって格言がある、本当かね」と、父は語り部のように、当時の話をしてくれた。死者が一〇万五千人、当時の東京の人口が二〇三万九一人だから、二八人中ひとりは死んでしまったのだ。灰と化した家屋は二八万九八四六件。こちらは焼失前には四四万五九九戸あったということだから、江戸の半数の家は焼けてしまったわけだ。いかに酷い災害であったことか。

父は、一切は一瞬にして灰と化す虚しさを、子どもの時に味わったようだ。揺れが収まって見た夕日が忘れられないという。「あんな大きな太陽を見たことないよ」。生きていたという実感かもしれない。ちなみに、

ぎんぎんぎらぎら　夕日が沈む＊
ぎんぎんぎらぎら　日が沈む
まっかっかっか　空の雲
みんなのお顔も　まっかっか
ぎんぎんぎらぎら　日が沈む

『夕日』というこの童謡は、この地震の後の東京を見て作られたと言われるが、誰もが一様に感じたことなのかもかもしれない。父も夕陽の赤さが血の色と思ったという。

また真っ白い割烹着（かっぽうぎ）は、本来カフェの女給さんの制服のようなものだったが、震災後その機能性のため、普通の家庭の主婦がみんな着るようになったと言われる。いつの時代でも人は賢いというか、抜け目ないというか、生命力を持っているものだと感心するばかり。割烹着は母親たちの制服に変わった。

こんな話をする父の江戸弁は女言葉に近い。「そうなのよ」「でしょう」といった口調だ。「どうしてなのか」と聞いたことがあるが、「職業柄女が相手なので、

＊**ぎんぎんぎらぎら　夕日が沈む**『夕日』葛原しげる作詞、室崎琴月作曲。

そうなった」という話だった。おまけに、「ひ」と「し」の区別がうまく言えない。ほとんどが「し」になってしまう。「しとがわるいよ（人が悪いよ）」「おしさま（お日様）」「しごろから（日頃から）」「しるまえ（昼前）」「しきこもる（引きこもる）」。これらは下町のなまりで、上手く言えないのはなぜなのかわからない。

若き母の遺言を胸に

大震災の記憶とともに忘れられない今一つのことは、父にとって、実母の死に際の遺言だ。大正三年、父東太郎が五歳で、妹の春が三歳の時、父の母きみが亡くなった。明治二一年生まれだから、まだ数え二七歳という若さでの死だ。幼い兄妹は、どんな思いだったろう。

私の本当の祖母にあたる「きみ」は、村井繁太郎、百海二左衛門の四女すみとの間に長女として生まれた。村井繁太郎は神田佐久間町に生まれ、どうもこの人が先祖の「かもじや」の始まりだったと思われる。すみは、日本橋本弓町に生まれている。

東太郎の父の勘蔵は、きみが妻になる前か、なった後か、その義父となった村井繁太郎のもとで、かもじ職人の修業をしたらしい。いわば弟子が師匠の娘と結婚したのだ。妻となったきみには六人のきょうだいがいて、いずれも浅草区向柳原、本所、下谷など下町

嫁入り前の祖母リン

と呼ばれる所に住んでいた。賑やかな環境での暮しであったと想像できる。勘蔵は入り婿のような状態で、きみの家にいたらしい。明治四二年に長男東太郎が生まれ、三年後に長女春が生まれた。きみは色の白い美人さんだったと言われていた。ところが、春を産んだ後、産後の肥立ち(ひだ)が悪く、そのうちにあろうことか結核にかかったことがわかった。当時の結核は治る見込みのない死病とされていた。まして、うつる病(やまい)とされていたので、急遽きみは勘蔵の弟が住む江戸川区鎌田村に療養に出され、幼い兄妹は母親から引き離された。たまに東太郎が見舞いに行くことはあっても、母親はわが子を近くに寄せることを絶対許さなかったし、長居もさせなかったそうだ。

ある日、東太郎は父の勘蔵にせかされて、朝早くに家を出て母親のもとに行かされた。臨終(りんじゅう)が近い母親との最後の対面だった。子ども心に、これが最後の別れだと思ったそうだ。きみは東太郎をじっと見つめていたが、最後に、「みんなにかわいがってもらうんだよ」と、か細い声でそう言った。母の遺言だった。

父は、その日のその言葉を忘れることはなかった。みんなにかわいがってもらうことが母親の願いであり、それを守り通そうと心に決めたようだ。そのせいか、下町の人の特徴と言われる、短気で喧嘩っ早いということは父には皆無だった。気に沿わなければ、さっと身を引くし、喧嘩になりそうになれば座を立った。家にいて食事をする時も、祖母や母の作る料理がどんなに不味(まず)くても、文句は言わなかった。箸をつけても、不味ければそっと残すだけだった。なんでもマイナスには考えない、ということが母の教えだったと固く信じていた。
後添えに来たリンとの関係も穏やかで、反抗したり、気まずくなったことも一度としてなかった。義母リンはそれは厳しい人で、なさぬ子*と他人から後ろ指を指されないよう育てなければという意地が勝って、親戚から苦情が出るほど躾にうるさかったようだ。そんな中でも、東太郎は妹の春の面倒をよく見、兄妹は仲がよく、嫁に来た母日出がやきもちを焼くほどだった。

私の叔母にあたる春は、父の尋常小学校の同級生に嫁いだ。家も近く、ちょくちょく顔を合わせていたものの、滅多に父を訪ねて来ることはなかった。父の同級生の夫は優しかった。しかし嫁ぎ先の姑は、近所で鬼婆と言われるほどおっかない口うるさい性格だったが、この嫁には兜を脱いだそうだ。「いくら怒っても張り合いがない」と。おとなしい叔母は、義母には無抵抗、ただ遠慮するという性格だった。

戦後、下町の夕暮れ時は、道の角々に子どもを背負った母親や女中さんたちが集まって子守唄を唄ったり、おしゃべりしたりと、陽が落ちるまで時間を過ごすのが習慣になっていて、叔母もその中のひとりだった。叔母がいるとわかると、父はどこからか包みを持ってきて、「春に渡しておくれ」と私に手渡した。叔母に渡すことを考えて、父は酒悦の福神漬けや、時に半幅帯*や日傘などを日頃からこっそりためていたようだった。でも父は、決して自分からは手渡さないで、私に言づけを頼んだ。

なさぬ子　自分が産んだのではない子。

老後のリン（よしこちゃんの姉の市川の家の前で）

半幅帯　ふつうの帯の半分の幅の帯。並幅を半分に折って仕立てたもの。

叔母はうれしそうに受け取ると、「ねんねんころりよ　おころりよ」とあたりに気取られないように、大きな声で子守唄を唄い、頭を下げ下げ帰って行った。夕陽がゆっくりと落ちて、それぞれの子守りたちが、「また明日」と散って行く。叔母は最後まで私に手を振ってくれた。私の家は目の前、父はきっとそんな妹の姿を見ていたに違いないと思う。子どもの頃から人知れず、庇い(かば)あって暮らしていた姿を彷彿(ほうふつ)とさせるような気がしたものだ、と今になって強く感じる。

私の父も、おとなしい叔母も、思い出せば大きな声を張り上げたり、愚痴や苦情を言った姿を一度も見たことがない。いつも冗談を言ったり、ニコニコしていた。「みんなにかわいがってもらうんだよ」。二七歳の生母の臨終の言葉を、父も叔母も一度も忘れたことがなかったのだろう。

母のない子は　夕陽を拝(おが)む
母は夕日の真ん中に

そんな子守唄がある。

ふたりともすでにあの世の人だが、夕暮れ時の下町の露地にふと聞こえてくる子守唄に、父や叔母の笑顔が重なってくる瞬間がある。歳とともに、親子の情愛が強烈に感じられるのは、「やさしさ」という母を失った兄妹のありようが、心に伝わってくるからに違いない。

第6章

浅草田原町の父の店

外国人観光客向けに英語で書かれたかつら遊びの人形

浅草田原町に仕事場をかまえる

戦後の復興の速度は目覚ましく、街の姿は一日一日で吃驚（びっくり）するような変わり方だった。街にはブギウギが流行り、「心うきうき」という歌詞が日常にぴったりという毎日がつづいた。笠置（かさぎ）シヅ子*という歌手の、ど迫力の唄に酔い、誰もが仰ぐ青空が大きく広がっていた東京。B29がどこからか現れるといった記憶を持っていた大人たちも、少しずつ、まぶしく空を仰げるようになっていた。

父は、帰京してすぐに、一つだけ残った家作、浅草田原町に仕事場をかまえ、毎朝足にゲートルを巻いて、徒歩で浅草橋から浅草に出勤して行った。祖父の代からいた瀬古さんと瀬戸さんという、似たような名字（みょうじ）の昔からの職人仲間を参加させた。すぐに、瀬戸さんの息子の佐一ちゃんという人も加わり、万万歳（ばんばんざい）の出発に見えた。

髪形で女の境遇を見分けるなどとは、もはや昔の話となり、戦後にはそんな決まりはまったくなくなっていた。鬘（かつら）ももはや、歌舞伎の舞台や芸者さんの行事の時ぐらいにしか使われなくなってきていた。肌を剥き出しにして闊歩（かっぽ）する女たちも、パーマネントでチリチリの髪になったし、街のおばさんたちの頭もまるで大仏様の頭のようで、かたつむりが並んだみたいなカールが長く持つようにと、パーマをしっかりかけるのが大流行だった。電気パーマだったから時間もかかった。

笠置シヅ子（一九一四～一九八五）香川県出身。歌手・女優。戦後「ブギの女王」として一世を風靡（ふうび）した。

「世も末だ」という瀬戸さんと違い、父はかなり改革派で、「しょうがないだろう、時代なんだから」と言っていた。きれいに日本髪を結っている余裕など誰にもなかったし、パーマネントの流行で、「かもじや」もあっという間に斜陽の産業となっていった。うちばかりではなく、桶屋はプラスチックに、下駄屋は靴屋、ガラス屋は鏡屋へと変わってゆき、なにもかもに機械や技術が導入され、アメリカのにおいが日々充満していった。

　それでも花柳界は健在で、父などは忙しい部類だった。父の職人仲間の瀬古さんの同期の桜田さんという祖父の弟子が南方から戻り、またひとり加わった。それは恐ろしい顔つきの人で、戦争でどんな苦労をしたか、顔を見れば察しがついた。瀬古さん、瀬戸さん、それに桜田さんの考えが日々ぶつかるようになった。特に父相手ではなく、弟子同士の瀬戸さんと桜田さんはことごとく意見が対立した。戦争体験者の桜田さんが、なにかにつけて戦争を話題にするのが瀬戸さんには疎ましく目障りだった。時代の流れに乗れないことは、お互いが承知していても、各人の過去は共通にはなれない。それなのに戦時中のことがすべてのバロメーターになっている桜田さんには、そんなのは許されないことだった。一日一度は戦争の話をする。賑やかな浅草の復興は、桜田さんには腹立たしい。「贅沢は敵だ」「パーマネントはよしましょう」と言われる中で戦地に行った人だ。戦地での体験があまりに酷かったので、その事実を忘れることができない。自分を全否定されるように感じるらしい。水を飲んだだけで、「戦地では夏、水など飲めなかった」

という話題になる。

とうとう、禿隠し（はげかく）をめぐって事件が勃発した。「禿隠しという名称（なまえ）を変えたらどうだ」という瀬戸さんや瀬古さんに、桜田さんは反対一点張りだった。「じゃあ、なんてするんだ」と桜田さんが言い、「トップヘアーはどうだ」と瀬戸さんが答える。「ばかな、英語なんか使いやがって」。そんな争いが限りなくつづく毎日が、ぎくしゃくした関係を膨（ふく）らませていった。

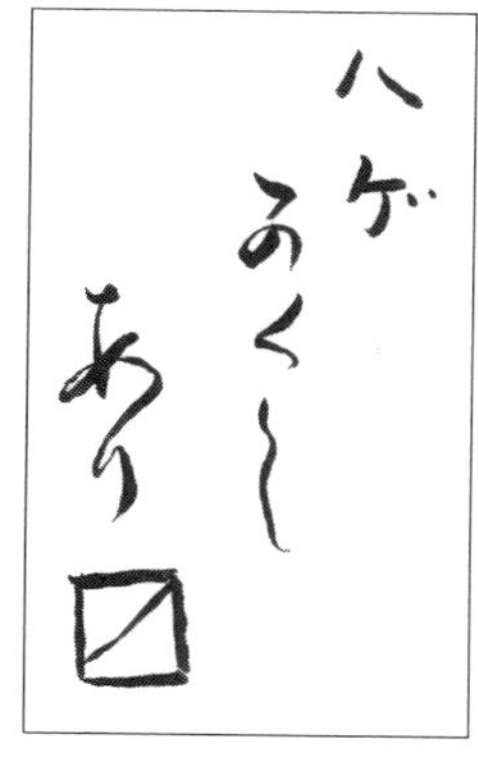

店の中にあった貼り紙「ハゲかくしあります」

自分の庭のような浅草

私はよく、田原町の父の仕事場に遊びに行った。時に泊まることもあった。ちょっと足を延ばせば六区（ろっく）があり、観音様があり、拝むも見るも食べるも思いのまま、という浅草は子どもにとって、おもちゃ箱に入ったように楽しい街だった。人の多さが、こんなにも心地いいものか、楽しいものか。それがわかるのに、子どもも大人も変わりない。

うまいもの、安いもの、そして華やかなもの。女のいる街には、蜜に群がる蜂のように男たちが集まってきた。ストリップが大流行で、浅草フランス座*のオープンの日には、なぜか女たちも大勢並んだ。お目当ては、開場記念に出たアルマイトの洗面器だった。フランス座の支配人は斉藤さんで、「地元の女たちに受けをよくしておかないと、地方からの客が道を聞いても教えてくれないからね」と

浅草フランス座　昭和二六年に開業。ストリップの合間にコントなどの軽演劇を上演していた。

いう理由で、洗面器や石鹸が配られたのだ。宣伝はチンドン屋がした。

東京ブギウギ　リズムウキウキ
心ズキズキ　ワクワク
海を渡り響くは　東京ブギウギ

なにがウキウキか知らないが、この無責任、無節操な『東京ブギウギ』の唄くらい、みんなを明るい気持ちにさせてくれたものはなかった。女たちは腰を振り、なんでもいいから、ウキウキしたところから出発しなければいけないのだと思い込もうとした。子どもたちは、大人のウキウキワクワクに感染した。ついで、

ウワオ　ワオワオ　ウワオ　ワオワオ
私は　めひょうだ　南の海は
火をはく山の　ウワオワオワオ生れだ

と雄叫(おたけ)びで始まる『ジャングル・ブギー』にいたっては、価値観がいっぺんにひっくり返ったようだった。「私はめひょう（女豹）だ」。そういえばどちらの唄も海を渡っている。アメリカを意識してできたのだろうか。人の住む街をジャングルにたとえて、その王者になろうという歌詞は、女がいかに強くなったかを物語っ

ているようだった。

男はといえば、傷痍軍人も雨後の筍のように沸いて出ていた。観音様の境内、道ばた、家の軒先、仲見世のいたる所でアコーディオンを抱えて軍歌を弾いていた。足をなくした軍人は、車のついた台に座ってお貰いをしていた。傷痍軍人のための「片手屋」という店が田原町にあって、なんでも片一方だけ売っていた。靴や手袋は一足や一組ではなく、一個という単位でのご商売。盗品だって拾ったものだってかまやしない。死体からはぎ取ったかもしれない。しかし、とても繁盛していた。それだけ需要があったということだ。

人さらいも流行した。子どもをかっぱらって売り飛ばすというのだが、本当のところはわからない。好奇心のままに子どもがどこかに行ってしまい、かわいそうだと拾って育てるということもあったし、困って捨ててしまったという事情が、さらわれたという言いわけになったのかもしれない。だいたい、貧しい時は神がかり的な話が流行る、と相場は決まっている。さらわれるということが不幸であるとは限らない。当時の子どもなら、一度はさらわれてもいいと思っていたはずだ。貧しさはいつも外に希望を見い出すものだから。私は浅草でなにかが怖いと感じたことは、一度たりともない。自分の庭のような感覚でいた。

父は浅草橋の家に帰ったところで、嫁姑の争いに巻き込まれるとわかっていたから、私をよく映画や寄席に連れて行ってくれた。芝居や寄席、映画、実演などのチケットは、仕事柄いくらでも手に入ることもあって、行く場所には困らない。

第二次世界大戦後の傷痍軍人（昭和二三年一二月）

夕方早く店じまいすると、「行くかい」と手招きした。

私は学校が早く終わった時は、奥山*の見世物小屋に行く。生きている鶏を手に持って首にかぶりつくという女が出てきたり、大蛇を首に巻いたり、ゴム紐を鼻に通して喉から出すといった奇怪でおかしな芸ばかりを口をあんぐりさせて見ていた。なぜか女は水着姿、男は黒長靴を履いている。薄汚いが最初度肝を抜かれ、次第に人間という不思議なものを見たいという愉しみに変わってくる。

客席は板張りで円形に作られているのだが、上から下にかけてひどい傾斜となっていて、その傾斜を横に歩きながら見学するように作られているのだ。立っているのが至難の技。つまり、長くその場にいられない仕組みになっている。客への親切さなどはまったくないのだ。入ったらともかく、必死で奇妙なものを一つくらい見て、自然にすぐ出て行くようになっている。

客は東北方面の人が多く、まず、この浅草に足を踏み入れた時の驚愕の瞬間が、東京という化け物との最初の遭遇だ。姑息(こそく)とわかっていても、度肝を抜かれ、病(や)みつきになり、だまされることを楽しんでいた。子どもの私は身の軽いこともあり、急勾配の床には長くとどまれない。囃子(はやし)言葉で巧みに出口に誘導されることになる。「はいはい、お嬢ちゃん、坊ちゃん、進みましょう、進みましょう。前に進みましょう。お帰りはあちら、お帰りはあちら」といった具合だ。「いんちきだ」と言いたいところだが、文句が出る前に出た所が、他人様が住んでいる家の庭という具合。今度はこちらが見世物になって右往左往する羽目になって、やっ

奥山　浅草寺近くの商店街。江戸時代中期より奥山を中心に見世物小屋や大道芸などの大衆娯楽が賑わったが、明治中期以降は隣の六区へと移った。今もその名残りは大衆演劇場「木馬館」に見られる。

と表通りにたどり着く。

今なら人権に関わるなどと言いかねないだろうが、いかに話のネタになるか、あきれて笑い話にもならない、といった愉快さが、浅草のいいところで、そんなことにまで知恵を働かせなければならないところに、生活の悲哀があったのだ。罪もない詐欺に笑いがあったからこそ、疑わずに心底笑えたのだ。

娯楽のメッカ、浅草六区

下町の職人で、浅草に遊びに行かないという人間など、ひとりもいなかったはずだ。父もご多分に漏れず、休みは浅草で時間をつぶしていたひとりだ。子どもの頃は勘蔵に、「浅草に行くぞ」と言われると嬉しかったそうだ。浅草寺（せんそうじ）の境内には露店が並び、歓楽地の六区で、クマ娘、ろくろっ首、河童小僧、地獄極楽などのからくりの見世物小屋をはしごし、なにしろ浅草をひとまわりして帰る、というのが父の思い出に色濃く刷り込まれている。「五〇銭玉一つあれば、大手を振って浅草をのし歩けた」という。「呼び込みがすごくてさあ。小さな小屋で南北戦争、上野の彰義隊、それから二百三高地、旅順の戦場が再現される。ありゃあ、忘れられないねぇ」「玉乗りは江川大盛館、活動写真は電気館、富士館、帝国館。そうそう、電気応用というのがキネオラマ*ってね……」と話は尽きない。

そういえば、私の子どもの時は、六区の「浅草電気館」の新井さんという店主

浅草六区（昭和一二年）

キネオラマ　キネマとパノラマの合成語。

が、入り口で箱の中に手を入れると、電気がついて手の骨が透けて見えるようになるものを作った。これは大人気で、客の長い列ができたが、いったいどういう仕組みだったか、今もってわからない。あっという間に新井さんは手に癌ができて亡くなった。こんな哀しい笑えない話も浅草では日常茶飯事だ。

上野が東北の玄関なら、浅草はほっとひと息つける東北人の歓楽街だった。垢ぬけない品物も故郷の香りを残して、ついと手を伸ばせるよう配慮されている。お国訛りや方言が行(ゆ)き交(か)い、国許(くにもと)の友人と会う場所といえば、「浅草の観音様の大提灯の下」で通るのも、この街の特徴だ。なにより浅草の商店街では、使用人のほとんどを東北からの出身者で賄(まかな)っていたのだ。

六区は娯楽のメッカ。実演が大流行で、映画館では映画の上演前に、必ず出演者のご挨拶というのがあった。女剣劇、ストリップ、寄席などに混じって国鉄劇場と称する左翼芝居なども登場して、玉石混合、ごった煮、国籍不明。恥も外聞もいらない街。その中で、言葉もはねて飛んでいた。考えれば、れっきとした浅草寺という寺の門前町なのに、そこではなにもかもが許される感じだった。思想的なことをわかったように振りかざし演説すれば、「米が食えるようになってからほえろ、馬鹿」のひと言で笑われてしまった。ここでは、赤などという運動はなんの値打ちも持たなかった。もっとも、そんな連中はこの土地とは無縁だ。

そういえば、観音様の横に左甚五郎(ひだりじんごろう)*が彫ったという馬の彫刻があって、そばに生きた白い馬がつながれていた。その馬が食べたエサの大豆を拾って食べると歯

左甚五郎　江戸初期に活躍したといわれる伝説的な彫刻職人。日光東照宮「眠り猫」（左の写真）が有名。

ぎしりが治るというので、飼い葉おけの中の豆を拾って子どもに食べさせた。これは本当に効くというので、いやいや泣き泣き子どもが親に食べさせられていた。よくわからないことが街中に転がっていたのが、浅草という所だった。「だけどね、震災と戦争で浅草も変わってしまってね。寂しいというより虚(むな)しいよねぇ」。蝙蝠(こうもり)が街を飛んでいた頃の話で、父も思い出を持ちつつ老いていった。むろん甚五郎の馬の彫刻もなくなってしまった。

私が浅草をぶらぶらしていたのも、戦後の頃からなので、目をつむっても街は歩けた。そんな人たちの間をぬって歩いた。私がここで学んだ歩き方は、生涯役に立っている。「薄情も情の内」と言った人を相手にする街を、横に縦に小走りに歩いて行くのは、なんだかうまく世の中を渡って行くようで心地よかった。人の多い繁華街を歩く時は、人に沿って行くと立ちどまったりぶつかることはない。人混みをぬって歩くという感覚には、実にスリルがあり、リズミカルで、おまけに快感だ。

日に日に開発が進み、道路ごとに商店街ができ、それぞれ名が付いた。最初は仲がよかったが、すぐに不具合が出てきて、なかなか意見がまとまらなくなってきた。今のJRも、上野から浅草にも走らせようという計画があったが、反対があって、結局東武鉄道だけが交通機関を独占してしまった。地下鉄が最初に浅草〜上野間で開通し、それで充分だと考えた人も多いのだ。住む人にもそれぞれの思惑があり、協調性がないのも浅草の「癖」の一つだ。いわば贔屓(ひいき)の引き倒し。「壮大な地方色」を持っているのが魅力であり、欠点だった。正直といえば正直、本音だらけと言ったら本音だらけ。人間を見るのに大いに偏見やいじわるが働いていた。

後年、渥美清[*]さん、関敬六[*]さん、谷幹一[*]さん、小澤昭一[*]さんなどと浅草の「今半（いまはん）」で食事をしていた時、みんなが異口同音に、「浅草では芸の修業はさせてもらったけれど、懐かしい気持ちで帰って来ようとは一度も思ったことはない」という話をしたのに驚いたことがある。ぶらりと故郷に帰ろうといった情感は、浅草にはないということなのか。変わり身の早さと情が長つづきしない人の流れが、浅草という所にはあったのだ。

一面残酷な仕打ちを平気でするのも浅草だ、と私自身も身をもって味わった。つらい修業時代は思い出したくはない代物（しろもの）で、心に封印したい。二度と顔を出してほしくないのは、人の不人情さが記憶の中にあるからだ。頭一つ抜きん出て出世したとしても、今度はそれがやっかみになることが見通された。浅草は帰る故郷とはほど遠い街なのだ。つまり日本一の田舎とも言える。

渥美清　俳優・コメディアン・歌手。
関敬六　コメディアン・俳優・声優。
谷幹一　俳優・コメディアン。「タニカン」の愛称で親しまれた。
小澤昭一　俳優・タレント。エッセイストなど多分野で活躍した。

第7章

「かもじや」の客たち

よしこちゃんの正月用のかんざし

父の江戸弁――はしょって間がよくて、江戸の財産は言葉なのだ

「哀れな乞食でございます」

「消えてなくなれ、このドブネズミ」

「まだご飯前？　ちょっと上がって小腹おさめていきなよ」

「てぇやんでい」

「ちょいと　粋な兄さん　チュウチュウ」

「上がり花*か　ちょんの間*でどう？」


お乞食さんから、赤線の女までが、それぞれの言いまわしと言葉を持っていた。明治生まれの父がその血を持っていないわけはない。「ブリキ屋」は「ブルキ屋」。「お汁粉」は「オシロコ」。「チリ紙」は「鼻っ紙」。お風呂は「お湯」で、トイレは「ご不浄」。

私なども父の使う名残の江戸弁を、日々忘れていく言葉なのに、ある時知らずに使っている。会計やお勘定の時についと出るし、「散蓮華、頂戴」などと言っても、なかなかスプーンは出てこない。「ついと」というのも言葉は死語だ。「ひっくり返る」や「落っこちる」「ぶっかる」はまだ残っていても、「つんのめる」「折れる」「折れ口（死ぬ）」などは、今では使わないと思うがどうだろう。

上がり花　ほんのちょっとの間にお話しする時間。
ちょんの間　ショートタイム一時間あまりのお遊び。

ある時、タクシーに乗って、「左に折れて下さい」と言ったら、「お客さん降りてください」と降ろされたことがある。しまったと思ったが、すぐ納得した。「折れる」は「死んだ」ということで、しょっぱな（その日初めての客）に縁起が悪いということらしい。父もよく、「昨日、二丁目で折れ口があった」という具合に使っていた。父の江戸弁には、今ではよくわからなかったり、使わない言葉がたくさんあった。「まんまんなか」「足手まとい」「口三味線」「ついさっき」「ばかもほどほどにしろ」「真っつぐあるけ」「居候」「権八（色男）」「ごきんとさん（小金持ち。思わぬ人が借りた物を早々返しに来たりすると貸した方がお世辞によく使った）」「落とし紙（ちり紙、トイレットペーパー）」「仏棚（松が谷の仏壇屋）」「店賃（店の家賃）」「店子」「店請け（保証人）」「店立て（仮屋の追い立て役）」。面白いのは店員のことを「端者（家の者ではない者）」と言っていた。

特殊だからいいというわけではない。父の女言葉も、お客が女なので気を遣わせたくないという、親切や思いやりから生まれたものらしい。江戸言葉*はべらんめいと言われるが、さっぱりしていていいし、相手が深く言葉を考えなくて済むのだそうだ。気まずい思いはお互いしたくない、という美学があってのことらしい。

もう一つ、私の街は台東区、そのまま読めば「だいとうく」だが、そう言うと叱られる。あくまでも「たいとうく」と言葉も濁ってはならなかった。隣の駅の秋葉原を、私は今もって「あきはばら」と言うが、父は「あきはのはら」と言っ

江戸言葉　江戸弁とも言い、東京都の中心部（かつての江戸）で使われていた日本語の方言。下町言葉と呼ばれることもある。

ていた。姉の嫁ぎ先は芝露月町。「しばろげっちょう」ではなく、「しばろーげっちょう」と言わないと、嫁ぎ先の義父に叱られたそうだ。言葉にこだわりを持っていたのだろう。下町今昔も下町言葉も、今ではもはや死に絶えた。

ひょっとすると父の言葉は祖母リンの影響かもしれない。子どもの頃から花柳界の下働きをしていた祖母は継子となった子に厳しかったというが、今思うと祖母の言葉と父の言葉はあまり変わらない。

「湯に早く行っておいで」「おっかさん、ちょっと行ってくるョ」

「おーいやだ　嫌だ」「片付けておしまいョ」「一緒にゆこうかねぇ」「イヤョ」

「話をしておかなきァ」「そうおしョ」

「すいません、もちょっと、ちょっぴり（少し）入れてョ」「おこわとうで玉子」

暮れの挨拶は、「まあ、みなさん息災で」。これが新年に向けての挨拶だった。歯切れがよくてさっぱりしているがちょっと愛想がないようにも聞こえなくはない。

父の父、私の祖父勘蔵は職人言葉で、「金は豪気に使え」が口癖で、「金なんて貯める奴は碌なもんでねぇ。から笑いと卑下慢など見っともねえことはするな」とよく言っていたらしい。から笑いは、話の中で意味のない箇所でへらへら笑うこと。卑下慢は、へりくだっていながら自慢する下種な輩ということらしい。暮しのそのまんまが言葉になっていたのだろうが、貯まるほどのお金もないくせにやせ我慢とも取れる。

職人になりたての頃の父は、まずは真面目にと朝は五時起き、七時には仕事に向かい、午後の三時が一日の区切り。その後、銭湯に行って、蕎麦屋で一合の酒と蕎麦で小腹を納めて、街などぶらつき、家で夕食、九時には床に就く、とあって、働いた金は使うこともなく貯まっていった。ところが、それを知った勘蔵の逆鱗に触れ、さんざ殴られたらしい。「貯めた金、一晩で使って来い」と言われて、父は外に放り出されたそうだ。兄弟子が、「使い方を教えてやる」と言って、一緒に芝居を観て、浅草の料亭「草津」で散財し、それから吉原に行ってその日は帰らなかった。

おかげで〝金の使い道の店〟はすっかり覚えたという。組み紐の道明（どうみょう）、蕎麦の更科（さらしな）、浅草天ぷら中清（なかせい）と橋善、鳥の鳥安、豆腐の笹の雪、鰹節（かつおぶし）のにんべん、お茶の山本山、のりの山本海苔店、福神漬け酒悦、佃煮の鮒佐（ふなさ）と玉木や、ウナギの前川、どぜう（どじょう）の駒形。みんな浅草上野の今では老舗（しにせ）ということになるが、お金の落としどころの柳橋、芳町（よしちょう）、向島（むこうじま）、神楽坂、深川（ふかがわ）はまた、女と切っても切れない金の落としどころでもあった。

変な話だ。「まあ、明日に働いて入ってくる金があるんだから食いっぱぐれはない。怖がらずに使っちゃえというとこかね」。父もそんな気分になったらしいが、当時の職人はほんとうにのんきだったのだろう。

祖母などは花柳界にいたこともあり、「夫に悋気（りんき）*などしたことはない」と言う。

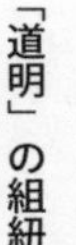

「道明」の組紐

悋気　嫉妬すること。

「男は遊ばなきゃだめだよ。家ばっかしじゃ、男が小物になっちゃう。面白くないまま死ぬなんて馬鹿だよ」と平気の平左(へいざ)だった。

「金なんか相手にして暮らせるか」と豪気だったものの、金のない時父はどうしたのだろう。「そりぁ、あるふりをするのサ」と、父の考えはどこまでいっても自己流だった。

本当は三社の氏子(うじこ)でいたかった

私が小学校三年生くらいの頃、田原町の父の仕事場が仲間にとられてしまった。父は仕事場をあっさり引きあげ、ひとりだけ自宅の浅草橋に帰ってきた。一つには最後に戦地から帰って来て仲間入りした桜田さんが死んでしまったのだ。その臨終の時、亡骸(なきがら)の目を閉じさせようとしたが、誰がどうしても目が見開いて閉じない。坊さんが、「これはなんとしても心残りがこの世にあって、目を閉じることができないのです」と言ったそうだ。父はその桜田さんの霊が仕事場に残るような気がしたのではないだろうか。仲間とうまくいかなかった所で仕事をしたくなかったのだ。生活の拠点は、仕事場としても浅草橋に移ることになったが、毎度のことながら、父はそれもあまり苦にはしていないようだった。

子どもの私が、最も楽しみな祭り、三社祭(さんじゃまつり)*の氏子でいられたのも、父の仕事場が田原町にあったからだ。江戸の三大祭りは、赤坂山王祭り、深川八幡祭り、

三社祭 毎年五月に行われる浅草の浅草神社の例大祭のこと。

そして神田祭りが本当で、三社は別格。鳥越祭りは、戦後になって再興された。わが家の拠点が浅草橋に移り、最初は、鳥越神社の氏子となった。ここには千貫神輿があり、江戸の祭りの名物と少し納得していたが、浅草橋三丁目が区画整理でまたふたつに分裂した。そして、わが家は「銀杏岡八幡宮（現・神社）」の氏子となってしまったので、ちょっと格下げになった気分を味わった。町内の格といったものに、子ども心が傷ついたのだ。しかし、「銀杏岡八幡宮」は、八幡太郎義家*が隅田川から流れてきた二本の銀杏を植え、「何々退治の祈願を果たした」と言って、わざわざお礼に来た所。銀杏をなでると、銀杏がすぐ育ったという伝説が残っている。

なにより、浅草橋は問屋街で、祭りの時の子どもへの贈り物と寄付といったら大変な量で、ひと夏の祭りで、子どものおもちゃで一財産できるほどもらえるのだ。すっかりいい気分だった。問屋も景気のいい時期で、なにからなにまで全部が祭りの景品でそろってしまうほどだった。

また、どの町内にも「子供会」というのがあって、町会事務所の片隅に子供会名簿という、子どもたちが自分たちで作成したノートが置いてあった。その一角が子供会の財産置き場で、祭りの景品はそこにうず高く積まれていた。困っている子がいるという情報が伝わると、小さな任侠*になった気分で、それらを持って助けに行く。それほど物資豊かな子供会だった。子供会の組織は、自然に親分的なのができ、ご注進に及ぶ者や謝り役もいたりして、なかなか堅牢な組織にで

銀杏岡八幡神社

八幡太郎義家　平安時代後期の武将。源頼朝や足利尊氏の祖先にあたる。

任侠　仁義を重んじ、困っていたり苦しんでいたりする人を助けるために体を張る自己犠牲的精神や人の性質を指す言葉。

きていく。なんとなくやくざの世界のようになっていくというのは不思議だが、それは、親分的なのが「鳶*」の家の子どもといった決まりになっているせいかもしれない。法被の着方も堂に入っている。子供会は町内で幅をきかせる存在だった。

今でも覚えているが、子供会会長ともなると、子どもといえども肩で風を切って歩いている。約束事があると、「指切り」と言ってはいけなかった。東京では「げんまん」と言わなくてはならないという。指切りは軽い約束、げんまんは、守れなかったら何万回でも殴っていいという固い約束のことだそうだ。そんなことを教えてくれるのも、会長の役目だった。誰かに聞いたに違いないが、大人たちが上手に子どもをおだててくれたり、善悪を指導してくれていたのだ。いや、喜んで働ける仕事を与えてくれていたのかもしれない。街の役に立っているという自負は、子どもの心にどれほど自信を与えたことだろう。

大人たちのあれこれ面倒な口出しやお節介は、一切なかった。子ども自治区の相談役は、滅多に口をきかない鳥屋のおじさんと、怒るこ

鳶 鳶職。土木・建築工事に携わる人。特に、足場の高いところで仕事をする人。

銀杏岡八幡宮の前で。左から私、妹、姉。

としか知らない三味線の師匠の根岸のおばさんだけだった。黙って最後まで話を聞くおじさんと、話す前から結論と早合点のみのおばさんとの間で、子どもながら物事の解決を調整していたのだ。おばさんは散々怒った後に、子どもの口には入りきれない大きな飴玉をくれることもあった。これは魚沼（新潟県）の名物で、おばさんはそこの出身だと何十年後かに判明した。

「かもじや」に来た柳家金語楼

戦後はあっという間に立ち直りつつあった。復古調のように、祭りや正月に日本髪を結う人も出てきて、簡略な付け毛や半鬘など、変な発明の結果、商売が成り立っていくようになった。

一つは大きくカールを並べた付け毛。後のこまちヘアと呼ばれるものの原型だ。今一つは付け睫毛。これは父の発明だった。一本の横糸を張って、それに一本の縦糸（毛）を並べて編んでいく。その毛を睫毛の長さに揃えて、コテでカールを作る。瞼の上につける時はセメダインでつけるので、しばらくすると目元がかゆくなることもあったと思うが、原始的なのになぜかよく売れた。

おもしろいのは、脇の下の腋毛や、デルタの毛なども特注してくる人がいて、裸になった時に腋毛がないのは恥ずかしいという男の人や、結婚前に前の毛がないので大変ということで、親に連れられてくる娘さんなどが、ひっきりなしにやって来た。毛に関しての悩みとは案外多いのだ。

人気漫談家の柳家金語楼*さんもお得意さんのひとりだった。柳家金語楼は戦後の喜劇王。愛想の悪い人で、笑っては損するといった感じのおじさんだった。「普段人を笑わせているので、もう自分から笑うのはうんざりしているのだ」といった話があったそうだ。戦争で羅南（ラナム）（朝鮮北東部）に歩兵として出兵。高熱にかかり、その時使った薬の副作用で禿頭病（とくとうびょう）にかかったことを思えば、人には言えない苦労もしたに違いない。「地獄を見れば笑うしかないよ」と吐息（ためいき）交じりに言っていた。

金語楼さんのトレードマークの数本の横にながれる毛は、実は付け毛だった。いつも、人が寝静まった夜にやって来て、型を合わせて、そっと静かに帰って行った。私は階段の上から、音を立てずそっと見ていたことがある。父に戦争の話をすることもあったようだ。

「国も人も軽くなりやがって」

「ほんとだ」

「人の寿命を勝手に国が止めるなんていうのは許されませんよ」

「ほんとですね」

「私は忠義するなんて考えていませんでしたよ」

「まったく」

そんな会話をしつつ、「禿かくし」が作られていったのだ。

金語楼さんは、戦争の経験を笑いに生かし、「兵隊落語」を創作し一世を風靡（ふうび）

柳家金語楼（一九〇一～一九七二）東京都出身。喜劇俳優・落語家。禿頭がトレードマーク。エノケン、ロッパと並ぶ喜劇人。「有崎勉」は、落語作家、脚本家としての名。

エノケン・竹千代・エイコちゃん

した。父は、「有崎さん」と呼んでいた。「人間、葬儀するなんて贅沢ですよ」と言っていたらしいが、胃がんで亡くなった後、五反田のお寺で営まれた葬儀は、空前絶後の盛大さで、父は目を丸くしていた。

金語楼さんのお陰かどうか知らないが、当時柳橋に住んでいたエノケン*さんも立ち寄ることがあった。エノケンさんは何度か結婚をしたそうだが、最後の結婚は私が中学校に入る年だった。竹千代さんという柳橋の芸者さんと一緒になった。おなじ劇団の看板女優花島喜世子*さんと長いこと一緒にいたのを、出奔して柳橋の竹千代さんの所に転がり込んだのだ。それは話題になった。一つには、竹千代さんのお腹には、エイコちゃんと名付けられた娘さんが宿っていたので、エノケンさんは義理立てしたらしい。エノケンさんは、本当に小柄な人で、その小さな体が全身病魔に冒されて亡くなるのだから、どんなに人気があっても、辛かったに違いない。

考えれば歌手で芸者の市丸*さんも柳橋に住んでいて、その鬘のほとんどが父のかもじを使っていて、うちにも来ていたから、知り合いにもなっていたのかもしれない。堺駿二*さんもこの街に来ていた。堺さんは私の家から一〇軒ほど先の「土屋歯科医院」によく通って来ていた。大きな外車に乗って、派手なアロハを着て、家族と一緒だったように覚えている。息子の堺正章*さんが、一緒だったかは知らないが。

エノケン（一九〇四～一九七〇）東京都赤坂出身。本名は榎本健一。俳優・歌手・コメディアン。日本の喜劇王として活躍。

花島喜世子（一九一〇～没年不明）東京都芝出身。女優、歌手。エノケンの元妻。

市丸（一九〇六～一九九七）長野県松本出身。昭和期の芸者歌手。

堺駿二（一九一三～一九六八）東京都出身。コメディアン・喜劇俳優。

堺正章　東京都出身。堺駿二の次男。マルチタレントとして活躍中。

新内（しんない）の岡本文弥の達観

新内の岡本文弥（ぶんや）さん*も女を連れて来ていた。小さなおじいさんで、家には七年も帰らず、別に所帯を持っていた。なのに平気で別居中の奥さんの話をする。確か奥さんは三味線のお師匠さんであった。本当かどうか知らないが、文弥さんが風邪を引くと、「ドジョウを袋に入れて肩に乗せてくれたり、熱を出すと白菜を首に巻いてくれたり、生魚を足の裏に張ってくれるという奥さんだ」と言っていた。

「へそに塩を乗せて、その上にお灸（きゅう）をするんですよ」。つまり、奥さんの話というのもこんな具合で、性格がどうのとか、悋気がどうの、といったお粗末な話はまったくないのだ。愚にもつかない話題でまわりの人を煙（けむ）に巻いて、「まあ、いずれは私も家に帰るでしょうよ」と、まるで他人のことのように結論づける。そして何年か過ぎて本当にそろそろが来たらしく、「ただいま」と、まるで何事もなかったように家に帰って行ったというからすごい。「それでどうしました」「いやあ、お帰りって言われました」。七年いなかった亭主に、「お帰り」のひと言で迎えたという女将（おかみ）さんはすごい。こうなると戦友に近いのではないだろうか。恨（うら）みつらみはどこかに吹っ飛ばされている。それから水の流れのままに暮らしましたとさ（笑い）。

岡本文弥（一八九五〜一九九六）東京都下谷出身。新内節の太夫。

文弥さんの新内*は人情の機微に触れるというが、芸とはその人ということなのだろう。「ねぇ、『かもじや』さん、戦争ってあんた、化学爆弾（原爆）落としたわけですからねぇ。向こうの方が大量殺人したんでしょう。でもあの国はあやまりませんねぇ、まったく」。文弥さんは確か甲府の人で、甲府は源氏の系統で、それからお父さんが土木屋で……といった世間話や身の上話がつづいた。独特な節回しの言葉だった。

「芸人に人間の機微がわからなくては、とてもお客さんには通じませんよ」。当人はそんなことはおくびにも出さないが、ふらっとやって来る度に、父と話し、口に手を当てて、くすくす笑っていた姿は忘れられない。お母さん子で、母親を一番尊敬していた。「私に華の人生を教えてくれた人ですよ」と。とても細い蝙蝠傘を杖代わりにしていたのを見たのが最後だった。

芸能人の誰か彼かよく来ていたが、当時の『平凡』『明星』といった人気雑誌で見る姿やテレビで見る芸と、あまり一致する人はいなかったように思う。エノケンさんだって戦争をネタにして売り出したはずだ。金語楼さんも、戦地で地獄を見て生きのびてきた。背中には、自分でない戦死した仲間を背負っていたのかもしれない。そういえば、山田五十鈴*さんの洋髪も父の手作りだった。少し鼻にかかった声で、「もうちょっと横、ふくらませてよ」なんて言っていた。

山田五十鈴さんの芝居かつらは、父の友人の新橋の岡米（岡田米三）さんが生涯うけおっていた。岡田米三さんの兄弟は岡守（岡田守三）といい、この人もか

新内　「新内節（ぶし）」の略。浄瑠璃（じょうるり）の一種。鶴賀（つるが）新内が語り始めたもの。心中（しんじゅう）物などを題材とし、哀調の中に華やかさがあるのが特色。

『週刊平凡』創刊・一九五九年五月一四日号

山田五十鈴（一九一七〜二〇一二）大阪府出身。昭和期を代表する映画女優だった。

もじ・かつらやをやっていた。

父のペンキ狂と母の植木好き

ペンキは戦後アメリカが持ってきた簡易塗料だ。日本の空の色に合うとはとても思えない。木の文化の優しさや奥ゆかしさを消してしまう。どぎつくて目がちかちかする。しかし、戦後進駐軍が灰色と化した町をカラフルにしたのはペンキ。廃墟を簡単に覆い隠すのに便利な塗料だった。しかもいち早く失業者の就職先として「ペンキ屋」なる職業が出現し、ブリキ缶に塗料を入れて、だぶだぶのズボンに帽子をかぶったスタイルがなんとなく新しく感じられた時代でもあった。ペンキ塗りは父の趣味となり、どこで手に入れてくるのか、赤や黄色のど派手な色を大きな刷毛（はけ）を使って塗る姿は楽しそうだった。

私の父は新しいことが大好きで、いとも簡単にというより、あまり抵抗なくなんでも取り入れる人だった。いつも今日を楽しむことに徹していた。最初は木箱や踏み台を塗っていたが、そのうちだんだん大きなものに挑戦するようになった。その頃、わが家では白木の板に品よく「かもじ商」と書いて看板としていたが、父の手によってブルーの下地に赤い字で、後に新しい商い（あきな）の屋号となった「内山小間物化粧品店」という横長のブリキの看板に変えてしまった。新しい時代と若い父の意欲でもあったのだろうが、やっぱり恥ずかしく、家に入るにも人目をさけて、ここそこ裏口から出入りしたものだ。そんな父を見て街にペンキ狂の仲間ができた。競(きそ)ってペンキを仕入れ、塗りたくっていた。

そのうちに下水が通り、わが家も真っ先に水洗トイレになり、これはちょっと自慢だった。糞尿を桶で買いにくる業者やお百姓さんもいた。まだ畑の肥料は人糞だけだったのだ。「おわい船」と呼ばれる糞尿運搬船が隅田川を行き来していた。糞尿が川に流されるので隅田川も黄色く濁っていた。衛生上もよくないと考え、政府は早くに下水道の完備を図った。トイレの水洗化だ。真っ白な陶器の便器はアメリカの指導の賜物(たまもの)で、水洗トイレを取りつけると補助金が国から出た。「自分の排泄物が見えるなど死ぬほどいやだ」と祖母は、わざわざ他所(よそ)の汲み取り式のトイレを借りに行っていたほどだ。

その真新しい便器のある床を、父が真っ赤なペンキで塗ってしまったのには家中びっくり。あきれて母など泣き出す始末だった。考えてみれば、ペンキの上のニスは水はけもよく、床が傷(いた)みにくいという利点もあったが、「中国じゃあるまいし」と不評この上なかった。最後に父は物干しを塗り替え、ここは茶色で色も地味とあって母も喜んだ。

ところが、今度は母の異常なまでの植木好きに火が付いた。ペンキを塗った物干しだから水はけがいいと思い込んだせいで、根のついた植木を買うわ買うわ。物干しだか、温室だか、植物園だか、わからない始末となってしまった。そして、毎日植木に撒く水のせいで、ついに物干しは「バリバリバリッ」と、地震かと間違えるような大音響をたてて、支えていた柱から崩れ、床が抜け落ちてしまった。「夫婦は、われ鍋にとじ蓋」とか。どっちもどっち、極端にかけては似ていたのかもしれない。

さらに負けずに、母は外国から輸入されたワッフルやケーキを作り、カレーやシチューといった西洋の料理に凝り、ふしぎな香りが台所からしてきて、まわりの人をびっくりさせた。なんでもめずらしくていいものを取り入れるという性格は、安直ながら父の美点、柔軟なところなのだと私は思っているが、母までが新しもの好きなのは、関東大震災から戦争を経て、今という時代や時間を楽しもう、という哲学に徹してしまったせいだろう。

祖母のちょんちょん髷

父は震災や戦争を経験し、私は戦争を体験したが、記憶には乏しい。大災害の被害は、直接にわが身に降りかかったものではない。虚無感を持った父とは打って変わって、私は終戦、敗戦を経て育った子どもなので、なぜかカラリと明るい。地震という天災と戦争という人災の違いはあっても、人生は平穏無事のままではないというのは共通だ。人はいつも、最低ラインを振り出しにしなければならないから、古いも新しいもわからない。そして幼児（こども）だ。まったくの「極楽とんぼ」、前にしか飛べないトンボと同じ、子どもだから回顧もままならない。

戦後は今までの日本ではない日本、真っ先に自由とか男女平等などという言葉が日常に出始め、口先ばかりの文化が横行するようになっていた。「文化」というハイカラ語が鍋や包丁から始まり、住宅や生活にまで、まるで落語の「枕」*のように使われ始めた。

「アメリカという新しい血液が日本の大動脈に輸血された」と言った人がいる。

「血は同類ではなく、外部からの導入によって生き返る」と。つくづくそう思う。

輸血された方の日本のショックは並ではないが、子どもの私でさえ戸惑うのだから、いっぱしの大人の驚きはいかばかりだったか計りしれない」。そう言ったのは家の並びの内田さん。この人の息子は後に東大で内田内科を創った内田博士。医学的な話を、親子でいつも家で交わしていたのだろうか、さて、わからない。

「やっぱり、この国は鎖国が一番いいんだよ」。そういう祖母は、日本髪を年寄りふうに小作りに結う俗名「ちょんちょん髷」という髪を結っていた。慶応生まれの祖母には、すべてが文明開化以来の時代の大変化だった。髪型を変えることさえ思いつかない。いただいた牛乳やコンビーフは、舶来の贅沢品だが、祖母からすればモーモー鳴く牛にしか見えないようだ。大きな体格のアメリカ兵は化物か巨人といったところか。字が読めなかったので、出掛けるのは浅草、上野といった近場で、まったくというほど、ひとりでは外出をしなかった。いつも着物を着て、襟当てに手ぬぐいをかけていた。一三歳で東京に奉公に来たのだから、まったくの「おしん」時代だ。

落語の「枕」　本題に入る前に、世間話をしたり、本題と関連する小咄（こばなし）をすること。

ちょんちょん髷

ある日、家の前に外人がたむろした。ちょうど祖母が玄関で水撒きをしていた夕方のことだった。ライカのカメラをぶら下げた外国人たちは、日本の姿をした人の写真を撮りたいということで集まった一団で、下町の祖母の姿に白羽の矢が立ったのだ。白い割烹着に例のちょんちょん髷、水桶に柄杓（ひしゃく）、高下駄ばき。格好の被写体だった。

バシッ、バシッと鳴るシャッターに、家に逃げ帰ることもできず、まるで魂を抜かれてしまったような、処刑に合ったような風情（ふぜい）で撮影された。祖母は、写真に撮られると魂を抜かれるという迷信を堅く信じていたので、ことは深刻だった。祖母は寝込み、数日起きあがれなかった。「おっかさん、あんなに撮られたんじゃ、とっくに魂なんてなくなっているよ。まだ五体満足なんだから大丈夫だよ」。父は妙な慰め方をしていた。

そして、この日を境にして、父のカメラ熱が勃発したのだからおかしな結果となった。ライカ*のカメラが、新しもの好きな父の趣味に火をつけてしまった。父は早速カメラを買い、連日シャッターを押しまくった。父だけではなく日本中の男たちはせめてその劣等感を補うためにも、外国の物を外国人と同じように持ちたかったのかもしれない。カメラに付いている皮の紐が長いので、まず、この紐を短くするために、革屋に頼まなくてはならなかった。こんな物入りな道楽はない。父はライカのために、被写体を求めて日本中を歩き始めた。「まずは、大島に行ってラクダに乗ろう。富士山に行こうか」と、旅もまた父の趣味となった。

和服姿の女性をカメラに収める米兵

ライカ　ドイツの光学機器メーカー、エルンスト・ライツの開発したカメラブランド。

当然ながら、家族はいつ何時でも、被写体のターゲットになった。祖母だけは、頑として写真に収まることはなかった。逃げまどい、本当に怖い顔をして父をにらみつけていた。

記憶力という特技を生かして

まだ、私が三歳の頃の小名浜の疎開先でのこと。「蛸の八ちゃんは、どこからおしっこするの？」とあどけない質問を私がする度に大人たちは笑った。「蛸の八ちゃん」は当時の人気漫画家、田河水泡*の漫画の主人公だ。無邪気といえば無邪気で、無神経といえば無神経。それでもなんにでも興味を示すうちに、すべてに覚えも早くなっていった。

帰京後も、私は隣近所の一軒一軒と仲良しだった。こまっちゃくれた女の子の出現を面白がるほど、みんなは明るい話題に飢えていたということだろうか。自慢になるが、私にはなに一つ取柄はないものの、それでも明るいということだけは取柄で、それに記憶力のよさが特技だった。人様の家の家族の名前や年齢、どこの学校に行っているか、どこに勤めているか、なにが好きでなにが嫌いかまでの記憶は、お茶の子さいさい。*なにを着て、どこに行ったか、なにを手に持っていたかまですぐ覚えてしまった。算数はからきし駄目なのに、車の番号や電話番号などは、とっさに記憶してしまうというのが得意だった。

田河水泡（一八九九〜一九八九）東京都本所出身。漫画家・落語作家。子ども漫画『のらくろ』が代表作。『蛸の八ちゃん』は一九三一年の作品。

お茶の子さいさい　とても簡単なこと、容易にできることという意味。

当時は、玄関に置いてあった靴や傘がよく盗まれた。盗む癖を持っていた人もいたのだが、多くは貧乏で困っていたのだ。たちどころに発見するのも私の役目で、なくなるものがあると、探してくれないかという依頼が、まず私の所にやってきた。柄物（がらもの）の傘などなかったから、たいていその人の癖や特色が物についている。おまけにそんなものをわざわざ遠くから盗みに来る人はいない。ほぼ、近所で見つかった。

車に子どもが引っかけられたことがあった。とっさに車のナンバーを記憶し、忘れないうちに、暗唱しながら八百屋に飛び込み、おじさんの耳に挟んだエンピツを使い、紙に書いて警察に渡した。犯人はすぐ捕まり、これは大層な手柄話となった。

いやがられている偏屈（へんくつ）な老人の銭湯に行く時間を知っていることで、その家の人から、「一緒に連（つ）れて行って」と頼まれたりもした。しかしよくしたもので、こんな細かなことで「ありがとう」と礼を言われた上、お小遣いをもらうことが多くなり、私は子どもなのに、小銭に困ったという記憶はない。

後で自己分析すると、その記憶のよさや明るさは、実はとても人が怖い、日常も不安という臆病さに由来するところからきていたと思う。そのため、まず先手を打つという生き方を、どこかで学んでいたに違いないのだ。

下町では、人には、ただ働きさせないという鉄則がある。それは気働きというよい結果も作ったことになる。豆腐を頼まれたら、夏にはみょうがやねぎを一緒につけて届けるくらいは当たり前で、相手の気持ちになっての買い物ができるようになっていく。「気働きには気を利かせて動く、気持ちよく働く、相手の気になって働くという意味がある」と蕎麦屋の女中頭から聞いた。人の喜ぶことが身につくのも、いい教育だったと痛感している。子どもの頃は、耳をダンボのようにして、大人たちの話を聞いていた。下町の子はみんなそんなだった。

私は小銭が貯まると、友だちを連れて駄菓子を買いに行ったり、ちょっと歩いてあのセロファンで一粒ずつ包まれたドロップを買いにアメ横通いをした。農林一号というさつまいもしかおやつがなかった中でのドロップは、まさによだれが出るほどの貴重品だった。さまざまな美しいドロップは、私のたくさんの未来の夢のように感じられてならなかったのだ。子ども心に誰かにおごるなどは当たり前、もっともその返礼というのもあるが、気前がいいという評価は、下町の子どもたちの勲章みたいなもので、けちなどと言われたら悔しくてとても顔を上げてなど街を歩けない。でも大事なものはあげたくはなかった。物は夢の分け前だった。見栄をはって、ドロップを一つずつ分けて、原っぱでなめた。私たち子どもの上には、気の遠くなるような青い空が広がっていた。

姉と私。父の大好きだった写真。撮影は父。浅草橋の家で。三歳頃。

第8章

露地と原っぱは子どもの世界

三歳の頃。戦時中もこんなおしゃれをしていたなんて。

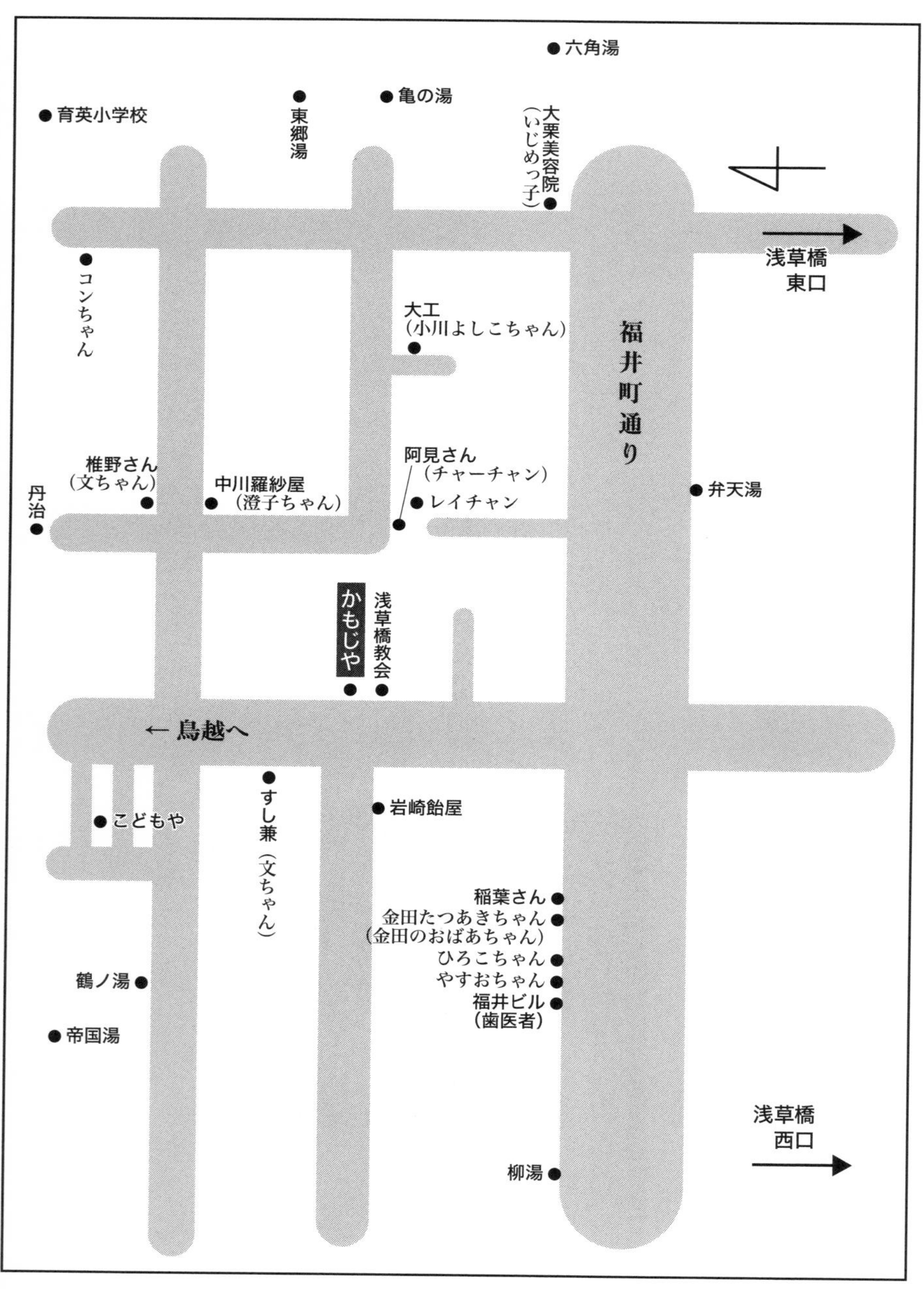

浅草橋３丁目35番地。よく行った銭湯と、「よしこちゃん」のお友だち。

鳥越神社の千貫神輿と両国橋の川開き

祭り（勧祭と言っていた）は大人を見るのに、絶好のチャンスだった。鳥越神社*のお祭りは、関東大震災のあった翌年の六月に始まった。千年以上の歴史のある神社の祭りが、その年にどう始まったか詳細はわからないが、日本で千貫の重さの神輿を持つのは鳥越神社のみだ。父の話では、「戦前から祭りの中でも、縁日の屋台の多さがすごかった」という。昭和二四年に再開された祭りでは、四百軒の屋台が神社を囲んで、ところ狭しと並び、一夜の不夜城となったそうだ。父の記憶はしっかりしている。

千貫神輿は当然に重い。これを担ぐのは、倶利加羅紋紋の兄さんたちで、体から湯気が昇っていた。町内ごとに担ぎ手が変わり、町内から町内に引き渡す時、渡すまいとする側と早く渡してほしい側との喧嘩は見ものだった。

昔から「神輿ジャック」がいて、見えない所に屈んで身を隠している。引き渡しが始まると、一斉に飛び出してきて担ぎ手ともめる。何人も怪我人が出るのは毎度のことで、私の小学生の頃には、昼の神輿の受け渡しの争いが、あちこちで喧嘩の火種となった。といっても祭りにつきものの大喧嘩は、実は子ども心が浮き立つほどの楽しみの一つだった。殺し合うわけではないが、大怪我は当たり前で、祭りの後数カ月は松葉杖という男性が何人かいた。あれはストレス発散だっ

鳥越神社　台東区鳥越にある神社。六五一年白鳥神社と称したのが始まりとされる。例大祭に出る千貫神輿は都内最大級。

たのかもしれない。

無口で顔を見ても目を合わさない菓子屋の職人が、肩に驚くほど大きな「担ぎ瘤」をみせて神輿を担いでいる。こんな日は、日頃目立たない男たちがヒーローになる。神輿の装束にも、一種独特の色気と格好よさがある。神輿を担ぐうちに恍惚状態になるのかもしれないが、子どもでさえこの日は、「神輿を担がない男とは、将来絶対結婚しない」などとませた口をきいて、大人たちを笑わせていた。酒が入ると、必ず喧嘩が起こる。たぶんこれも儀式だろう。子ども時代の遊びの名残の一つではないだろうか。夜は「手打ち式」と称して、仲直りの宴があちこちで開かれた。仲裁の度量を見せるのも、いつも決まった人となっている。

夜祭りの最後の日の「宮入」は圧巻で、何時間も前から見物の場所取りで大変だ。私も、危険なので遠くから見たり、時には街路樹に登って見学した。あたりが薄暗くなる頃、町内の名入れの高張り提灯に火が灯され、ついで神輿にはろうそくが四方にめぐらされる。木遣りが朗ぜられ、拍子木の合図で出発となる。先頭は天狗、つづいて手古舞連、神主、子どもたち。そして町内の役職が紋付袴で提灯片手にそれぞれが並び、本社までの神輿道中が繰り広げられる。男なら一度は担いでみたいし、みんな神輿と並んで歩きたい。女でも一度は神輿を担ぎたいと私も思った。

「サァセ、サァセ」と掛け声を連呼して、神輿が左右に揺れるのも見物人の楽しみだ。

千貫神輿担ぎ手は百人とか

最後は神社の前で、睦会という古来からの町内の鳶組織の人に替わって、「宮入」は終わる。鳶は白装束だ。神社の鳥居をくぐる時、街は物音一つしない静寂に包まれる。祭りは敬虔なご神事であり、そのことは子どもの頃から全員が知っていた。ここ数年は睦の連中が歳をとってしまい、神輿が傾いて見物するのさえ、ひやひやすることが多くなった。これも年の流れだ。こうして夏の始まりを知らせる町内の儀式が終わる。

もう一つ、子どもの頃の思い出は、七月の最後の土曜日に行なわれる両国橋の袂の「川開き」。川開きは、この日から船遊びをしていいという許可日だったそうだ。

戦前は五月に行なわれていた。これは、江戸時代からの川施餓鬼*で、コレラの大流行の慰霊に大花火を上げたのが始まりだそうだ。小学校の頃は、浜町河岸が花火の打ち上げ場だった。戦後の頃はあたりが真っ暗だったので、それは花火がきれいに見えた。七月の川開きは、夏休みの中でも、子どもたちにとって一番待ち遠しい一日だった。曇った日などは気が気でなかった。川開きの日、家では枝付きの枝豆が大鍋で茹でられ、麦茶が大薬缶で作られる。三時に銭湯に行って、ひと風呂浴びて浴衣に着替える。もうその頃には、浅草橋から浜町にかけ

川施餓鬼　毎年の川開きでもある。川での溺死（できし）者などの霊を弔（とむら）うため、川辺・船中でする法会（ほうえ）。塔婆を水中に立てたり流したりして回向（えこう）する。

て屋台が並び、隅田川には屋形船が次々と川面を下っていく。柳橋から出る屋形船には、芸者衆が乗り込み、三味(しゃみ)や太鼓のお囃子(はやし)付き。川は真っ赤な提灯を下げた船で花盛りだ。

最初はわが家の物干しでも花火が充分見えた。真っ暗な夜空に咲く大輪の花火は、ドンと鳴って大きく開く。打ち上げがしばらくつづいて、大詰めで仕掛け。波のように次々に川に向かって、しだれ柳が光となって消えていく。家が建ち並んでからは、道ばたに蓆(むしろ)を敷いて見た。そのうち、浜町の土手に行って友だちと陣取りして見るようになった。なぜか、この日に限って枝豆が枝ごと茹でるのを許され、ゆで卵、豆餅、ラムネなどが茶菓だった。

「玉屋*」「鍵屋*」と掛け声をかける。玉屋も鍵屋も江戸時代からの花火製造業の屋号、双璧でいい競争相手だった。私の子どもの頃は、「両国川開き」は両国橋の上流と下流に玉屋と鍵屋が分けられていて、花火のきれいさを競い合っていた。花火にはそれぞれスポンサーが付いて上げられる。柳橋の料亭は競ってスポンサーになった。この日の柳橋は、歩けないほどの人で賑わった。旦那のいる芸者は、黒の絹の晴れ着に日本髪姿だった。

花火は、打ち上げ師の腕の見せどころ。薄暮(うすく)れないの夕方から、間よく打ち上がる花火を見ながら、私たちは待ち合わせをして、それから浜町河岸まで走っていく。「あたいのところは〝清水屋〟言うんだけどね」。小さな花火屋の屋号が「清水屋」。同級生の清水美枝子（シミーズミエコと言われていた）は、不満そうだが自

屋形船。左から二人目が私の母

玉屋　一八〇八年、鍵屋の番頭がのれん分けを許されて、両国吉川町で玉屋を名乗った。

鍵屋　一六五九年、初代弥兵衛が日本橋横山町で店を開き、一七一一年、隅田川で初めて花火を打ちあげた。

信たっぷりに宣言する。男の子たちは「シミーズ屋」と声を張り上げていた。どうせ誰がなんと言おうが、風に流されてわかりはしないのだが、聞いている清水さんは得意げだった。「来年もよろしくね」と礼を言いつつ、掛け声を頼んでいた。

都会に住んでいると、水の流れがなんとも恋しい。祭りの後も、花火の後も、私たちはいつも水辺にたむろして時間を過ごした。夢のように華やかな時間は、「あわ」のようにはかないものだとわかっていた。花火の終わった後の隅田川は、相も変わらずゆったり静かだった。「水の流れと人の世は……」などという唄が、料亭から流れてきていた。

夏の夜、遠くに聞こえる盆踊りの太鼓の音を聞きながら、蚊取り線香の煙を煙(けぶ)らせて、祖母がそっと寝ながら団扇(うちわ)を使っている。外の縁台では将棋をさす乾いた音だけが、駒を進める時だろうか、聞こえてくる。嬌声(きょうせい)を発しながら嬉しそうに戯(たわむ)れている男女が通り過ぎて行く。そんな風景が、私の住む下町の生活に息づいていた。私はたくさんの人の流れの中に身を委ねているだけで、大勢の人との一体感が心をうきうきさせてくれる、そんな下町が好きだった。

よしこちゃん、高校一年生（鳥越神社にて）

サーカスにさらわれたい「困った子ども」

「ナット　ナット。納豆に味噌豆」

「えー豆腐　とうふぅ　焼き豆腐にがんもどき　油揚げに生揚げ」

下町の朝は、納豆、味噌豆、豆腐といった物売りの掛け声で始まる。ラッパを吹きながら自転車で売りに来たり、リヤカーで来る売り方もある。ラッパは日清日露戦争で、こちらも浮かれていた時から、景気づけに登用されたものらしい。敗戦後はラッパでなくなったらしいが、そういえば鐘を鳴らして来たように覚えている。

丼を持って行くと、納豆には刻みネギや青のりを振りかけてくれたうえ、溶いた芥子を好きなだけ乗せてくれる。味噌豆は、茹でた大豆の上に、やはり刻みネギや青のり、芥子を乗せてくれる。醤油で味付けして、ご飯にかけて食べるものだ。豆腐は「奴、味噌汁、おつゆ」と切り方を聞いてくれて、その場で切ってくれる。むろん、それなりに切り方が違うのだ。

朝になると、あちこちの家から音が聞こえた。パタパタと始まるはたきをかける音、仏壇の鐘の音。やがてガラガラと戸が開いて、神社にお参りに行く人や乾物屋に走る下駄の気ぜわしい音。小さな音の混成で、一日が幕開けした。

なぜか昼近くになると、「ハマグリ売り」がやって来た。浦安の人で、上野や

風鈴売り

あちこちまわって、最後が浅草橋になる。「いえね、最後は柳橋でおしまい。あそこは朝が遅いので、それに合わせています。終わって船で隅田川を下って、浦安まで帰ります」。前結びのハチマキ、シャツに腹巻、その姿はすがすがしかった。

夏になると、「風鈴売り」*や「朝顔売り」も来た。こちらは入谷に朝顔園があり、夏向けに大量生産しているのだ。モノ売りは街の風景に入っている。今では、「呼び声」と言われる芸になって寄席でやっている。商品名に独特な節をつけて、音のない街に声だけが響いていた。

車などめずらしい時代だったから、生活の音は空にこだましていたし、リズムを奏でていた。どこの家にも、その家独特の音があり、子どもの私にはすぐ見分けがついた。杖の音、咳払い、大きなくしゃみ、歩き方、鼻唄。どこの誰のものか区別ができた。たぶん、私たち子どもが遊んでいるのも、こんなふうに音や気配として、親たちはちゃんと把握していたのかもしれない。「うちの子、知らない？」と聞けば、誰かが必ず答えてくれた。「あのあたりにいたよ」と言い、悪さをすれば、「隣のおばさんの所に行って叱ってもらいな」と投げられてしまう。そんな時は、理由も知らないのに、こちらの言い分など聞くこともなく、「あんたが悪いだよ、お母さんがあんなに怒っているんだから」とさんざ叱られて、「謝るんだよ」と言って帰される。なにかあれば、すぐ親が飛んでくる。まるで、テレパシーでも持っているようだ。叱る時の台詞も決まっていて、「お乞食さんに連れて行ってもらうよ」「お前は橋の下で生まれたから、私の子じゃない」「サー

お乞食さん（正月の橋のたもとの風景）

カスに売ってしまうよ」の三つのパターンがあった。

お乞食さんは、その頃には大勢いたし、今のホームレスと違い、ほんとうに着る物からしてみじめだった。どこの家でも食べるのにぎりぎりの生活だったので、余り物など出ようがないのだが、金田さんという油屋さんのおばあさんが、百歳を迎えるほどの長寿で、「なんでも人に施さなくてはならない」と言って、よくパンを買って乞食に施しをしていた。奇特な行為だったが、そのお陰でパンをあてにして来る乞食も増えた。

家のまわりを、始終お乞食さんが歩いていた。しかし、お乞食さんに連れていかれようが、サーカスに売られようが、そんなことでどっこい脅されて泣いたりわめいたりするほど、子どもたちはやわではない。

私はサーカスにいたっては、「是非にも売っていただきたい」というくらい大好きで、柴田サーカスや木下サーカス*を年中見せられていたせいか、心底あんなふうにドレスを着て、玉乗りや綱渡りをしてみたいと思った。「みんなさらわれて来た」というのが定説になっているが、そんなことはなかった。「早く売ってよ」「いつ売ってくれるのよ」と母に言うと、向こうも向こうで、「売るにも時期がある。そんなに言うなら、お酢でも飲んで体を柔らかくする方が先じゃないの」と負けずに言い返してくる。そのお陰で、ずいぶんとお酢の盗み飲みをしたものだ。それで子どもの頃は骨なしと言われるくらい身体がくねくねしていたから、母の言うことも少しは的を射ていたのかもしれない。

木下サーカス　明治三五（一九〇二）年、大連で旗揚げ。ロシア巡業で空中ブランコを習得。大正時代は象や熊も加わる。戦時中も公演は続き、戦後は昭和二五年に早くも海外進出。

木下大サーカスの絵はがき（大正時代）

「いやだぁ、まったく。この子は手に負えやしない」と不愛想に母が言い、以後、滅多に脅かすことはなくなった。私ばかりではなく、ほとんどの親は子どもを脅していた。「おチンチンを取る」と言って脅された子はひきつけてしまった。「おチンチンを取って生きるとこうなる」と言って見せられたのが、中国の宦官(かんがん)*の写真だったからだ。

怖いのは「犬殺し」だった。狂犬病が流行り、野犬は輪にした金網を首に巻かれて捕まえられると、金網を張った檻に入れられ、リヤカーや車で運ばれる。犬はどうされるか知っているようで、見ていてもかわいそうでならなかった。その光景は自分が売り飛ばされることより、子どもたちの胸を痛めた。猫は捕まえられないのに、なぜ犬は捕まえられるのか。「猫はネズミを捕るが、犬はなんの役にも立たないから」と教わった。実際戦後の猫は、人間と同じによくネズミを捕った。自慢げにくわえて家の者に見せに行く猫の雄姿をたびたび目撃した。エサは残飯しかなかったのだから、猫も必死だったのだ。動物もまた、戦後に合わせて時勢を汲んで生きていたのだ。

宦官　宮廷や貴族に仕えた去勢された男子のこと。

わが家の三グループ——父と私、姉と祖母、妹と母

母について今一つ、心に引っかかる思い出がある。

私たち一家は三つのグループに分かれていた。父と私、姉と祖母、妹と母とい

う具合に、相性のいいもの同士が組んでいて、私と父は享楽派、祖母と姉は勤勉派、母と妹は家庭派とでもいえようか。

姉は小さい頃から、痛々しいと、人に涙されるほどおとなしくひ弱だった。疎開していた頃、姉の竹槍の演習を見ていると、「ヤアヤア」の掛け声さえ、「ァァ　ぁぁ」とまるで蚊の泣くような声だ。腰はフラフラで、竹槍に振り回されて泣いてばかりいた。この姉が祖母の大のお気に入りで、火鉢の前でお餅などが焼けるのを待っている姿は、背を丸くしてまるで老婆がふたりいるように見えた。夜も寒いだろうというので、祖母は姉を抱いて寝ていた。

妹は母のペット。一番下ということもあって、金魚のフンのように母親べったりで、いつも母の手製の洋服を着せ替え人形のように着せられていた。少しバタくさい顔をしていたので、可愛いことは本当に可愛かった。

私はといえば、残念なことに、母から寵愛を受けたという記憶はまったくない。抱きしめられたという思い出も、ほめられたということもなく、疎まれていたのではないだろうか、とさえ感じることの方が多かった。後で分析すると、実は母を必要としていなかったのは私の方で、それはいつも別の誰かの手の中で庇護されていたからだった。異常なほど可愛がってくれる親戚の伯母さんや、誰もが怖がるのに私だけには滅法甘かった義理の祖父。なんだかんだと連れに来ては、泊

父（六九歳）と私（三八歳）、市川の家で。

めてもてなしてくれる近所の人たちと、たくさんの母親代わりと、街が私を育ててくれていたことに、母は苦い思いをしていたのかもしれない。

ただ一度、あれは雑司が谷の鬼子母神の秋祭りに、なぜか母とふたりで出掛けて行った。母の伯父が鬼子母神のそばに住んでいて、そこに連れて行ってもらったのかもしれない。賑やかなお祭りを見て、帰宅する頃にはあたりが真っ暗。駅に行く道すがら、母が突然屋台の明かりを見つけて、「鍋焼きうどんを食べようか」と言った。日頃、屋台など酔っ払いが寄る所と軽蔑していたはずの母にしては、めずらしいことだった。私たちは夜風に吹かれ、「ふーふー」言いながら鍋焼きうどんを食べた。「家に行ってもみんなに内緒にしておこうね」と母は言った。「うん」と私は頷いたが、そんな秘密は三日もしないうちに家中にばれてしまった。嬉しかったせいもあり、みんなに話したかった。それがどうということはなかったが、あの時の母の、なんでもない小さな約束の大事さが、歳を重ねるごとにわかってきた。ふたりきりになった時に話せる会話の大事さが。

姉をめぐっては、いつも祖母と母の間で悶着（もんちゃく）が起こる。祖母も母も映画や芝居が大好きで、これがことの発端だった。近くに映画館が三軒あった。東映、日活、東宝・新東宝系。祖母は時代物、母は文芸物が好きだった。「嵐寛寿郎（あらしかんじゅうろう）*がいい」と祖母が言い、「私は田中絹代*」と母が言い返す。ふたりは大義名分上、つまり、決してひとりだけの楽しみではない、という言いわけのために、姉を連れて映画に行きたかったのだ。姉の取りっこが始まる。いつも、毎日姉を抱いて寝ている

父母と私（昭和四〇年頃）

嵐寛寿郎（一九〇二～一九八〇）京都出身。映画俳優・映画プロデューサー。時代劇スターとして、三〇〇本以上の映画に出演した。「アラカン」の愛称で親しまれた。

田中絹代（一九〇九～一九七七）山口県下関市出身。女優。映画界を支えた大スターの一人。

祖母に軍配は上がる。私はといえば、父と日活。あまり頭を使う筋書きの映画ではなかったのでは……。

こういう時でも、姉は静かにどちらかに決まるのをじっと待っている。ただ、姉にとって祖母と暮らしていたことは、とても役に立ったのではないだろうか。着物を時代劇から学べたこと、柄合わせや小物の使い方が上手になり、姉の着物姿は、祭りや正月には街でも評判になるほどいい着こなしだった。祖母の薫陶(くんとう)よろしく、または贔屓(ひいき)のお陰でその先、姉は大塚末子*着物学園に入学し、着物のデザインや仕立てを手がけ、やがて、洋裁や和裁で身を立てるようになっていくのだ。

子どもの頃に育ててくれた人の影響というのは、それほど大きいという証拠だ。しかし母は、本当は寂しかったのではないだろうか。嫁姑の争いという縄張り争いではなく、どこか必死で命の伝承を競争し合っているから怒るのだと思った。

母の死後、日増しに私は母が恋しい。母はきつい人だったから、私とはずいぶん喧嘩をした。父はそんな時、必ず私の肩をもって母を責めた。父も母も、私の結婚後は私の家に住み、なにかと助けてくれたが、世話になっているという父は、その遠慮からか誰にも逆らうことをしなかった。ただ、母にはきつく当たっていた。今は土下座して母に詫びたい。

大塚末子（一九〇二〜一九九八）福井県敦賀市出身。ファッションデザイナー。大塚末子きもの学院を創立。

私は街っ子――露地と原っぱ

戦後の下町の子どもにとって、露地と原っぱは特別な意味を持つ。露地は誰かの私有地で公道ではない。幅四メートル以内の広さ。どの家も、玄関がその露地に向かっている。玄関には必ずといっていいほど植木が置いてあり、格子戸の窓には目隠しのすだれがかかっている。ここを通る人がどこの何の何兵衛かも知っていて、新参者が入り込むことはまずない。なぜならば、道が行き止まりで、用事がなければ入ってくる必要がないからだ。入って来たとしても、露地を通り抜けるということはできないから、露地には滅多に知らない人は入れないのだ。

でも、子どもたちにとって、こんなに守られる空間はない。野外に子ども部屋を持ったようなものだ。そんな露地には「街猫」が必ずいて、残飯にありついて暮らしていた。ネズミが多かったので猫がいるとみんな助かったのだ。さりとて、飼うほどの手間もかけず、猫の方も、すっかり「のら猫」として自立していた。

原っぱは雑草が伸び放題。よく見ると虫や蟻の巣、戦時中の名残の薬缶などが発見され、愚にもつかないものとはいえ、子どもにとっては宝の山だった。ここでかくれんぼや秘密の会議（たいしたことではないのに、そんな名前を付けていた）などに興（きょう）じた。冒険心や危険と隣り合わせの好奇心が満たされるものがたくさんある場所だった。

浅草橋福井町の一露地（撮影・秋山武雄）

戦争は終わっているのに、男の子は「戦争ごっこ」が好きだった。「進め火の玉」「玉砕」などと言い合っていた。敵と味方に分かれるのに一悶着（ひともんちゃく）、戦い方でまた悶着、喧嘩に近い戦い方に発展して誰かが泣き出す。それでも懲（こ）りず、遊びは「戦争ごっこ」だった。原っぱは戦地を想像させるのに適していたせいだろう。

考えると、戦地から帰還したおじいさんやお父さんにとって、過ぎれば、戦地での命がけの思い出ほど尊いものはなかった。忘却しつつある戦いを自分で美化したり、懐かしんだり、生死をともにした強い絆などを息子や孫に物語っていたのだ。「戦争が好きだったんでしょう」「戦争が性分にあっている」。そんな情け（なさ）なしの言葉を、留守を守った家族から投げつけられるいらだちもわかる。話す相手は子どもしかいなかったのだ。子どもは関係ないから、常に戦いの中に英雄を見い出して遊びに興じた。

紙芝居*もやって来て、「黄金バット」や「鞍馬天狗」などが人気だった。男の子たちは、風呂敷を背中にしょって、みんな黄金バットになったつもりの英雄気取りだった。

ここでは常に町の音と人の声が聞こえていたので、怖いなどということもなかった。私たちは約束などということもなく、ただなんとなく学校が終わると自然に集まって遊び、時間を忘れた。隣近所に同じ年の女の子が集まっていた。座布団を三角に折って着物を着せ、背中に負ぶってお母さん気取りでぶらぶら歩いている子に出くわすと、すぐ友だちになった。ぬり絵もよくやった。「きいちの

紙芝居　当時の紙芝居は、保育・教育現場で見せられるもののほか、自転車の荷台に紙芝居をのせて町をまわり、水飴、煎餅などの菓子を子どもたちに売って、紙芝居を見せるというものだった。戦後、テレビの普及とともに姿を消した。

ぬりえ」＊は女の子の財産だ。

小川さんのよし子ちゃんは、とても明るくて美人だった。家は大工で、いつも着物を着たお母さんが子守りをしていたのを覚えている。背中にも前にも子どもが張り付いていた。つまり子だくさんだった。でも子どもたちは、いつもきれいにこざっぱりとした洋服を着ていた。よし子ちゃんは確か、中学を出るとパイロットインクに勤めに出たはずだ。

子どもにはなんとたっぷりとした時間があったことか。夜眠るまでに家に帰っていればいいわけで、これほど安心な時代は後にも先にもありはしない。

勝って嬉しい　花いちもんめ＊
負けて悔(くや)しい　花いちもんめ
となりの伯母さんちょっときておくれ
鬼が怖くていかれない
お釜かぶってちょっときておくれ
それでも　こわくていかれない
「あの子がほしい」
「あの子じゃわからん」
「よし子ちゃんがほしい」
「よし子ちゃんはいらない」

「きいちのぬりえ」　画家・ぬり絵作家の蔦谷喜一（一九一四〜二〇〇五、京橋の紙問屋出身）が一九四七年に制作と販売を始めたぬり絵。

花いちもんめ　江戸時代からのわらべうたの一つ。「子取り」遊び。二組に別れて唱いつつ、おたがい前進後退をしつつ、指名された者と求めた者が入れ替わるかじゃんけんをして負けた者が勝った方に行く。子をみんな取った方が勝ちという遊び。

「相談しよう」

まあ、あきずによく遊んでいた。今はこんな遊びはしないと言う。「いらない子ができるから、いらないと言われた子は屈辱を感じるから」と言うのだが、なんとせこいことか。遊びというのは人生の縮図だというくらい、子どもはちゃんと学んでいるのだ。「いらない」と言われるのは悔しいが、それがどうしたといったものだ。当時いじめなどはなかった。あったとしても陰湿ではなかったし、はね返した。取っ組み合って喧嘩もし、人目をはばからず泣くことも平気だった。第一、ガキ大将という砦（とりで）があった。

ガキ大将の条件は、勉強はできないが腕力があり、明るくて弱いものをかばう、正義感という力量だった。時に先生にも歯向かうが、卑屈になるということはなかった。もう一つ条件があるとすれば、滅法（めっぽう）母親に弱いということだろうか。つまり母親に叱られないように格好つけているのだ。その母親というのが肝心で、たいていはがらっぱちで親分肌という類（たぐい）だった。だから弱い者をかばわないとなったら、容赦なく人前でも子どもを叩いた。ガキ大将は母親には決して逆らわない。ぶたれても、「いてぇじゃないか」と照れながら笑ってごまかす。はにかみつつ、格好つける。母親との距離感も知っていたのだ。母親は決して、嘘をつかなかった。その正直さがガキ大将をつくったのかもしれない。ガキ大将の母親は公平だった。お芋を分けるにも、みんな同じ大きさにしてくれた。小さな公平

チャンバラごっこ

さが信頼と尊敬を生んだ。

親が尊敬されれば、子どもはまず親に「見栄をしたい」と思うのだ。そういえば私たちは「見栄を張る」と使っていたが、後年河竹黙阿弥のひ孫にあたる河竹登志夫*先生から、みんな注意を受けた。「見栄は江戸言葉、見栄は張るとは言いません。見栄は正しくはするもの、見栄をするが正しいのですよ」というわけで、子どもは最初に親に見栄をして、成長していくのだ。

懐かしい駄菓子屋——「こどもや」

露地にゴザを敷いてのおままごと、縄跳び、ゴム縄、宝探しやお母さんごっこというのは子どもの遊びの定番だった。そういえば「ヌリエ童謡絵本」というのもあった。「よい子へのおみやげに」といううたい文句が売りで、「可愛い魚屋さん」「ちんから峠」などのぬり絵があり、唄が載っている絵本だった。「家族あわせ」というのもあった。両親、子ども、おじいさんおばあさんなど家族が揃えば勝ちという紙人形遊びだ。

「宝塚歌劇団*」が大流行で、それに熱中した友だちがいて、宝塚ごっこというのもやった。ベレー帽やウサギの襟巻きといった小道具を、こっそり母の簞笥から出し、ヒダが入ったブルマーをパンツにはさんで、王子様に変装したりした。いろいろなアイデアを出して楽しむのだが、どうも大人の方が抜け目がなくて、

河竹登志夫（一九二四～二〇一三）東京都本所出身。河竹繁俊の次男。演劇学者。

宝塚歌劇団　阪急電鉄の前身、箕面（みのお）有馬電気軌道創始者の小林一三（いちぞう）が結成、大正三年に初公演。

マッチ箱におはじきや飴玉を入れて宝物とするのが流行りはじめ、そのアイデアはしっかり大人に盗まれていた。露地や細道を抜けると、「こどもや」があった。駄菓子屋*だ。ここに立ち寄ったところ、なんとマッチの空き箱におはじきやドロップを入れて五円で売っていたのだ。これにはびっくりした。

「こどもや」のおばさんは、以前吉原の遊郭にいた人で、長い髪を束ねて櫛でとめ、立て膝をしてキセルで霧島という刻みタバコをスパッ、スパッと吸う。愛想も笑顔もあったものじゃなく、ご機嫌の悪い時は、子どもをまるで犬や猫でも追い払うように、シッシッと手であっちへ行けという仕草をするし、逆にご機嫌のいい時には、ラムネや駄菓子の大判振る舞いで、この落差の激しさに戸惑いつつも、子どもにはちょっと刺激的だった。

こめかみにいつも梅干を張っているのも奇怪だ。着物の着方が独特で、襟を大きく脱いで帯はずるずると弛めに結ぶといったもの。とても機能的で機敏で活動的に立ち働く、といった人でないことは一目瞭然だった。今ではこんな人はまったく見られない。着物の襟には太い黒繻子がかけてあり、「あれは女郎の時の名残だ」と御用聞きの小僧にからかわれると、目を吊りあげて、あたりかまわず水をばら撒いた。

子どもたちが品物をひっくり返したり、触ったりすると、ぴしゃりと物差しか手が飛んでくる。子どもを客などとは露ほども思っていないようだった。追い払うどころか寝転んでいて、まったく相手にしてくれない日もあった。「銭はそこ

駄菓子屋

に置いていきな」と声だけ聞こえた。

相方のおじさんはといえば、ダボシャツに太い腹。なぜかハンチングをかぶっている。競馬のはずれ馬券まで束にして売っていた。私たち子どもは馬券を面白いペーパーぐらいにしか考えていなかったのだが、おもちゃ箱に馬券を入れて遊んでいたことになる。ペーパーというのは缶詰のラベルのことで、一〇枚で五円、安いのは二〇枚で五円だった。その中に穴のあいたはずれ馬券を混ぜて売っていたのだ。もっともそれが馬券であると知ったのは、ずいぶんたってからのことで、それらを友だちと交換したり売買したりして遊んでいた。

もう一つは、なぜかここでも油紙。今の化粧品に使う物とは違って、もっと厚く強烈なにおいがするもの。手でもんでパリパリ音をたてたり、そのにおいを嗅(か)いだりしていた。飴や紙くじ、メンコ*や駄菓子といったものは仕入れてくるのだろうが、得体のしれないものも店先に並んでいた。

おじさんの綽名(あだな)はスパイ。大人たちは、戦時中から特高というと虫けらのように嫌っていたが、戦後すぐにはスパイが特高以上に気味悪がられていた。子どもの遊びから商品を考え出して売るくらいだから、スパイというのは嫌われ者の代名詞でしかない。

本当のところ、この夫婦に関しては近所の人はなにも知らない。その後、「炭鉱に流れて行った」という噂を聞いたが、戦後、身分や年齢を問わず就職が可能だったのは、映画界と炭鉱くらいということだったから、それも事実だったかも

メンコ

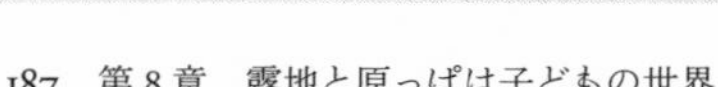

しれない。どう見ても正義とか道徳とか常識といったものに縁もゆかりもなさそうで、切羽(せっぱ)つまった男と自堕落(じだらく)な女のふたり連(づ)れといった夫婦だった。幅を利かせるとか、威勢を張るということもなく、ましてや正業に就くなどという感じは微塵もないのに、あまりに堂々とふてくされているので、こうした生活もあるのだと納得してしまいそうだった。浮かぶ瀬のある生活とは誰も見てはいないが、ふたりにとってもまわりは風景ぐらいにしか思えなかったのではないだろうか。なにしろ何事にも無関心、無関係といった暮しぶりだった。それとも戦前、戦中で同じ同胞の日本人をいじめた代償で、そんなふうになってしまったのかもしれないなど、まことしやかな話が出たが、最後まで謎のままだった。

私が「こどもや」に通い出したのは、東京に帰って来た翌年あたりだ。福井町から鳥越神社に行く通りの左右にはたくさんの露地があり、その露地の一本に小さく構えて商(あきな)われていた。「こどもや」は仕舞屋(しもたや)*の玄関の戸を全開しての軒先家業だった。「こどもや」と言っても屋号や看板があったわけではなく、私たち子どもが勝手に通称としていたもので、誰かが、いつとはなしにそう呼んでいたのが名称となってしまった。なにしろ店の名前にも無頓着(むとんちゃく)なくらいだから、商売熱心であるわけがない。店になにが置いてあるかさえも、店主夫婦にはよくわからなかったのではないだろうか。子どもたちにはまったく興味がなかったようで、夫婦で話している声など聞いたこともなかった。

それでも子どもたちが通ったのには理由がある。露地という立地条件がとても

仕舞屋 商店街の中にある、商売をしていない家。

居心地よかったことと、この夫婦がまったく子どもの方を振り向かなかったという放任の塊でいたせいだ。露地は居間のようなもの、子どもの社交場だった。「こどもや」の前は都合よく手頃な空間で、男の子は、洗面器やたらいの上に古茣蓙（ふるござ）を乗せてベーゴマ*をしたり、メンコに夢中だった。そういえば、そうしたおもちゃが「こどもや」で品切れしたことはなかったのだから、けっこうふたりにはふたりなりの考えがあったのかもしれない。子ども同士が喧嘩をしようが、転んで擦（す）り傷を作ろうが、泣こうがわめこうがまったく知らんぷり。時々、プイとおばさんが立ち上がって、私たちの所にやって来ると、みんな後ずさりするほどだった。梅雨時にはほおずきの種をほぐしたものを丼に入れて、「虫下（くだ）しだから飲みな」と言うだけなのだ。

「虫下し」と聞いただけで、子どもにとって恐怖がはしる。回虫はどの子のお腹にも宿っていた。「なにか喉がむずむずする」と言うので水洗場に行けば、喉から一〇センチほどのふとった白い回虫が飛び出してくるなどということを経験している。同級生の勝代ちゃんはおかしい言動をするようになり、即入院。調べたら二メートルほどのサナダムシが身体をめぐっていたということがわかった。誰もがその話を聞いて足がすくんだ。そこに突然突き出された丼だ。なんだか魔法使いの魔女からもらう毒のようでたじろいでいると、中に陽気な男の子が真っ先に手を出すものだから、それに倣（なら）ってみんなもいやいや口にした。あれは親切だったのだろうか。親切だったら伝わりにくいものだったが、実際あの頃は、回

ベーゴマ

虫は誰もが怖かった時代だったので、案外素直に従っていた。

ほんのわずかな期間の仮住まいであったのか、「こどもや」の夫婦がどこに行ってしまったのか、忽然と消えてしまい、いつ頃いなくなってしまったのかさえ記憶がない。店に行っても、ああ今日は閉まっているといったくらいで、今日も休み、今日も休みとつづいているうちに、とうとう私たちは行かなくなってしまい、そのうちすっかり忘れてしまった。

今でも、まるで走馬燈のように思い出す。ふたりはふたりでいるかぎり寂しくなかったというふうに見えたが、街に行くと当時のままの露地を歩き、ふいと、「こどもや」のおばさんに会えるような錯覚に陥る。露地からひょいと狐のような顔をして現れる女はあんなのかもしれないと思う。誰もがみんな同じ顔に見えてしまう今日、そんな時代がかった特徴を持って生きている人を探すのは難しくなった。

弁天湯、まるで多くの女のカタログを見るような

八歳くらいの頃の私は、銭湯が好きで（これも父親そっくりなのだが）、銭湯に行けばついサービス精神を発揮して、小さな手にへちまをもって、近所の人の背中を流すのが癖だった。下町には自宅に風呂のある家などはめったにない。火事の心配と経済上の理由からというが、それは江戸時代のこと。明治時代になってか

らは、身分の差別もなく、あちらこちらに共同風呂として銭湯ができた。

父の仕事場が浅草田原町にあった時は、同じ町内に「蛇骨湯（じゃこつゆ）」という銭湯があった。井戸を掘った時に大きな蛇の骨が出てきたので、そのままこの湯の名前になり、ここにも毎日出掛けていた。三時には必ず仕事を終えて銭湯に行く父について行ったのだ。「湯に行こう」というのが口癖だった。

浅草橋には、私の家の近辺だけでも、弁天湯*（福井町）、柳湯*（左衛門町）、亀の湯（浅草橋三丁目）、梅の湯（柳橋）、六角湯*（柳橋）、松の湯（柳橋）、田丸湯（柳橋）、鶴の湯（浅草橋）、東郷湯（浅草橋）、帝国湯（蔵前通り）、さくら湯（小島町）とまあ、なんとたくさん銭湯があったことか。一斉に休むということはないので、どこかに出掛けて、近所の銭湯が休みの時は、ちょっとぶらついてほかの銭湯を楽しむことができた。今考えると街に住む人に、実に親切な配慮があった。日曜日には朝風呂もあったし、菖蒲（しょうぶ）湯だ、柚子（ゆず）湯だといった季節の風物詩も楽しめた。子どもにとっても銭湯は息抜き、いろいろな人に会えるのも楽しみだった。

私は弁天湯か柳湯に通っていた。どちらも家から十軒先にあるという距離だ。おおむね弁天湯に行くが、脱衣所から小さな池が見え、亀が泳いでいた。夕方などは柳橋の芸者衆がそろってやって来る。お座敷支度の練り白粉（おしろい）を襟首から上半身に、手や足に刷毛で塗っていくのを、湯船につかりながら見ていた。白粉のいい香りが湯殿いっぱいにひろがり、その手際（てぎわ）のよさに見とれていた。

そうこうしているうちに、パンパンと呼ばれる女たちも銭湯に来るようになっ

弁天湯（撮影・秋山武雄）

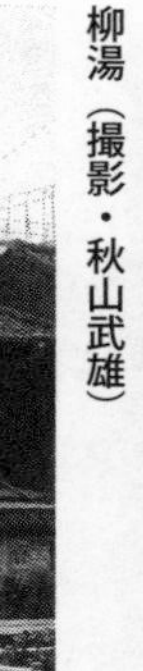

柳湯（撮影・秋山武雄）

た。こちらはまるでアメリカン色をばらまいたような賑やかさだった。色とりどりのターバン。セルロイドの石鹸箱には、ラックスのシャボンのにおいがあふれていた。まだ泥で髪を洗う人も大勢いた時代だ。客は多く、まるで芋を洗うような賑わいで、湯船に顔を出していると本当に首が並んでいるように見えた。これ見よがしに芸者の誰かが、私のふくらんでもいない胸をなでて、「ここを大切にするのよ。粗末にするとすぐ形が崩れるからねぇ」とあてつけがましく言うと、みんなそれなりの思いで声を立てて笑いあった。

男湯のことは知らないが、女湯はまるでたくさんの女のカタログを見るようだった。そういうわけで、あんまり楽しいので時間の過ぎるのを忘れて、湯あたりしてフラフラになって家に帰ると、わが家の玄関は幕が引かれ、鍵がかかっていて開(あ)かない。戸を叩くと、母が私の顔をキッとにらんで立っていて、「馬鹿かお前は。倒れるまで湯に入るなんて。私は三助*の娘を産んだ覚えはありませんよ」。母はぴしゃりとそういう嫌みを言うのだが、毎度のことで別に私もへこたれない。奥にいた父だけが、「人の背中を流すなど、喜ぶことをしてよかった、よかった」と言うのだが、この差が私の両親の違いだった。両親の見解の相違はあまりにはっきりしているので、どちらかにつくのは、新しい争いの種をまきそうで黙っているに限ると踏んでいた。しかし、母はよほど私には手を焼いたとみえて、大人になってから、尋ね人や離れた親子の捜査や対面が報道されても、「あんたがたとえ戦災孤児になっても残留孤児になっても、後でわが子とわかったとしても、私

六角湯（撮影・秋山武雄）

三助　下男の通名。後には、銭湯で風呂を焚いたり、客の体を洗ったりした。

は決して名乗りをあげないと思うよ」とよく言い言いした。この母ならそうかもしれない。

海の見える砂浜の道を、日傘をさした母と歩いていたという私の断片的な思い出も、母に言わせると、「とんでもない、遊びで行ったわけではない。下総中山のお寺にいた通称〝お助けじいさん〟の所に、お前を治療に連れて行った日のことだ」と言った。私の夜泣きと癇の強さを治すために。当時流行った民間療法に頼るほどひどかったというのだ。子どもの身体の上に馬乗りになって、御幣を振りまわすという荒療治だったと思うが、真っ白な長いあご髭だけは、確かにおぼろげに記憶している。疎開先で見た墓地の火の玉や敗残兵のやせ衰えた姿が、日常にふと顔を出すことが夜泣きの原因だったと思えば、子ども心に恐怖の感覚があっても仕方ない、と私は自己弁護したい。さて、〝お助けじいさん〟とは何者だったのだろう。

そんな母でも、当時世間を賑わせた「親子心中」にはいたく立腹していた。苦しいから死んだ方が楽。死んだら残された子どもはかわいそう、ならば一緒に死のう、とは理屈が簡単すぎるが、それをまねる人が絶えない。

「まったく、子どもをなんだと思っているのだろう」

「号令する人がいなくなったんだよ。そんなことをしてはいけません、と断固として言う人がいないとなんにもできない。みんな戦争中に、命令だけで動く癖がついてしまったからね。掛け声だけでもすがるものがある方が、弱い者には生きやすかったんだよ。弱い者は誰かの真似をすることで生きた気がするもんさ」

祖母がそんな母をなだめ、その祖母は祖母で、「老いらくの恋」*という世間の流行の騒ぎに腹を立てていた。「今さらなにを。世間の奴らが歓迎するから、新聞が取り上げるのだ」と怒っていた。祖母は「老い"楽"の恋」は、はしたないと思っていたのだ。「老いて楽しもうなんて、はずかしいよ。」

老いらくの恋　妻を亡くした歌人の川田順（一八八二～一九六六）が、人妻の弟子、鈴鹿俊子（一九〇九～二〇〇八）と恋に落ちた。昭和二三年に川田が自殺未遂を図ったことで公になり、「老いらくの恋」として世間の話題になった。

街にいた名物おばあさん

朝早くから、下駄を頭にのせて町内をひたすら歩くおばあさんがいた。脳梅（脳梅毒）だという噂もあったが、今なら一種の認知症の症状だったのかもしれない。髪をきれいに結い上げて、着物を短めに着た上に、真っ白い割烹着をつけていた。最初はなんのおまじないをしているのだろうかと見ていたが、その表情はただならない。顔に喜怒哀楽といったものを感じさせるものがなに一つないのだ。上手に下駄を頭にのせていた。どうバランスをとるのか、下駄を落とすことはない。そして、ただただ歩きつづけるのだ。風が吹こうが雨が降ろうがお構いなし。町内を何十回となく巡回する。福井町の大通りを越えると八幡神社*があり、時々、そこのまわりをぐるぐるまわるという話が伝わった頃、そのおばあさんの首に願掛け状が掛けられたり、なにか書いた布などがぶらさげられたりするようになった。戦地から帰って来ない人の無事帰還を願うもの、病気の全快を祈願するもの

八幡神社　銀杏岡八幡神社。神社勧請の由来となった大銀杏は、江戸期の大火で焼失。江戸時代の子守唄を集成した『童謡集』著者の釈行智は、この八幡神社にゆかりがある

など、億劫(おっくう)がりが神社へのお参りをおばあさんに代行させたのだ。

おばあさんは娘さんと一緒に暮らしていた。娘さんといっても、もう中年。適齢期の男は戦争に取られて結婚する相手がいないまま、である。母親の首にかかっているものを見てある日、「こんなことをするのは誰だ」と逆上し、町内の家の一軒一軒をまわって、誰がこんないたずらをしたのか、詮議(せんぎ)におよんだ。表情のないおばあさんの方より、娘さんのその顔は数十倍も怖く凶暴で、これには本当にみんなが震え上がった。

とてもおとなしい朝鮮人のひとりがやり玉にあがり、そんなに小さな人ではなかったが、外に引きずり出されて、蝙蝠傘でめった打ちにされた。よく考えると、日本の神社にわざわざお参りに行く必要などはないわけで、実は犯人でもなんでもなかったのだ。なんの抵抗もしなかったのはなぜだろう、今もって深い謎となっている。

あの頃の韓国は、李承晩*大統領の時代で、独裁政権から逃げて来た韓国の人が、日本のあちらこちらに隠れて暮らしていた。しかも、みんな相当なエリートで、その人たちは国で爪の間に針を打ち込まれたり、耳の中に棒を差し込まれたりといったひどい拷問を受けて逃げて来たという。どんなに叫びたくとも、じっとしていなければいけないという事情があったのかもしれない。浅草にある韓国の料理屋でその話を聞いて、はっと心当たりを感じたのは、ずっとずっと後になってからのことだ。不法逗留(とうりゅう)、密航して来ることもあったのだ。理不尽に攻められる

李承晩（一八七五〜一九六五）大韓民国初代大統領。独裁的政治を行なった。

朝鮮の人を見るまでは、私たちは平気でその家の子に当時流行った唄を替え唄にしてぶつけていた。

支那の街の支那の子
南京波止場でさらわれて
今では他国で知らん顔

子どもにとっては中国も朝鮮も一緒だった。それなりに大人たちの「事情」というのがおぼろげにわかっていたからだ。

症状さえ出なければ本当に美しい娘さんが、突然人混みで泡を吹いてひっくり返る。そんなこともあった。体が小刻みに震え、どうにも手の施しようがなかった。大勢の野次馬が囲んで動かない。しばらく放っておくしかなかった。そんな時、草履を頭にのせると治るという奇妙な迷信に頼って、よく草履が頭にのせられていた。しばらくすると、娘さんはツイと立ち上がって、恥ずかしそうに家に帰って行くのだが、これは年中行事のように、決まって起こる町内の出来事だった。

かといって、このことが取り立てて話題になるということはない。どこの家にもなにかしらの事情があるというのが常識だったし、なにもない家なんてあり得ないという話題の方が、話題の中心だった。どんな人がいてもおかしくないというのが、私の住む下町の当たり前の姿だった。どんなことがあっても、見て見ぬ振りができるのも、大勢が住む街では守るべき鉄則の一つだった。

大工と左官屋の喧嘩

私の家の裏、遊び場である露地の奥には棟割長屋が並んでいた。左右に向かい合った家の距離は一間半(いっけん)*弱。出窓が道路に面して大きく造られている。向かい合っている玄関には、たいてい簾(すだれ)や暖簾(のれん)などが掛けられているが、夏などは開け放され、お互いの家の中は丸見え。夫婦喧嘩も困ることも、食事のおかずまでもすべてわかってしまう。話も筒抜けで、とても内緒話などはできない。

大工と左官屋*が、向かい合って住んでいた。日頃は同じ仕事場の仲間なので、すこぶる仲がいいのだが、問題は癖、ふたりともに酒癖が悪いのが並ではない。つまり酒乱なのだ。仕事がある時はお互い控えているし、実におとなしいのだが、祭りの時は無礼講、祭囃子(まつりばやし)がいやが上にも、気持ちを高揚させるのか酒量があがる。

もう一つは、長雨がつづくとなると危険だった。最初のうちはお互い窓越しに世間話に花を咲かせているのだが、四時間、五時間と飲みつづけているうちに、ひょんなきっかけから口論(こうろん)となる。家族も馴れたもので、そのあたりから避難体制に入る。子どもを呼び集め、危険なものを一カ所にまとめ、手の届かないところに置く。そっとひとりずつ、家を抜け出して近所の家に行く。近所もまた始まるというので、どこも避難所として引き受けてくれた。そのまま、泊ってしまう

一間半 約三メートル。

左官屋 壁を塗る職人。壁大工。

ことも多かった。

「なにおー」「このおー」がきっかけで、物は壊すわ、投げるわ、唐紙（からかみ）は破くわ、戸は外（はず）すわ、と大暴れ。それから先はしっちゃかめっちゃか、酒の勢いがあるから手がつけられない。窓越しの喧嘩は、しだいに相手の家に乗り込んで行くまでに発展していくのだ。よく見ると、お互い勝手にひとりで暴れているだけで、相手に危害を与えるわけではない。挙句に、ドタンバタンの末、ついにどちらかの家でダウンして幕は下りるのだ。ふたりともに酒乱の果ての大乱闘、お定まりの行事だった。そこまで飲むことはないはずだが、止めて聞くわけでもない、とお互いの女房たちは納得しているのだ。「始まったから、お湯にでも行っといで」とか、買い物にでも行くとかしていた。

　面白いのは次の日で、大工と左官屋とあって家の修理はお手のものとばかり、お互いが相手の家の壊した部分の修繕を無言でしていく。謝るではなし、話をするでなし、手だけが機械的に動いて手早い仕事をする。そしてまた二、三日すると、弁当を腰に下げて仲良く一緒に仕事場に出掛けて行くのだ。家の者もどうということなく暮らしているので、別に騒ぎたてることもない。喧嘩の度に、家の修繕をしているようなもので、いつも家の表面はとてもきれいだ。この落語みたいな事件もふたりの酒癖からくる町内の年中行事で、ふと思うに、憂（う）さ晴（ば）らしに近かった。ずいぶんと高くつく憂さ晴らしだが、子どもの頃には怖いもの見たさから、遠くからじっと目をこらして見ていた。

火事と喧嘩は江戸の花

私たち子どもは、こわごわそんな大人たちの都合と日常接していたのだ。山や川といった自然の環境に恵まれていたわけではないが、たくさんの人の生き様と癖に付き合うことで学んだのは、人の不思議さと心のありようだろうか。生きている大人たちは誰もがみんな教師だった。後年、ことあるごとに、「あの人は変人だ、この人は変わっている」という言葉を聞かされたが、私から言わせれば、「大人のすべてが全員変人、そんなことは百も合点、二百も承知」といったところだった。嘘をつく化け物の姿は見ないですんだようだ。

それにしても、そんな旦那さんと付き合う女房の腹のすわり方というのは、見上げたものというほかない。「離婚などという言葉さえ、日常では考えられなかった」としたら、とても暮らしよかったということだけは理解できるが、男たちが人間として、正直で素直に見えたということではないだろうか。昔の女には母性愛が心から備わっていたのかもしれない。後のちになって、ふたりは同じ養老院に入ったと聞いた。できすぎた話だが、大工と左官屋は、切っても切れなかったのだ、最後までも。

ご贔屓(ひいき)合戦――寿司屋、蕎麦屋

私が子どもの頃から、父は日曜日となると遊園地に連れて行ってくれた。その習慣はずっと大きくなるまでつづいた。姉は小さい時から大人しくて、楽しいの

か面白いのか反応がないというので、「行くかい」と言う父の問いに首をひねるばかり。結局は祖母の、「この子は行かないよ」と言うひと言で、反応のいい私がいつも連れて行かれることになった。

としまえんのウォーターシュート*は、ロープで引かれる舟が水に落ちる瞬間に、船頭が船先で飛び上がるのが呼び物だった。私も乗りに行き、船頭と一緒に飛び上がったため船上で転び額を切って大怪我をしてしまった。私は実に乗りやすい性格にできている。父はなんでも面白がったが、この怪我には驚いたようで、私を抱きかかえて病院まで走った。

父と仲良く出掛けて行くのを、母はフンといった顔で見ていた。「まったく同じ顔をして、同じように前につんのめるようにして歩いて行くよ」と言い言いしたものだ。確かに私は、人ごみを歩くのが上手な割に、どこにも躓くものがない広い所でよく転ぶ。そして、どこにでも出掛けたがった。よくいう、「私も行くー」と大人を困らせる子どものひとりだ。

落語の「初天神」*の駄々っ子のようなものだ。「落ち着かない子だねえ」と母は顔をしかめ、「お前、顔から歩かないで足から歩け」というのが父の弁。どうしてか父と歩くと足が速くなり、知らない間にまるで父と敵同士の競争のようになってしまうから不思議だ。それは父が小走りで足早なのだ。真っ直ぐ歩いていると、ふいと直角に横に曲がる。気が向いた所が父の目的地となる。知り合いがいたり、可愛い猫がいたり、よく育った植木や手入れのいい盆栽など、目がいけ

としまえん（豊島園）　東京都練馬区にあった遊園地。一九二六年開園、二〇二〇年八月閉園。としまえんの「ウォーターシュート」は営業用としては日本初であった。

初天神　古典落語の演目。息子にせがまれ、天満宮の年初めの祭りに出掛けた父と息子だが、父は息子にふりまわされっぱなし。

ば、まずそこに足が向いてしまう。父の癖がそのまま私の癖になっている。

父との思い出は、「寿司屋」につきる。母と違って、「行って来た」と堂々と言えるのは、帰りに家族に折りの土産を持っていくからだ。父は、寿司を握るのが見られる板前の前の席に座る。私は足がつかないとなりの椅子に座る。「さび」だの「しゃり」だのということは禁物で、なんとなく職人と話しながらおとなしく食べる。黙っていても、「子どもから先に握ってやんな」と誰かが声を掛けてくれる。

「なみだは、抜きなよ」、なみだとは、わさびのことだ。「しゃり」や「あがり」という洒落た表現。「たまご」「海老」「海苔巻き」「赤貝」など注文し、父は魚、それもふぐの「にこごり」で日本酒を飲む。

「ようちゃん（私はこう呼ばれていた）、いい寿司屋はね、お魚から血を出すのを客には見せないもんなんだよ。お魚も生（なま）もんでしょ。かわいそうなところを絶対見せないで身だけを美味しく食べさせてくれるよ」と、父はとても優しく教えてくれた。かんぴょう巻きが締め。これは「海苔の乾いているうちにぱりぱりいわせて食べるもの」で、「海苔がしんなりしては美味しくない」と教えてもらった。

蕎麦屋もおなじ。「もり」「かけ」「あつもり」「てんぷら」「たぬき」「玉子そば」「月見」「鴨南（かもなん）」と言われるが、「タンメン、あれはそばじゃない」となかなか付き合ってくれなかった。大通りの角に、「水新飯店（みずしんはんてん）（現・水新菜館）」という中華そばやができ、戦後の街では最初の中華店として名乗りを上げた。塩味のタンメン

現在の「中華料理　水新菜館」

現在の蕎麦屋「満留賀」

は美味しかった。父はしぶしぶ連れて行ってはくれるが、「中華ソバと、蕎麦とを同じにしてはいけないよ」と言われた。「藪」「更科」「砂場」が東京の蕎麦の名所。浅草橋の蕎麦屋「満留賀（まるか）」と「多奈可家（たなかや）」に、わが家は通いつめていた。

満留賀は金の卵、集団就職の子どもたちをたくさん受け入れて、少し修業させるとすぐ屋号を与えてくれた。のれん分けすると、最初におかみさんが親戚中の人を集めて、開店する店を手伝いに行く。つぎに、開店させてもらった者たちが仲間の開店を手伝いに行く。そうして「満留賀同盟」が作られ、東京中あちらこちらに「満留賀」は広がっていった。「たなかや」は反対に手堅く家族だけでこじんまりと、客も常連相手で、蕎麦が切れればすぐ店じまい。こちらは盛りも少なく、「小腹やおさめ」と、蕎麦を腹いっぱい食べるなんぞ品が悪い、という鉄則を守り抜いていた。

あれから七〇年が過ぎたが、蕎麦屋は健在、水新飯店などは名物中華で混んでいて、なかなか入れない。

現在の蕎麦屋「多奈可家（たなかや）」

第9章

浅草界隈Ⅰ——人間さまざま

かもじや三姉妹。右から姉（二一歳）、私（一六歳）、妹（一一歳）

着物と私——祖母の審美眼に学ぶ

下町ではなにかと着物を着る機会が多く、自然に着物だけは自分で着るようになっていった。おまけに私の家は「かもじや」で、日本髪は着物とワンセットだ。髱はきれいに結い上げて、箱に入って家族が一台ずつ持っている。今でいえば二〇数万もする値(ね)の張るものだから、持っているだけでとても自慢だった。わざわざ男の子のいる露地などに髱の入った四角い箱を「重い重い」と言いつつ、ぶら下げて歩いたものだ。見せびらかすわけではないが、大人のすることを子も真似(まね)る。下町の子はみんなおませさんだ。

暮れには黄八丈(きはちじょう)に黒繻子(くろじゅす)の襟を掛け、お七(しち)帯を締め、結綿(ゆいわた)という髪形の髱を髪にのせるとよけい大人になった気分がした。正月は緞子(どんす)の訪問着。季節ごとに着物が増えていくのが嬉しくてならなかった。着物を着ると、何度となく街を闊歩(かっぽ)する。犬と同じで、同じ道を行きつ戻りつ、友だちもまた同じで、何度も出会う度に深くお辞儀などしあう。男の子をちょっと意識したりしていた。夏にはまだ早くて寒いのに、ぶるぶる震えながら菖蒲浴衣(ゆかた)を着た。おしゃれも季節の早取り、旬は食べ物ばかりとは限らない。人よりなんでも早いというのが、「粋」の一つだったのだ。無論ガキ大将の男の子も同じで、そういう男の子も着物を着ると、見違えるほど大人っぽく見えるのは、女の子と同じだった。震えながら立ち話をして

ようちゃん、島田を結う
（父の弟子が描いてくれたもの）

いる夏冷えの夜のデートほど、悲惨なものはない。

ほとんど一生を着物で通した祖母には、着物哲学があった。小さい頃は、緞子や綸子（りんず）という着物の袖口に、小さな鈴が付けられていたのを覚えている。大きくなってからは、「着物とは男を身にまとっているのだ」ということと、「呉服屋の見立ては決して、女将さんなどにやってもらうものではない。店の旦那にしてもらえ」というもの。「いい着物は、染め織り仕立てと三拍子揃って、みんな一流の男の手によってできあがる。ほれ、ごらん、この博多帯は三尺も立ち上がる」。祖母はそう言っては帯をしごいて片手で振りかざした。「女の見立ては、どうしても同性の悋気が入るから、ろくな物を選びはしない。女同士のやきもちは、人が知らぬうちでも心に持っているものだから、女将さんに見立てを頼むんじゃないよ。間違っても似合いますなどというお世辞にのってはいけない」というものだった。

ちなみに浴衣などは白地に藍で決まり。色物の浴衣を着せてはもらえなかった。夕暮れに映えないし、下品だというのが祖母の審美眼（しんびがん）だった。目立つのはおしゃれのうちには入らないというのが鉄則だった。「浴衣は洗濯を避けて藍が色落ちしないよう着るもの。汗をかいたら陰干しして着るなんて、冗談じゃない。そんな気味の悪い浴衣は、東京では着てはいけない。洗濯して糊のピン

私（左）と姉の友人、お正月

ときいたのが浴衣で、汗臭い浴衣なんて着るものではない」というので、洗い立てのごわごわ固い浴衣を着せられた。おまけに足袋も襦袢もなし、「素足には下駄。草履を履くなど、浴衣ではしない」という教えの中で育った。「浴衣を一人前に着こなさない限り、着物は買わない」と言われて泣いたこともあった。「お前の着方は寝間着だ」という祖母の声を着物を着る度に思い出す。

〝粋〟と〝いなせ〟を考える

江戸っ子の父はみんなに、「江戸最後の江戸っ子だねぇ」と言われていたが、当人はそれが嫌だったようだ。「時代遅れのようで気に入らない」と言っていた。

多くの人が江戸にうんちゃら講釈を付けるが、粋は生き、生活が持っていたすべての匂いのようなもの、街の佇まいや作りの中から醸し出されてくるものなのではないだろうか。江戸時代から戦後しばらくまで縦横無尽に張り巡らされていた水路の中で、植木や風鈴が家を飾り、簾や暖簾が風を呼んでいた。干された子どものおむつにしても、古い浴衣の藍の中に家族の歴史が刻まれ、子育ての手塩にかけて、が手に取るようにわかる。家々から漂ってくる煮物の匂い、行きかう人のそれぞれの体温やリズムが入り混じって、生活の音が聞こえてくる。

人々の暮しの丁寧さやその人の身体に自然とにじみ出るものが、きっと粋なのだ。媚や作りものやわざとらしさではなく、当たり前の暮しの所作が身に付くことが粋を作り出しているのだと感じている。つまり、「暮しが身に付かなければ粋もあったものじゃない」ということなのでは。

祭りや市（いち）や縁日（えんにち）や盆踊りといった季節のすべての行事は、その雰囲気に合うように知恵や自然に映えるものを考え出す……そんな街だから流れてくる端唄（はうた）*や小唄（こうた）*などが、しっとり聞こえてくるのだろうし、鹿（か）の子や格子縞（こうしじま）などの模様が街にとけこんでいく。

街と水路が人間と一体になって、「粋な思い」を醸（かも）し出していた。そうして、身体にしみこんでいくそれぞれの人の暮しの美学ができあがっていったのだろう。ちなみに私の父東太郎の戒名（かいみょう）は、「粋称寿到居士（すいしょうじゅとうこじ）」と簡単明瞭だ。戒名をつけてくれた住職には、父が粋に一生を送ったという思いがあったのだろう。

端唄　邦楽の一種。江戸端唄は、江戸時代中期以降における短い歌謡の総称。
小唄　端唄から派生した俗謡。一般には江戸小唄とされる端唄の略称。

下町では、人に会わない日はない

人に始まり、人に終わるというのが下町の一日だ。鳥の声、木々のざわめき、波の音といった自然の声や音を聞いて朝が始まるということはない。起きれば、「おはよう」とまず顔を見て挨拶で始まり、掃除をしても、総菜を買いに行っても、必ず誰かと顔を合わせ、立ち話や昨日の些細（ささい）な話題に花が咲く。隣近所、たいていの家庭のありようなどは手に取るようにわかった。夫婦喧嘩があった、子どもが熱を出した、怪我をした、やれ滑った転んだと、愚にもつかないことでも面白く伝わっていってしまう。

家が密集しているので仕方がないが、ほとんどの家庭が狭い家に三代で住んでいた。老人と子どもがパックになっているのが当たり前、ひとり住まいは間借り人、夫婦だけの家庭では犬や猫が家族だった。夕暮れ時の道の角には、子どもを背にした母親やおばあさんたちがたむろする。子が泣けば、「ねんねんころりよおころりよ」と誰かが唄った。みんなに生活という色彩があった。

柳橋の芸者さんで変わった人がいて、蛇を子どもがわりに可愛がっていて、家で放し飼いにしていた。玄関をあけると、首に鈴をつけた蛇がひゅるひゅると廊下を進んで来る。気味が悪いので誰も近寄らない。回覧板なども素通りしてしまうのだが、当の芸者さんは人に会うたびに、「可愛い、可愛いのよ」を連発するので本当に変人と思われていた。猫をおぶい紐で背中におぶっているおばさんもいた。とにかく、下町では人に会わずに一日が過ぎるということはあまりないので、首をかしげるようなこういうおばさんによくお目にかかった。

私の家とて、祖母も母も実につっけんどんで、その受け答えは、子どもながらにはらはらしてしまうことがままあったが、よくしたもので、話しかけてくる方も、愚痴ったりしてくる方も、あまり気にしていないらしく、『かもじや』さんのおばあちゃんもご新造(しんぞ)さん(若奥さん)も、おべんちゃらを言わないのでいいわよ」と、逆に信用になっているのだ。

柳橋の芸者衆の晴姿(はれすがた)

もっとも、「こんにちは」でも、「おじゃまします」でもなく上がりこんで来るのは当たり前という人たちなのだから、いちいち気を使っていたらこちらがもたないということもある。「人間、だますよりだまされた方がいいと言うけれど、だまされるのは当人が悪い」「最初のひと言で、だまされる人はすぐわかる」と祖母と母の意見が一致するのはこの点だけ。のんびり受け答えするその一瞬の間にだまされるのだそうだ。「もしもし、どなたあ」などと電話に出てはいけない。「出た瞬間に、『どちら様ですか』、としゃっきりと聞きなさい」と教えられた。最初から愛想を言うことはないというのだ。最初に上手いことを言う人にいい人間はいないいし、愛想のいい人間に心から情があるためしなし、と断定している。

まずはそんな偏見がまかり通っている街の人たちなのだが、勝手な振る舞いに仰天することもある。その名残は今でもある。浅草橋の私の事務所には、「いるのぉー」「いるねぇー」と、声が聞こえたと同時にドアがあく、などは当たり前で、会議中も打ち合わせ中もあったものではなく、朝一番にお茶菓子を食べたり、もらい物のおすそわけを持ってくる人が大勢いる。勝手に皿に出し、賞味して、「お茶がまずい」などと文句まで言うのに、来ていた客も目を白黒させてしまうことがある。

今となればお店と呼ばれていた頃と違い、どこも株式会社や合資会社となり、旦那さんと呼ばれていた人が社長になっている。この私でさえ「代表」と呼ばれるはずが、「よしこちゃん」では困ることがあるが、この街にいる限り、過去とはまず縁が切れないとあきらめるしかないのだ。

今でも回覧板がまわってくると誰が書くのか、「今日は菖蒲湯だよ」といった走り書きがあったり、「どこどこのばあさんが今朝転んだ」などという情報も回覧版に鉛筆で書いてある。時に、「そろそろお陀仏だあ」と、自分の近況が書いてある。すわ大変と、駆けつける人がいることをしっかり念頭においている。淋しさ回避の非常手段というものだ。

私服刑事、カンノさんの初恋

蔵前警察署にカンノさんという刑事がいた。いつの頃からか、夕方になると、ひょいとわが家に立ち寄るようになった。東北訛りの抜けない訥訥（とつとつ）とした話し方、なんとなく憎めない人のよさそうな青年だった。当時はまだ「赤狩り」といって、共産党の党員は異分子として扱われていたので、始終国家から見張られていた。また、夜の女と呼ばれる売春婦や売春宿もたくさんあって、その両方の見回りが当時のカンノさんの仕事だったようだ。

このおまわりさん（子どもは巡査とか警察官とは誰も言わなかった）に関しては、祖母も母も大のお気に入りで、立ち寄れば、お茶どころか食事までごちそうするという特別待遇。「ミンスュスュギ（民主主義）」という訛りには閉口（へいこう）したが、カンノさんは私服刑事で普通の身なりをしていて、警察では一ランクも二ランクも上の階級だったのだ。刑事とは知られないように隠れて取り締まるという役職なのだろうが、そう聞くとなんだか怖いというイメージがあるが、カンノさんに関しては、この東北弁ですっかり毒気を抜かれてしまい、気楽な付き合いが始まった。

しばらくして、カンノさんは、私の家の前の「すし兼」の文ちゃんに恋をしているとわかった。文ちゃんは一九か二〇歳ぐらいだっただろうか。美人で愛想がよくて優しくて、と何拍子も優秀さが揃っていた上、当時としてはめずらしく女教員というエリートの仕事に就いていた。いつもスーツを着て長い髪を後ろで束ねて、前をまっすぐ向いて颯爽と出掛けて行く。『二十四の瞳』*のおなご先生そのままだった。そして決まった時刻に自転車で、これまた颯爽と帰ってくる。どうやらカンノさんは、文ちゃんの帰宅時間に合わせて私の家に来ていたようだ。それとなく、母が仲立ちとなってお見合いをさせることとなったが、文ちゃんの方はまだ結婚をする気がないということで、どうしても承知しない。カンノさんはあきらめず毎日毎日通いつめたが、「スのみちいき（死の道行き）」、「ちなべしゃげても（手鍋さげても）」という覚悟はカンノさんの方だった。

恋愛がまだ自由恋愛と騒がれ始めていた頃、カンノさんの恋は燃え上がっていたのだ。片思いの極致、傍からは、誰が見ても似合いのカップルという感じに思うが、人が勧めれば勧めるほど頑なになる心というのがある。そうしたカンノさんの心は文ちゃんが死ぬまで変わることはなかったようだ。悲劇はある日突然、一番幸せと見えるところに襲いかかってきた。お見合いを断って数カ月後、あっ

『二十四の瞳』 一九五二年、壺井栄が発表した小説。映画やテレビで度々映像化。

という間に、ほんの二、三日で文ちゃんは花の命を散らしてしまったのだ。しかも予防注射が原因で。

ＢＣＧは結核予防のためアメリカが持ってきたもので、当時はまだ誰も怖がって受けなかった。予防接種は進駐軍の命令で強制となり、小学校でも接種が始まった。学校では、真っ先に先生がツベルクリン反応を診てＢＣＧを打つことになった。まさか、ＢＣＧが原因で死にいたるなど考えてもみなかったが、しかし、それ以外考えられず、確かにＢＣＧが原因で文ちゃんは死んだ。

注射をした日、「寒気がする」と言って早引けしてきた文ちゃんは、まもなく意識不明になり、近所の男の人たちの手によって、担架でまだ柳橋にあった三井病院に運ばれた。もうその時は手遅れで、注射の際に強力な菌が入ったのだという。

「すし兼」のおばさんが髪を振り乱し、裸足で担架にしがみついて街を歩いていく姿は、今でも私の目に焼きついていて離れない。こんなに人は大声で泣くことができるのだろうか、というほどの呻きに近い地獄の叫び声が街中に響いた。葬式の日のことも、子ども心に忘れることはできない。おばさんの髪は一夜にして真っ白になり、おじさんの背は一日で丸くなり、二度と伸びることはなくなってしまった。

厳粛で残酷な事実。あってはならない現実が起きた時、おしゃべりやいい加減な噂など通用しないことは、誰もが知っていた。不幸を決して口の端にのせないのは、たくさんの人が集まっている所で生きていく約束事の一つなのだ。無駄話や泣いたの滑ったのと、また言い返すことのできる話をしている分には、人は幸せなのだと思わなくていけないようだ。不幸の話に花を咲かせてはいけない。祖母の口癖に、「不幸の種を蒔いてはいけない。不幸を遊びに使ってはいけない」というのがある。抹香くさいと思ったが、日々理解できる。

みんなどこかで不幸と隣り合わせに生きていたのだから、口の端にのせれば、自分に唾していることになるわけだ。「不幸はずいぶん多量で一挙に押し寄せてくるが、幸福はまったくもって少量でささやか、短い期間しか味わえない。だから、大切に小出しにして使わないとね」「子どもを死なせている親は、もうそれ以上の不幸はないから、後はどんな不幸がきても驚かない」と言ったのは、三人も子を亡くした私の祖母で、「すし兼」のおばさんの悲しみが一番わかっていたのかもしれない。

カンノさんの夢も希望もジ・エンドとなり永久に終わった。それでも同じようにしばらくの間通って来ていたが、そのうち郷里の人と結婚したという噂が流れ、ぷっつりと消息は絶えてしまった。入れ替わりにおかまの山本さん、信州から文具店に奉公に来ている須田さん、眼鏡の内山さんと、たくさんの人たちがわが家のお茶の間の常連となった。

茶の間という常連さんの社交場

父は浅草橋の家の二階でかもじを編んでいたが、階下の一間半の入り口の三坪（約六畳）ほどを店にして、小間物屋と化粧品屋を始めた。町に人通りが多くなり、福井町の商店街も店が並び、活気が出てきた。買い物に来た客がひょいと茶を飲んだのがきっかけで、なんだか次第に仲間を連れて来るようになり、つまり茶の間の常連は、店に買い物に来る客であったり、近所に下宿している人であったり、お風呂に通う人であったりとさまざまとなった。

特に問屋に住み込みで入る店員さんや地方から奉公に来ている人たちの「たまり場」ともなってしまった。『かもじや』さんの家は、女ばかりで賑やかだから」とよく近所の人に言われたが、特別愛想のよいわけでもないのに、奥の六畳間に入りきれないほどの人がたむろしていた。みんなどこかにくつろげる茶の間、自分の居場所がほしかったのだ。

おかまの山本さんたちは、いつも土産にアメ横で買ってくる超高級品の洋菓子などを持参するが、あっという間にみんなで食べてしまうので、私は口をあんぐりといった感じだった。なにしろ、駄菓子が主流の下町。餅菓子、羊羹（ようかん）、せんべい、おこ

姉（右）はかもじ屋の看板娘だった。開店当時の店の前で。

し、練り物、きんつばといったものは食べ馴れているが、突然の洋物のバターや生クリームといったものは、まずそのにおいから魅せられる。茶の間が沸いた。みんな競い合って食べた。凮月堂のビスケットの缶などは、私たち姉妹で奪い合った。それはビスケット同様、絵の書いてある缶を手に入れるのが目的だった。

この山本さんという人は、いわゆる「おかま」。当時「おかま」という呼び名があったのかどうか、「おとこおんな」と言っていたように思う。山本さんはだんだん女装癖がくどくなって、金髪の鬘を真っ昼間にかぶって来るようになり、とうとう蔵前署に捕まってしまった。実は山本さんは海軍大佐の息子で、厳格な父親から行方不明者の捜索願いが出されていたのだ。単なる性癖か、父親への反抗か。なぜそうなってしまったのかは知る由もないが、父親に日本の恥をさらしたとあって、相当な折檻をされたということを後で聞いた。しかし、縁とは奇妙なもので、その取り調べをしたのがカンノさんだったというので、街とのつながりの深さをしみじみ感じる。常連の須田さんは、いつも長野の野沢菜を持って来てくれた。内山さんは、ぼろぼろになった恋人の写真を見せて、「美人だろう、美人だろう」と言っていたが、私の見る限り、とてもそうとは見えず答えに困ったものだ。

みんな東京で一旗あげようと思って、田舎から出てきた若者たちだった。問屋の住み込みから出発し、仕事が終わると寂しさも手伝ってたむろする行き先が、私の家だったのだ。長時間夜行列車に揺られてたどり着いた東京。ざっくばらん

化粧品店を始めた頃店に飾ってあったポスター（昭和二九～三〇年）

な下町の家庭は、地方から働きに来ている若者にとって、オアシスだったかもしれない。

この常連のひとりに、後に私の姉の結婚相手になる男性がいて、文房具の問屋に勤めていた。営業マンで東京近郊の出張も多く、なんとなくそわそわしている姉の様子でふたりが好き合っているのがわかった。義兄になる人は戦後の街を自転車で文房具の営業をしてまわった。実家は新宿で、「羊屋」という紳士物の洋服の仕立屋をしていたが、戦後倒産して芝（港区）に引きこもると、子どもたちはそれぞれ家を出て働きに散って行った。義兄は実直で、努力家で、働くことが生きがいという性格だった。この義兄が自分の働いている店の仲間を、次々に連れて来るのが慣習になってしまったのだ。

今頃、みんなはどうしているのだろうか。生きていれば八〇、いや、九〇に近い歳となっているはずだ。時の流れは人までも思い出の彼方（かなた）に追いやってしまうものだが、考えてみれば、故郷を持っていた彼らをうらやましいと感じることがある。所詮東京は人が流れていく場所で、江戸っ子の私たちには故郷（ふるさと）がない。したがって、故郷を恋（こ）う人の本当の悲哀といったものを思いやるということも苦手だ。いや、理屈ではわかっているが、身体で本当にわが身にかえて思いやるということができないのだ。

汽車に乗るといえば旅行しか思い浮かばない私は、見知らぬ土地に行って、そこで生きるなどとは想像すらできない。寂しくても寂しいと言えないで、他国で暮らす人たちも大勢いたのだ。好き勝手を言える境遇を、本当にありがたいと思わなくては罰があたってしまう。

べったら市の夜　お酉さまの夜

大伝馬町、小伝馬町をつないでいる薬研堀のべったら市は、戦時中はべったらに使う大根がないため中止になっていた。再開したのは昭和二四年だった。麹と砂糖で漬けた大根は少しべたべたして、「ほら、べったりつくよ」と呼び込んだところから、べったら漬けとなったというのだが、その真偽のほどはさて。

べったら市とは、暦の上で一〇月の甲の日に行なわれる漬け物市だ。一一月近い頃だ。べったら市の日は寒いと決まっていて、確かに子どもの頃は、もう北風がぴゅうぷう吹いていた。気の早い下町の人間は、そんな寒い日に、わざわざ漬け物を買いに出掛けたのだ。綿入れやねんねこを着て、襟にはキツネやウサギの襟巻き、手編みの手袋に、別珍の足袋に、下駄履きという出で立ちで、家族がカタカタ下駄の音を立てて歩いて行く。

父は小男のくせに早足で、まるでつんのめるように前屈みに歩き、私たちは後から一列に付いて行く。「お父さんは、まるで討ち入りのように歩く」と母は言い、母は大きい体のままのんびり歩きたいのに父につられ、寒さも手伝ってぶつぶつ言いつつ、しかし木枯しに負けまいとするように、いつの間にかやはり足早になっ

べったら市（現在）

ていた。私たち子どもは、まるで運動会をしているように飛びはねて付いて行く。おしゃべりな私は、家族の誰それとなく話をしながら歩きたいのだが、「まったくお前の口は畳鰯(たたみいわし)のように細かくせわしい」と言う祖母のひと言で、これまた黙って歩くことになり、聞こえるのは木枯しばかり、足ばかりが忙しい道中だ。

「どうしてもべったらが食べたい」というわけではないのだが、形のいい大根を選び、薬研堀の唐辛子を買い、裸電球に照らされている縁日をのぞきつつ、甘酒など振る舞われると、「さあ、冬がくるぞぉー」という季節への覚悟ができてくるから不思議だ。べったら市は下町の風物詩、歳末への序曲といったところだろう。帰りには決まってみんなでお寿司屋さんに寄る。判で押したように必ず寄る。カウンターの前、寿司のネタの前に、大人と一緒に並んで座るのが、背伸びしている子どもには楽しいものだった。お客もいいことに、一人前に扱ってくれる。出てくるものが遅いと、「子どもから先に握ってやれ」などと、ろれつの回らない酔っ払いまでが口をはさんでかばってくれた。

この後つづく一一月の浅草の酉の市に出掛けるのも家族の年中行事。「さあ、買った、買った」という声が浅草寺の裏手で競い合う。「負けた」「負けましょう」は縁起が悪いので、「買った」「勝った」が客寄せ、誘いの掛け声だ。

暦の甲(きのえ)がべったら市なら、酉の市は一一月の「酉の日」。初酉が一の酉、次の酉の日が二の酉で、年によっては一一月に三度目の酉の日がある。なぜか、三の酉のある年は火事が多いとされている。お酉様は徳川家康の駿府が発祥と聞いた。

福を熊手でかき集めようという欲張り市でもあった。お酉さまの熊手を私の家では買うことはなかった。一年毎に大きなものにしていかなくてはならない熊手は、「明日から食べられなくなったらどうするのだ、といった生活の心配があるので嫌だ」という父の考えがあったのだろう。「誰が年々大きくしろなど決めたのだ」と、屁理屈をこねていた。それでも熊手が売れると柏手を打つのには喜んで一緒に手拍子していた。

私たちは市をひとまわりしてから、浅草寺病院の前の釜飯屋「睦（むつみ）」で食事。正月はこれまた観音様にお参りして、釜めし「春」。祖母が一緒の時は、大きなエビの天ぷらで有名な「大黒屋」で食事がお決まりのコースだった。行きつけの店が必ずあり、よく出掛けるまめな一家だった。ついでながら食べることにもまめな一家ということだ。「旨（うま）い物を舌に記憶させるため」と父はよく言っていた。私の家ばかりではない。家族というのは、いつもカルガモの親子のように一団となって行動していたものだ。家族連れは食べ物屋の客の主流で、どの店にもいるのが当たり前の風景だった。

正月前は、父にとっては地獄の日々

べったら市が終わり、お酉様（とりさま）あたりになると、私たちには、正月が近づき心晴れやかな心待ちがやってくるが、父にはこの時期、各地の神社や歌舞伎座などか

酉の市（台東区鷲神社）

ら、紅白の獅子頭の注文が殺到し、父の仕事は地獄の日々となる。高くそそり立つ獅子頭や連獅子の長い髪を作るには、馬の尻尾を紅白に染めて編む。馬の毛は恐ろしく堅く、染めるのに一苦労、編むのに一苦労。とにかく唾という潤滑油を多く要求するのだ。編んでいるうちに、口の端が大きく切り裂かれていく。父の口からは絶えず血が流れ、毎晩塗り薬の「オゾ」を盛り上げて塗るので、到底おいしいものなど食べることもできない。

正月前のわが家の行事は、なにもウキウキすることばかりではなかったのだ。夜なべする父を横目で見て寝るのも辛かった。キュッキュッという毛を編む音と、火鉢の湯がたぎる音が暮れのわが家の夜の姿だ。といって、父は動かない口をしてでも、家族と一緒の楽しみをやめるようなことはしなかった。そんな中で祭りや、そしてやがて来る正月への期待と喜びを子どもたちに問いかけ話しかけ、楽しいことがやって来ると感じるように持っていった。

「ようちゃん、今年はお父さんが奮発して素敵な草履を買ってあげようね」、などと寝床の私に声をかけてくれる。なんかかわいそうに父を見ている私の視線を感じていたのだろう。生きる上でのリズムの中には、家族への気持ちがたたまれていたのではないだろうか。それほど大人たちが嬉々として毎日を送っていたわけではなく、私たち子どもにはわからない悲哀のようなものがある。過ぎた日の家族の風景は、懐かしいのにどこか悲しい。心が寄り添っている分、余計な感情が入る余地がなく、ストレートにセピア色化した風景に彩られるからだろうか。

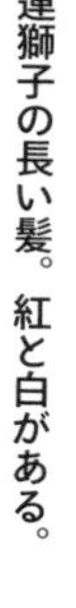

連獅子の長い髪。紅と白がある。

思い出は時間とともに歩いていた。

兵隊仲間のチンドン屋

暮れは子どもにとって、とくに私にとっては忙しい毎日だ。町内の商店街の福引きも始まり、宣伝に回るチンドン屋の休憩所は私の家だった。その人たちの世話やかもじの配達も私の仕事だった。おまけに　私は福引きの助手までしていた。「はあーい、金田さんのおばあちゃん、一等でーす」と大声を張り上げて、鐘をじゃんじゃん鳴らすのが役目だ。街をチンドン屋が流して歩き、ビラが花のように風に舞っていた。

チンドン屋は、東(あずま)や五郎八(ごろはち)という一門だった。とても女形(おやま)とは言えないごつい体つきとごつい顔。おまけに色黒と三拍子も四拍子もごついだけの中年男だ。ジャンパーにハンチング、雪駄(せった)ばきに風呂敷包みという姿でぶらりとやって来た。そこから、手鏡で化粧を始めて化(ば)けるのだ。色黒の顔を真っ白に白粉で刷毛塗りし、松の葉模様の八百屋お七*の振り袖を着て、頭に手絡(てがら)の垂れ流しを作り、「よいしょ」という掛け声で鐘太鼓(かねたいこ)のセットされた楽器を背負うと、「行くぞぉ」とばかりに街に繰り出す。クラリネットとビラ撒きの三人コンビ。兵隊仲間だったというから結束が固い。そのまま兵隊服を着た方が似合いそうな仲間だ。

昼になると、アルミのお弁当箱に梅干ののった麦飯のご飯。おかずは町内で調

八百屋お七　大火で寺に避難した時に寺小姓と恋に落ちたお七は、恋慕がつのり、火事になれば会えるものと放火。捕らえられて鈴ヶ森で火刑に処せられたと伝えられる。浄瑠璃や歌舞伎に脚色された。

達した煮物やコロッケなどを並べて食べていた。午後の部は弁天小僧[*]に早変わり。毛脛（けずね）を出して顔にバッテン印をつけ、前髪を垂らしてやくざ姿となり、ビラ撒きは娘役に早変わり、といった大盤振る舞い。なりふり構わず、というのは同情も憐憫（れんびん）も感じないで、さばさばしている。三人は戦地で、「ふるさと座」という民謡芝居をやっていた仲間だった。「あの頃から、やけのやんぱちで太鼓を叩き、芸をした」と言っていた。「女形になって化粧品がないので、じゃがいもの粉で顔をはたき、赤チンを口紅にしていた」という戦地での思い出話を、休み時間に楽しそうにしてくれた。

「かもじや」に臨時雇いで来ていた河合さんという戦争未亡人がいて、昼ご飯になると茶を入れながら、戦争に行った夫の話をしていた。「それにしてもあんたは貧乏顔だね。未亡人だからといって、貧乏神も一緒に背負うことはあるまいよ」。五郎八さんはビラ撒きの勧誘をしていたのだ。結局、河合さんはチンドン屋と一緒に、その日のうちに五郎八さんと帰ってしまった。

その頃、父のかもじの配達に自転車があれば楽だというので、私は急遽自転車を習うことにした。子ども用自転車などない時代だ。子ども心に、今でいう運転免許を取るような覚悟だった。父の自転車は大きく、私の背に近いものがあった。毎朝六時、家の前の「すし兼」の繁さんが先生だった。何度となく武勇伝、いや失敗を繰り返して乗れるまでになったが、商店街では、乾物屋や八百屋に飛び込み、煮豆をひっくり返したり、瓶を割ってしまったり、チンドン屋の列に飛び込

弁天小僧　河竹黙阿弥の歌舞伎「青砥稿花紅彩画（あおとぞうしはなのにしきえ）」中の人物。いわゆる白浪五人男の一人。女装でゆすり、かたりなどの悪事を重ねた末に切腹。

んだりした。しかし、別に誰からも文句を言われたり、「弁償しろ」などと言われた記憶はない。そのかわり、せっかく乗れるようになったのだから、ひょいとどこどこへと使いを頼まれたりした。持ちつ持たれつという関係が、子どもと大人の間に成立していたのだ。

正月の日々と寺社めぐり

唯一、正月になると、街に一瞬の静寂が訪れる。福井町の商店街の店々の両側に立てられた笹の葉が北風に吹かれて、サラサラ音を立てて鳴るのを寝床で聞く。慌(あわただ)しく日が過ぎた暮れの日から一変する静けさ……。暮れの二六日には、各家々の両角に竹笹が立てられる。二七日にはお飾り屋の仮小屋がたち、二八日には家にお飾りができる。二九日は、「九は苦(く)に通じ、苦を背負い込むので、一夜飾りはいけない」というので、もうなにもしない。このあたりから、街は一挙に正月準備に入る。あちらこちらで餅を搗(つ)く音がして、みんな掛け持ちで手伝いに走った。私は一段落すると、やっと自分のこと、黄八丈(きはちじょう)*に袖を通し、黒繻子を襟にかけた半纏(はんてん)を羽織る。

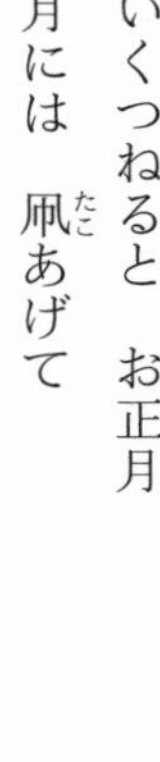
もういくつねると　お正月
お正月には　凧(たこ)あげて

黄八丈　八丈島に伝わる草木染めの絹織物。黄色が多く、縞や格子の模様が多いのも特徴の一つ。写真は黄八丈を着た私。

青年団の見回り小屋で蓄音機がまわり始めている。消防車が「火の用心」を呼びかけ、サイレンを鳴らして通り過ぎる。夜回りの連中は、夕方から集まって、町会事務所で酒を口にしていた。家の台所では正月用の煮物が始まり、お節の準備が祖母によって進められていく。練炭が赤い火をはき、火鉢も煮物に利用される。お節のお重箱が並び、引っ切りなしに配達がやって来る。ミカンが箱で届けられるのをざるに盛るのが私たち子どもの仕事だった。街の娘たちは、美容院の予約に走りまわり、床屋には一年に一度産毛を剃る女子どもの、やはり順番待ちの列が並んだ。街が活気づき、一年の区切りが心を弾ませた。

私は鬘というお手の物（自分用のもの）があるので美容院に行くこともなく、のんびり炬燵に入ってみかんでも食べていればいいのだが、そうもいかず、小間物、化粧品という看板を掲げたわが家の店は、暮れはかき入れ時で、売り子としては忙しかった。この頃には、化粧クリームもコールド、バニシング、クレンジングと種類も多くなり、男性の物も、ポマード、チックとほとんどが横文字となっていた。この手の物にまったく間に合わない祖母が店に立ったのでは、混乱をきわめて大変だ。柳屋ポマード、丹頂チック*、明色クレンジング、ももの花、はちみつ石鹸が売れ筋だった。祖母には、横文字に対しての思考回路がぜんぜんないので、当人も頭を抱えていた。結局、私が出て行かざるを得なかった。

日暮れ時、やっと父は店じまい。正月までの暮れの四日間ほどは、口の傷も一

化粧品のポスター

丹頂チック

段落し、父はほとんど家にはいない。盆と暮れの二回払いの集金という所がまだたくさんあり、実はその集金は、家族が一年に一度、待ちに待った父の隠れた外出日だった。その間、父は家族の一人ひとりに贈り物を買って歩くのだ。

町内では「火の用心」と叫びつつ、拍子木（ひょうしぎ）を鳴らして夜回りの声が頻繁（ひんぱん）に聞こえてくる。それこそテレビなどなかったから、父母、祖母、姉妹が一緒にいる茶の間ばかりが賑やかな暖かさを発していた。家族のみんなが父の帰りを待っていた。おまけに大晦日は、誰も叱らないし、「早く寝なさい」などという言葉を聞くこともない。絶対に眠（ねむ）るまいと思えば思うほど、いつの間にか寝てしまい、気が付くと、朝日は昇り、枕元に山のように積まれた両親からの贈り物を見て、新しい年がきたことをしみじみ心に刻んだものだ。

安心という中にある家庭のありがたさ、幸せ。きりりと寒い、澄んだ空気の中で富士山もくっきり見えた。生活の音がピタリとやんだ静かな朝、街は正月だった。静寂などに縁のない下町の子どもにとって、一年に一度訪れる静けさは特別のものだった。こわいくらい。

私たち姉妹は、顔を寄せ合って笑いながら正月を迎える。少女雑誌も正月号は、これでもかこれでもかというほどの付録を付けている。それらを腹ばいになりながら開いたり読んだりする。ことさら寒い冬は、音が鮮明に聞こえ、都電のチンチンと鳴る音や上野の寛永寺の鐘の音も、お腹（なか）に響くように聞こえることがあった。

今の東京は寒いというより、冷たいといった感じだが、ビルのせいより道路がまだ赤土かアスファルトであったことも、寒さに影響していたのかもしれない。でこぼこ道を走るリヤカーの車輪のなんと寒そうに聞こえたことか。

暖房といっても炬燵しかないし、練炭などという長持ちのする重宝なものもあったが、一酸化炭素中毒で死んだ人が出たとあって、煮物などに使う以外、夜は灰をかぶせて消していた。娯楽といえば、ラジオか読書。ラジオの浪曲やドラマに夢中で聞き入る大人たちの横で、寝ころんで本を読んでいるのが私の正月だった。『少女クラブ』*『少女の友』*『ひまわり』*、そこに載っている少女小説の著者美川きよ*、吉屋信子*が好きだった。吉屋信子の小説『わすれなぐさ』は、紫の表紙に中はざら紙、そのざら紙がボロボロになるまでよく読んだ。なぜか今考えれば、時代の反映そのままなのだが、孤児や継母の話が多い。遠足のお弁当が、おにぎりではなくサンドイッチというだけで継母を恨む娘。しかもサンドイッチの具はたまごやハムやきゅうりではなく、鰹節とあって、娘はとうとう恥ずかしさに涙さえ流すというのだが、友だちから、「すごいアイデアのお母さんね、おいしいわ」と言われ、即、後悔する。継母を実の母親と思わなくてはいけないと涙する、と、まあ、考えれば笑ってしまうほどたわいない筋なのだが、小学生の私はこんなことに感動してしまうのだった。

本の中で描写される継母は、いつも胸高に帯をしめて楚々としていたし、父親はなぜか口髭をはやし、りっぱな体格の持ち主だった。ああ、わが家とはなんと

『少女クラブ』 一九二三年創刊(〜六二年)。大日本雄辨會講談社発行。

『少女の友』 一九〇八年創刊(〜五五年)。実業之日本社発行。

『ひまわり』 一九四七年創刊(〜五二年)。画家・中原淳一が設立したヒマワリ社発行。

美川きよ (一九〇〇〜一九八七)神奈川県出身。小説家。

吉屋信子 (一八九六〜一九七三)新潟県出身。小説家。少女小説で人気を博した。

いう違い。おかかのサンドイッチだろうとぬか漬けのサンドイッチだろうと、食べるものに文句など言えば、一生食べさせてもらえないかもしれない。品のよい親戚やケーキやお花を届けてくれるご近所など望むべくもなし。これが本当に絵に描いた牡丹餅（ぼたもち）、遠い世界の話、と百も承知の上とはいえ、しかし、ひょっとしたら自分にも親は別にいて（この際父でも母でもどちらでもよい）、私を探しているかもしれない、と夢想しつづけ、つい口走ってしまう。「私、もらい子かもしれない。いや、もらわれていきたい」。たいていは大笑いされてしまうか、頭の一つも叩かれて終わってしまう。それほど私は父に似ていたし、母親などはフンと言って、さすが実母でなくては考えられないほどの冷血無関心、あきれて、嘘つき呼ばわりされるのが落ちだった。

そんな私だが、さすがに両親を他人にしてしまい、後悔するのが正月だ。あり余るほどの贈り物と晴れ着をもらう瞬間、父と母はこの日のために働き、この日のために今まで叱って育てたに違いない、と素直に納得してしまうほど、きめ細かい贈り物の山だった。

福井町に「文屋（ぶんや）」という呉服屋があり、母はそこで私と姉、そして妹に毎年贅沢（ぜいたく）な着物を作ってくれた。父は一家の全員が晴れ着を着て、そろって歩くのが自慢のようだった。母は小紋が好き、父は紬（つむぎ）になんといったって市村羽左衛門。* 一六（いちむ）ら、一本と六本の縦横の縞、市村格子* の半幅帯で決めていた。

正月の三が日は、八幡神社から鳥越さま、本家本元の浅草寺、足をのばして深

市村羽左衛門（一八七四〜一九四五）一五代目、歌舞伎役者。

市村格子 横一本と縦六本の格子の間に「ら」の字を入れ、「一六（いちむら→市村）」と読ませる。

川や亀戸、神様のいる所ならできる限り参拝に行った。お参りの掛け持ちというものだ。おみくじを引き、お札をいただき、お守りを買い、バッグをはち切れんばかりにいっぱいにして、家に帰ってくる。二日は街角で行なわれる出初式(でぞめしき)、練り歩く大相撲の触れ太鼓、三河万歳(みかわまんざい)の流しなど、街はあらゆるものの舞台だった。賑やかこの上ない。

あれはいつの頃だったろうか。一家で華々しく出掛けての帰り道、こちらは母と娘三人、父を除いて女ばかり、しかも盛装の身だった。浅草橋の駅を降りて少し暗い福井中学校の裏道を歩いていた時のこと。急に横合いから酔っ払いの男が飛び出してきて、姉に抱きついた。父はその時、やにわに自分の履いていた下駄を脱ぐと、姉にしがみついている男の背中を滅多打ちして引き離した。その間に私たちは逃げ切ったのだが、私は初めて父を男らしいと思った。いつも冗談ばかり言っている父はやはり、私たちを守ってくれたのだ。小柄な父に不似合いな大きな下駄が、父の心意気の表徴だった。次の朝、町内の小使いをしていた古郡(ふるごおり)さんが、「とんだ目に会いましたねぇ」と下駄の一方を持って来てくれたが、父は、「そんな縁起の悪いもんはいらないいから捨てちゃってよ」と受け取らなかった。たぶんその下駄は、神田川か隅田川にでも捨てられて浮かんでいたかもしれない。正月の忘れられない思い出の一つだ。

それでも「娘三人いれば身上潰す(しんしょうつぶす)」*という格言のごとく、私の家は、あっけなく潰れることになる。子どもの私に予感というのはあった。だから働くという

娘三人いれば身上潰す 娘の嫁入りには多額の費用がかかることのたとえ。持っている財産の全てを使い果たすこと。

ことには慣れていた。働くことが生きることだと知っていた。働かなければ食べられないのは当たり前、働いても食べられない、という現実が本当の生活だった。

らいぎょの釣り堀で七歳のアルバイト

七歳くらいから町内には働く場があった。今でいうアルバイトだ。まずは、らいぎょ*の見張り役。なにしろ、釣り堀というのが流行った時代で、広い土間に生け簀を作り、釣りのまねごとのようなものに人が殺到したのだ。らいぎょは丈夫な魚で、何回釣ってもまた針を抜いて水に離すとけっこういつまでも泳いでいるので、釣り堀といっても釣れる魚はらいぎょばかりだった。らいぎょは獰猛で共食いをする。夜になると、まず死にそうな魚をバケツに移し、魚同士が争いそうになると、長い棒で生け簀をかきまわして離す。そうしないと共食いが始まるのだ。今考えると餌もやっていなかったのだから、当たり前といえば当たり前。

この仕事は確かに子どもでも簡単にできたし、たいていは夏の頃なので、徹夜をしても苦ではなかった。街の誰かが起きていた。銭湯は一二時まであいていて、しまい湯に駆け込む人も多く、午前一時まで明かりが消えることはない。夜鳴き蕎麦や焼き芋屋の屋台が通り、酔っ払いはうろうろし、なんとなくざわざわしていた。午前三時になれば河岸に行く職人たちがあちらこちらから出てくるし、乾物屋は煮物の火を起こし始める。ほっつき歩いている、野良犬たちにも暮しに一

らいぎょ タイワンドジョウ科の大型の淡水魚の総称。空気呼吸ができる。

定のリズムがあるとみえ、大きく四足を踏ん張ると一日の開始。同じ道を規則正しく何度もめぐり歩いて行くのを、じっと見ているだけで面白いものだった。街は眠らなかったのだ。私は夜通し棒を持って水槽をかきまわさなくてはならなかった。

　このらいぎょの釣り堀屋を経営していたのは、稲葉さんという家で、おじさんはとても働き者。まるで落語に出てくる人物のよう。陽気で気が早くて行動的ときている。おばさんは、おっとりしたお嬢さん。おじさんが馬車馬なら、おばさんはそれに乗るお姫様で、踊りだ、三味線だと趣味三昧（ざんまい）の人だった。ふたりの間に五人の子どもがいて、それは賑やかだった。しかし、この家で吃驚するのは、何度となくあっという間に転業することだった。

　最初は甘味屋を始めた。麦湯*や生菓子、団子や汁粉、あん蜜などを食べさせてくれた。つぎにミルクホール*、今の喫茶店の前身だ。戦後には雨後の筍状態に増えはじめたが、そのはしりだ。牛乳やカルピス、ココアがメインで、コーヒーはそんなに一般化していなかった。よくわからないくせに知ったかぶりをして聞いていないと恥ずかしい名曲喫茶やお座敷喫茶。さらに深夜喫茶、ジャズ喫茶と名前が変わっていくのは、時間の問題だったが、おじさんの所も洒落て、ミルク喫茶としたままでが最大の譲歩。そのうちにアメリカ兵や女たちが客として来るようになった途端、一夜で店をたたんでしまった。「モカなんていうのが香りがいい？冗談じゃないよ、日本人が」と言うのだが、話にならない。

麦湯　麦茶とも呼び、殻つきのままの煎（い）った大麦を煎（せん）じた飲みもの。

ミルクホール　和製英語。牛乳が飲め、パンなども売る簡易な飲食店。明治末期から大正期に流行した。

つぎが和菓子屋、そして、らいぎょの釣り堀。でも、あっという間にそのらいぎょ屋も二カ月で閉店。今度はお稲荷さんとお寿司とつづいた。なにしろ一晩で衣替えしてしまうのだから、そのエネルギーたるや大変なものだ。客の方も、たまり場にしていたミルクホールが、お稲荷さんとかんぴょうの海苔巻きではどうにも様にならない。「牛乳だってお茶だって飲むものに変わりはない」というのだが、お稲荷さんにお茶では若い人は寄りつかない。

しかし、お稲荷屋はとても繁盛して、海苔巻きとのセットにして明治座の仕出し弁当として何百個と納めるようになり、これが最後の仕事となった。油揚げを切って煮付け、ご飯を詰めるという作業は、休みがまったくないほど忙しかった。劇場のお弁当ばかりではなく、遠足や会合、祭りや運動会といった仕出しを一手に引き受け、配達はおじさんひとりだった。猫の手でも借りたいという毎日で、学校から帰るそこらじゅうの子どもから近所の人と、みんな徹夜で手伝わされた。持ち前のおじさんの明るさや冗談の連続で、知らぬ間に働かせられてしまうのだ。そんな忙しさの中でも、おばさんだけはきれいに着飾って、二階でお三味線を弾き、長唄*を唄っていた。

私も学校帰りに直行して手伝いに行ったが、ある日おじさんは突然店を閉めてしまった。さりとてしょげているとか、懲(こ)りたということもなかった。風の吹くままだった。気が付いたら上野の蕎麦屋で働いていた。お得意の出前の見事さで人気を呼んでいた。自転車を片手でスイスイ、すごい高さに飯台(はんだい)を積んで街をな

長唄　江戸時代に流行した三味線歌曲。

めて走っていた。なにをやっても楽し気に働くのは天才的であった。このおじさんの生き方もなにか筋が一本通っていた。

エープリル・フールで一騒動

稲葉さんでは大騒ぎの事件が起こった。ＰＸ*に勤めていた二番目の息子が、出勤した朝、「同僚の婚約者から婚約破棄を言い渡された」と言い、傷心のまま帰宅した。

「アメ公の所に勤めていた女にだまされたんだとぉ。だから女が勤めなんかするると、ろくなことはない。ましてアメ公の店ときちゃあ、スパイにされたんだ、きっと」とおじさんは怒り心頭で大変だった。夕方には、街中の人がこのことを知っているというほどまくしたて、触れまわった。そして自転車で上野の親戚までご注進に及んだ。婚約者は美人で、街でもよくふたりで歩いていたから、いわば街中公認の恋人だっただけに大事件となった。

ちょうど桜の花が真っ盛りの頃だったが、桜も祭りもそっちのけで、このニュースは尾ひれをつけて、まるでその婚約者は鬼か蛇かという騒ぎ。「仇を討つ」などという若者まで出てくる騒ぎとなった。婚約者は静岡の女で、「だから言わないこっちゃない。箱根から向こうに出るのは蛇かオバケしかいやしない。そんなとこの女を選ぶから悪い」と静岡県に八つ当たり、喧喧諤諤の騒ぎだった。

ＰＸ　進駐軍内の売店。

ところが夜になって、その話は真っ赤な嘘と判明した。その日は四月一日、エープリル・フール。アメリカでは盛大に嘘をついてよいという日だったのだ。そんな日は日本にはまだなかった。みんな狐につままれたように口をあんぐり。婚約者は謝りに飛んで来る。近所のあちらこちらに謝って歩かなくてはならない。親戚には説明しなければならない。とんだひと仕事となった。

フランスで始まったこの習慣は、王様が言ったひと言を訂正するために、苦肉の策として、「四月一日に嘘を言ってもいい」ということになったのだそうだ。

だが、弁明すればするほどおじさんの怒りは収まらない。「王様が嘘をつく国をどうして信用するんだ」「なにぃー、騙された人間にエープリル・フールというのはどういうことだ。騙した上に騙された人間をおちょくる、嘘をついていい日など俺は認めないね。そんなインチキな国に負けたのが悔しい」「いや、洒落だから」「だったらもっと洒落たことに使え。一生の大事なことに使うなんぞ、どうして洒落になる」と、なにを言っても駄目だった。

そんなふうに、アメリカは少しずつ日本の暮しに入ってきたのだ。「嘘をついていい日などおれは認めないよ。そんな国の掟は断じて許さないよ。そんなことじゃ、閻魔様は出番がなくなるじゃないか」。おじさんだけは、いつまでも息巻いていた。

「今にこの国はみんななくなって、アメリカ国になってしまうのかよ」「盆も正月もない国だから、嘘ついてもいいっていうことか」。おじさんは絶対にアメリ力を許していなかった。

「お大尽（だいじん）」への違和感

子どもの頃、お大尽*という言葉をよく使った。お金持ち、「あの子のうちはお大尽だものねぇ……」。だから私たちと違うのという意味の時に使った。そうやって裕福に見える家の子を仲間に入れなかったのだ。お金持ちといっても、私たち子どもがその言葉を使う時は、お金に困っていないという断固たる確証のある家のことだ。給食費の延滞もなく、文房具も運動靴も親の懐（ふところ）具合と相談しながら買うこともなさそうだ。第一、いちいち呼び鈴を鳴らさないと鍵が開かないという家そのものに違和感があった。

そうでなくても、下町というのは町内が違うと一緒には遊ばないものだ。祭りの半纏（はんてん）も揃いの浴衣も、各町内によって違っていて、このあたりの区分けが「縄張り」ということになる。「三丁目は柄がねぇ……」と一丁目が揃いの浴衣をけなせば、「一丁目は色も野暮じゃないか」と三丁目も負けてはいない。目くそ鼻くそといった小競（こぜ）り合いも日常茶飯事（さはんじ）。なんとなく自分の町内へのえこ贔屓が働くという哀しい癖なのだ。

それでもこのお大尽という発想は、「お大尽の家は玄関があり、家族しか入れないお風呂があり、お三時とかおやつとか、決められたことをする時間があって、

お大尽　お金持ちのこと。

第一おとうさんがなにをしているのかわからない」という見解は、どの町内でも一緒。実はお勤めの家がたいていそうだった。商家や職人の子からすれば、特権階級に見えた。なにをしているかわからないのは、家業がなく、まあ、サラリーマンというだけなのだが、そんな洒落た呼び名もなかった。

「偉そうに男なのに鞄なんかぶら下げて、毎朝出掛けるよ」。寿司屋の小僧をしている助弘君は私の同級生。「あいつ、大尽だぜ」意味不明の観察に私たち子どもはまるで犯罪者を見るような目つきをしていたに違いない。向こうからすれば玄関は開けっ放し、お風呂は銭湯、おやつなどという体裁のいいものはなく、お腹がすけばあるものを口にし、ない時はぬか漬に手を入れて、ナスの古漬物でもしゃぶる。気が向けば夜の何時でも起きて話しているといった、秩序と規律に程遠い人種とは一線を引いていたのかもしれない。要はお互いに付き合いづらかったのだ。

あの子はだあれ、誰でしょね
カンカン帽子[*]の　金持ちの
ひげ面親父の　めかけの子
金だけあって　なにもなし
飴玉一つもあげたくない

カンカン帽子　かたく編んだ麦わら帽。天井とつばは平らになっている。

そういう家の子は、用事もないのに外に出て遊ぶということがなかなかないので、付き合い下手（べた）の友だちということになり、ますます距離が遠のいた。こちらはどこの誰で、家はなにをしているのか全部知っているから、仲間だという意識が強かったのだ。となると町内の祭りや縁日、盆踊りなどは自然とサラリーマンの子はつまはじきだ。下町で仲間はずれにされたら、泣いても、「入れてくれよ」と口にするが、そんな見栄もできない。自然に、友だちという感覚が薄れていった。一緒に遊ばない子とは友だちにはなれないということの証拠なのだ。私の町内では、山田さんという家一軒だけがサラリーマンで、この家にはふたり子どもがいたはずだが、滅多に姿を見たことはなく、一緒に遊んだという記憶もない。

食べ物で人は気を許す

わが家の千客万来のわけを、今でも考える。お金もないくせに、お茶やお茶菓子に贅沢をしていた。寒い日にはほうじ茶を大きな茶碗で、お菓子が高級な時は渋茶をと、いつも天気や気温と照らし合わせて出していた祖母や母のもてなしの心が、みんな嬉しかったのではないだろうか。人はお腹をすかせていると碌（ろく）なことを考えないという鉄則は、子どもの頃に祖母から学んだものだ。今でも私は、たとえ初めて訪ねて来た人にでも、開口一番に、「お腹、すいていませんか」と聞くのが癖となっている。たとえ、お茶漬けでもいいから、なにかを口にしていくことは親しみを感じさせるものだ。

祖母も母も、一滴の酒も飲まない。しかし、いつも家に酒が切れたことはなく、酒の肴も何点か用意されていた。菰酒（こもさけ）*が置いてあり、たいていは自転車で使い走りにくる職人さんへ一杯、口に含ませてもてなしていた。寒い日は軍手を用意することが心遣いだった。私も子どものくせして、小学校の登校時お猪口（ちょこ）で一杯、口に含んで学校に出掛けた。体が温まるし、楽しくてならなくなる。あれって酔っぱらっていたのかなあ。

韓国から亡命してきた日本名神田さんと名乗っていた人は、私の家のすぐ近くに店を出した。後にペガサス産業という大きなプラスチックの会社を立ち上げるのだが、まだ貧乏で苦労している時代だ。小間物化粧品店をやっていたわが家に、ふと買い物に立ち寄ったのが縁で、よく家でお茶を飲んで行った。神田さんに、母は膝掛けを編んであげた。李承晩の独裁がつづく韓国の暗黒時代で、一家は済州島からアメリカと日本の二手（ふたて）に分かれて亡命してきた。ひょんなことでわが家の茶の間の客となった神田さんは、その膝掛けがどんなにうれしい贈り物だったことだろうか。片時（かたとき）も離さずぼろぼろになるまで大切にしていた。

子どもは五人、「ヨハネ」ちゃんと「星子（ほしこ）」ちゃん、までは覚えているが、それは名前のせいだろう。だんだんお金ができてきて、立川に妾（めかけ）を囲うようになってきた。一度、その女の所にお金を届けるよう頼まれ、それで立川という所に私は初めて行った。飛行機が家とすれすれの所を飛んでいて、長い鉄線に囲まれた

菰酒　菰樽。「菰（こも）」は粗く織ったむしろ。酒樽を保護するためだったが、広告としても用いられるようになった。

基地というのを見た。立川もまた女の街だった。妾はきちんと着物を着た仲居さんで、立川にはまったくそぐわない。こういう人を世話しようという神田さんも大した人だが、韓国では女房は一家の柱であり、不動の地位にいるので、妾は永久に本妻になれない。その人から、今度は本妻さんの所に荷物を頼まれ、女の間を往復する羽目となってしまった。どちらも荒立てることもなく、女同士仲良しというのも変な話だが、ひとえに本妻の貫禄が物を言い、不思議な関係がつづくものだと感心してしまった。

後になれば、暮しにお金が必要だったとわかるが、韓国の本妻というのは大した威厳があるものだと感服した。儒教の国ではことのほか、それが如実にあるらしい。本妻さんはある時私が行くと、「キムチ、キムチね。これが旦那を離さないもとなのよ。子どもの頃の味、みんな忘れないね。どこに行っても、みんなお家のキムチに戻ってくる。キムチの中で死ぬるのよ」と、ひと瓶のキムチをくれた。子どもの私の舌にはとても臭いものだった。何日もにおうので閉口した。そして、それは神田さんのにおいだった。食べ物の強力な力は母親の力だったのだろう。

神田さんに連れられて錦糸町の韓国人の溜(たま)り場や、浅草の朝鮮部落に布団や洋服を買いに行ったことがある。韓国の人が大勢住んでいて、やはり、キムチのにおいがプンプンしていた。他国に逃げて来て、そこを定住の場所として暮らすにはどれほど苦労するか、神田さんが教えてくれた。会社は大きくなり、すでにその時には帰化して日本人になっていたが、一家で帰化したのは神田さんだけ。ほかの兄弟は済州島に帰り、お兄さんは銀行を起こしたというし、今ひとりはアメリカに渡り、アメリカ国籍を取っている。家族がバラバラの国籍になり、会うこともままならないということは私には考えられない。しかし、世界にはそんな家族がたくさんいることだけはわかった。

第10章

浅草界隈 Ⅱ

——遠景・近景

私（中学生）と妹（小学生）。昭和30年頃の浅草寺前の正月風景。

父は江戸っ子で芝居好き

父は三代つづいた江戸っ子。父には当てはまるが、私には江戸っ子は当てはまらない。母は福島の在で、その血を遡(さかのぼ)れば、浜に流れ着いたロシア人の血が入っているとあっては、江戸っ子などとは言えない。ふたりから生まれた私は、「ひ」と「し」が言えない。いつもサ行とハ行のどちらか迷ってしまう。これは父からの遺伝。「え」と「い」が曖昧(あいまい)なのは、母の郷里福島の浜言葉。せっかちで、金が貯まらないのはふたりの環境遺伝で、素性ではなさそうだ。江戸っ子の父と田舎出身の母の夫婦は、水と油。大きな母と小さな父、楽天的な父と悲観的な母、なにからなにまでそぐわない。共通点があるとすれば、親戚の性格が鮮明なことだ。頑固なら頑固なりに筋道が通っていたし、おしゃべりならおしゃべりらしく、ずるければずるいなりに、いい人か悪い人か一目瞭然(いちもくりょうぜん)だった。

私たち子どもは、人に渾名(あだな)を付けるのが好きだった。父にも同調する癖があり、陰では渾名で話していた。おしゃべりなおばさんは、「あの弁士」とか「政治屋」とか渾名で呼ばれていた。「石頭がまた、弁士とぶつかってね」と言えば、久が原（大田区）のおじさんと三河島(みかわしま)（荒川区）

晩年の父母と私

のおばさんが喧嘩を始めたとなるわけだ。他人が聞いたら、さっぱりわからない。身内の隠語である。

父の親戚は、そろいもそろって芝居好きだ。誰は誰の贔屓といった縄張りがあり、お互い意地の張り合いでよくもめていた。「今日は左團次*が来るよ」と言えば、別に本物の左團次が来るわけではなく、左團次に熱をあげている竹町（台東区）のおじさんがやって来るという合図。竹町のおじさんは、一家をあげて左團次の贔屓となり、左團次一辺倒。寝ても覚めても左團次という熱の入れようなのだ。左團次にも実際に会ってもいるようで、観客の分際を越えて、お互い話が通じるという。芝居より人間的な魅力を感じているのか、「俺の方をみて笑った、合図した」のと一概に笑ってしまえないほど、その真剣さに圧倒されてしまい、こちらも黙って聞くよりほかないという毎日だった。おじさんの自慢は、三階席で見るというもので、これは玄人、見巧者*、歌舞伎に詳しい人という自負からきていて、掛け声まで練習していた。「狂気の沙汰」という具合だ。ちなみにわが家では、父東太郎は一一代目團十郎*、現海老蔵の曾祖父が海老蔵の時からの贔屓だった。

私の小学校の頃には、大きな飯台に寿司の握りをのせて、ご祝儀袋に金子を添えて、楽屋見舞いに海老蔵さんを訪ねたこともあった。そうすると、幕間に番頭さんが紋入りと引き出物に手ぬぐいを添えて挨拶にみえる。たぶんそれが長い間の芝居見物や贔屓筋のと慣例だったのだろう。芝居見物は、悠長な日がな一日の

左團次（一八九八〜一九六九）三代目市川左團次。大正から昭和中期の歌舞伎役者。

見巧者　芝居などになれ通じていて、見方の上手なこと。また、その人物やそのさま。

一一代目市川團十郎（一九〇九〜一九六五）東京都日本橋出身。歌舞伎役者。

娯楽だった。父は奮発してでも枡席で見るというのが自慢で、鑑賞しながら飲んだり食べたりして、まるで茶の間の延長のようだった。一段高い枡席は、椅子席からは丸見えだ。だから気張っておしゃれをして行くのだろうが、子どもがいることはめずらしいので、よく下からの視線を感じた。江戸っ子のやりそうなことだ。

何十年も過ぎて後、毎日新聞社の演劇担当の北川登園（とえん）さんから、「よしこさんの家系には市村座の番頭がいたのですね」と言われてびっくりした。父に聞いたら、確かにいた。倉島といって、父の従兄弟（いとこ）だった。年中金を借りに来ていたので、芝居の木戸銭（きどせん）*はただにしてくれたという。

私は生まれてはいないが、今の三井記念病院の前、凸版印刷が建っていたあの場所に、今も残る台東区二長町（にちょうまち）が市村座*で、父はよくここへ五代目の菊五郎*を見に行った。当時、芝居小屋には相撲とおなじ「お茶屋」があって、そこから劇場に案内された。お茶屋は「芝居茶屋」と、狂言ごとに絵刷りした番付を配って歩いた。客席は全部座り席で、両花道の中を中土間、外側を土間といった。土間で、四人詰めの桝席が寒いと行火（あんか）が置かれた。

番頭はお得意様への挨拶に忙しく、袴をはいた出方（でかた）と呼ばれる男衆（おとこしゅう）が、幕間ごとに酒や菓子、茶などの注文を取りに来る。客はといえば、これまた酒を酌み交わし、ゆらゆら煙草をふかし、うつらうつらしながら芝居見物。女はといえば、着飾って髪を結綿、桃割れ、丸髷に結い、粋筋の女なら銀杏返しや島田。丁子香

木戸銭　興行見物のために入口で払う料金。

市村座　江戸にあった歌舞伎劇場。江戸三座の一つ。昭和七年の焼失で廃座となった。

菊五郎（一八四四～一九〇三）五代目尾上菊五郎。明治時代に活躍した歌舞伎役者。

の香りがなまめかしく漂う中芝居見物。なんという贅沢なゆるりとした時間だったのだろう。明治、大正時代には、こんな悠長な雰囲気が味わえたのだ。

本当に番頭でいたなら、親戚もさぞ鼻が高かったに違いないが、その市村座は最後に前進座が「馬」という芝居をかけたおり、馬小屋に火がつく場面があって、ランプが倒れて本当の火事が起きた。見事な臨場感に拍手が鳴り止まなかったが、市村座はその火事で燃えてなくなってしまった。ほんと、芝居のような話だ。父はその時観客でいて、迫真の芝居だと最初思ったそうだが、それどころでなくなって大慌てで避難した。当時の芝居小屋は、せいぜい百人くらいしか入れなくて小さなものだったから、大事にはいたらなかったが、それが市村座の最後だったという生き証人を、父以外に私は知らない。父の芝居好きは、子どもの時からの筋金入りだったとわかった。

番頭をしていた従兄弟は役者衆のサインをもらって、それを売り歩いていたのがばれて首になり、満州くんだりまで行ってしまったということだった。その後の消息は、風の噂に、「アメリカに渡った」とか、「ブラジルに行った」とか言うのだが、糸の切れた凧、現在まで、杳として知れないという。なにか歌舞伎と縁がある人がいたのかもしれない。

歌舞伎ばかりか、相撲に関しても喧喧諤諤。「昭和二七年には大相撲の四本柱が廃止になり、力士の尻がどこからも丸見えだと騒がれた時なども、力士の尻の形をめぐって喧嘩になる騒ぎだった」と、父は面白く話してくれた。熱しやすく

歌川広重の版画に描かれた市村座

冷めやすい、陽気な親戚たち。おしゃれでベレー帽をかぶり、当時としてはめずらしい黄色のオーバーなどを着て訪ねて来たので、「ベレー帽のおじさん」「黄色いおねえちゃん」とそのまま呼び名とした。子ども時代を彩っている。

　母の叔母、祖母の一番下の妹スエ（スセ）を、私は「内緒ばばあ」と命名した。実際どんな話をしても、耳元でこそこそ内緒話をしているようにしか映らない。この叔母は松旭斎天勝*の内弟子となり、後に筑前琵琶の奏者島村静芳*という人の後添えとなったが、生涯苦労つづきだった。売り出す寸前に、今でいう不倫。それなりに騒がれたそうだが、そんな場合、女は損をする時代で、男は甲斐性持ちで済むのに、女は攻めつづけられる。手妻*の世界からも追放され、静芳の家があった川越に引っ込み生涯を終えた。先妻との間に百合子という娘がいて、この娘が最後の最後まで叔母に意地悪をし尽くした。楽屋や舞台のかかる場所で、大声で「父は人非人」とののしることをやめなかった、気性のはげしい娘だったようだ。その陰で静芳の方もうだつが上がらず、結局酒に逃げた。「私も松旭斎松まではもらったんだけどね」と言うのが叔母さんのさみしい口癖だった。

　その頃の叔母さんは、髪を大きなひさし髷にして、写真はまるでブロマイドのよう。この叔母さんにもロシア人の血が流れているので、大柄な立派な体格と目鼻立ちのはっきりした容姿はなかなかのものだった。その叔母さんの若い頃とは知らずに、家にあった写真を見つけて、「この時代にはこんなにきれいな人がいたんだね」と当人に見せてしまった。「おや、これ、私じゃないの」としみじみ

松旭斎天勝（一八八六〜一九四四）東京都神田出身。奇術師。明治後半から昭和初期まで興行界で活躍した。

島村静芳　リンの妹の相方。筑前琵琶法師。

手妻　日本に古くから伝わる手品・奇術。

眺め入った後、「苦労したんだねぇ」と自分の写真に語りかけた時には、少しかわいそうな気がした。誰に向かってもこそこそと耳元で話をしなければならなかった晩年を思うと、人生を狂わせるのは、ほんの一瞬のことなのかもしれない。ベレー帽のおじさんとは、父の本当の叔父にあたり、洒落者で通っていた。嶺町（大田区）に住んでいたので、通称「みねのおじさん」。芸事が好きで、大正八年頃か、一八歳の頃に、中村座*の芝居小屋に入り浸り、時に下足番などをしていたが、端唄踊りの師匠に通い詰めた。兄弟弟子に「雷門助六」*がいて、一緒に芸の修業をしたという。なぜ芸事にいかなかったのかは不明だが、叔父は酒席で、住吉踊り〝かっぽれ〟を三味線弾きを呼んで演じるのが常で、とても見事なものだったそうだ。月に何回かは私の家に来て、必ず仕事中でも芝居に父を誘っていたし、芝居に行くのが楽しみだったが、ある日突然、車の事故で亡くなってしまった。

「死に神が背中からふわっと覆い被さってくる」という迷信が、本当に一瞬に信じられるようなことが、私の日常にも起きていたのだ。

母は小名浜育ちで、福島弁が消えず

母の生まれた福島県小名浜は、ここも威勢がいいことに関しては江戸と変わりはないが、母は浜育ちでどこか荒削りだ。母はここを早くに出ていたので、あま

雷門助六 七代目。落語家。

中村座（江戸東京博物館内）

り馴染みはないとあってか、親戚とは一線を引いて付き合っていた。親戚に向かって、「田舎者なんだから」という台詞が口を突いて出る度に、なんだか高飛車に感じられて、子どもながらはらはらしたものだ。

子どもの頃の恨みや悔しさは、母から生涯抜け出ることはなかったのだ。実父の籍に入る前に、夫と死別してしまった実母のヂュウが金次郎と結婚したので、母は父方の親戚にたらいまわしにされて幼児期を送っている。親戚はみんな裕福だったので、経済的には物に不自由したことはなかったものの、やはり寂しさは隠し得なかった。ヂュウのすぐそばに住んでいたので、いつでも会いに行けたはずだが、ヂュウは次々と新しい夫との間に子ができて、とても母にまで手がまわらなかった。

小名浜港は、外国の大型船が入港できるほどの深い海だ。外国とは戦前から行き来があり、そのせいか、混血児の誕生も多かった。母方の先祖はロシア人だ。そのせいか、母は子どもの頃から背が高く、髪は赤く縮(ちぢ)れていた。後にヂュウは新しい夫との籍に母を「養女」として入籍したが、やはり、母にはしこりとして心に残り、自分の居場所がどこにもないと感じたようだ。

海の人たちはそんなことに無頓着だし、父方の親戚もおおらかな気持ちで母を見てくれていたが、母は、自分は母親に捨てられたのだと思い込んでいた。港町にはいかにも混血だとわかる人たちが大勢いたが、みんな「だっぺぇ」言葉を使って働いているのが見慣れた風景だったから、この言葉でみんな同じ仲間と見なさ

母、日出

リンとヂュウの母いの。

れて差別なんかなかったのだ。でも母は、自分の母ギュウを許すことができなかった。「生まれた所が嫌い」と言うものの、母の福島弁は終生治らなかった。

小唄を習っても、「お江戸のぉ」というところが、「おいどぉの」となる。いつ聞いてもそのあたりで私と父が吹いてしまうので、怒って小唄をやめてしまった。気の毒なことをしてしまったと私も思うが、父に言わせると、「江戸弁が使えないで小唄を唄うなんぞ、ちゃんちゃらおかしい」ということになる。

なにかの時、母はしみじみと、「小唄を習ったのは、〝春日とよ〟*という春日流を作った人が、実は混血だったからなのよ。ちょっとかじってみたかったのよ」と言った。母の中にも、ロシアという混血の血が流れていたと考えると、少し哀れになる。明治時代に、日本で混血児として生まれた「春日とよ」という人が苦労したであろうことに、母が共感することも多少あったのかもしれない。

今でこそ、春日流は小唄の本流だが、イギリス人の父親との間にできたのが春日とよだ。赤毛の子は徹底的に和風に仕立てられ、唄や踊りといった芸事を仕込まれたというのだ。ずいぶんいじめられたとも聞いたが、大柄でバタ臭さも手伝っていただろうか。大柄だった母も、きっと身近に感じたのかもしれない。本など読んだことのない母だが、「春日とよ」に関しては実によく知っていた。

人はどんな人もそれなりに気を遣い、苦労があるものだと、身内であっても理解してあげればよかった。娘は私に限っていえば、残酷なものだ。

小唄　晴音会（左が母）

春日とよ（一八八一〜？）東京都浅草出身。父がイギリス人。一六歳で芸者になる。春日流小唄の家元。

男は正装、女は割烹着で宮城参拝

さて、その母の親戚は、終戦直後大挙してこぞって宮城*に参拝のため上京してきた。宮城は当時の日本のありようをそのまま映していて、引揚者*や応召された兵隊たちが後を絶たず参拝に訪れ、玉砂利にひれ伏しぬかずいていた。青年団の参拝も一同不動の姿勢で崇敬を捧げるといった具合で、まだ戦時中の習慣が抜けていない人たちであふれていた。ややこしい世の中の動きの中にあっても、日本人はどこまでいっても日本人でしかなかったのだ。天皇陛下を心の拠り所としていることに変わりはなかった。参拝に訪れる人は、地方から後を絶たない。ご多分にもれず、母方の親戚も、一度は宮城を拝みたかったのだ。中にはまだ国防服を着たままのおじさんもいたし、夫や子どもを戦地で亡くした人もいた。漁師のため、みんなの顔は赤銅色にぴかぴか光っていた。

その親戚の来訪で初めて、母日出の父金成熊次郎、つまり私の本当の祖父が、横須賀の海軍港で死んだことを詳しく知ることができた。休暇を友だちと交換したばっかりに、戦艦河内*の事故で爆死したのだ。当時母は二歳で、祖母ギュウが未入籍だったため、母は未婚の子どもだった。祖父の名前が熊次郎だったので、母はよく「熊の子、熊の子」と言われて育ったそうで、その意味が私にもやっとわかった。横須賀海兵隊に行く前日、肩車をされたことが、たった一つの母の持

宮城　天皇の平常の居所。現在は皇居と称する。

引揚者　日本の外地・占領地にいた民間の日本人で、日本へ帰還（引き揚げ）した人たちのこと。

戦艦河内　日本海軍の戦艦。一九一八年七月火薬庫爆発事故にて爆沈した。

つ父親との絆の記憶だ。

祖母ギュウには、子どもが十一人できて、母の異父弟三人が戦死した。ひとりは骨さえも帰って来なかった。軍国の母を地でいった祖母ギュウの一族は、過去をおいそれとは消せないのだ。「暉生院報国勇徳信士」と熊次郎の戒名を書いた旗には、故海軍三等機関兵とあり、「海岳院武徳幸道居士」とは母の義理の弟の戒名で、そんな旗も参拝にあたり新しく作られたものだった。深い悲しみがあり、理屈はともかく「英霊」にでもなってもらわなくては、とても気持ちが収まらないという一族だった。

さすがの父も、母の親戚筋の前では、冗談を控えていたし、「芝居に行こう」とも言わなかった。子どもの私も緊張したし、重い空気が流れる夜だった。

朝早くに身を冷水で清め、盛装した男たちと、真っ白な割烹着を身に付けた女たちは、まずわが家の仏壇を拝み、勤労奉仕のたすきをかけ、箒を持って出掛けて行った。留守番の父と私は、一緒に見送った。冗談や軽口をたたくというので、父はいつも置いてきぼり。「いざ出陣だね」と陰では言っていたが、まるで戦地に赴(おもむ)く戦士のような緊張感が、みんなの全身に漲(みなぎ)っている。「皇居を掃除していると、時に天皇や皇后がお顔を見せてねぎらってくれることもある」という情報も得ている。「ご尊顔を拝するかもしれない」という期待と恐れ多い感情が働く。一世一代の思いで、田舎から出て来たのだ。遺族となった人間の共通した心は、皇居という場所に集結しているようだった。昭和二四年のことだった。

キャピー原田中佐と暁テル子の結婚

砂埃をあげて大きなキャデラックが街を駆け抜けていく。ガソリンのにおいをばらまき、私たち子どもは数人でその車を追いかけて走った。運転しているのは軍服のアメリカ兵で、となりにサングラスをかけて座っているのは、当時経済科学局局長マーカット少将*の副官、日系二世のキャピー原田中佐*だ。貫録たっぷりの彼が来ると街が一変するように感じた。同じ日本人の顔にもかかわらず、ほかはどこからどこまでもアメリカ人だった。

キャピー原田中佐は、戦前に和歌山から開拓移民としてアメリカに渡った移民の子で、カリフォルニアで生まれた。戦争中アメリカ陸軍情報部に志願兵として入隊。語学力を買われて軍の通訳となり、出世して少将の副官となっていった。池田勇人*大蔵大臣の時のアメリカ側の通訳として、国家予算にまで関与するという、いわば時の人だった。

アメリカとの親善野球試合などにも力を発揮した。軍の、しかも時の人の副官の権力たるや大変なもので、見るからに堂々と、颯爽としていた。アメリカの物資も思いのままだったのか、オープンカーはめずらしく、缶詰から衣類、シャンプーや石鹸といったものを山と積んで、包装紙にリボン掛けした荷物を渦高く積んで街を走って行った。

マーカット少将（一八九四～一九六〇）アメリカミズーリ州出身。マッカーサーの側近。軍人。GHQ経済科学局長を務めた。

キャピー原田中佐（一九二八～二〇一〇）アメリカカリフォルニア州出身。本名原田恒男。日系アメリカ人。

池田勇人（一八九九～一九六五）広島出身。一九六〇～六四年、内閣総理大臣。

彼が訪ねて行く所は、鳥越に住む当時の松竹歌劇団のスター暁テル子、[*]本名関根ひさ子という歌手の家だった。関根さんの家は左官屋さん、暁テル子はそこの長女だった。小さい頃から踊りや唄の好きだった彼女は、一六歳で松竹歌劇団の試験を受けて合格する。当時は宝塚歌劇団に山の手のお嬢さんの入団が多く、松竹歌劇団は下町の普通の女の子の入団が大半だった。松竹は気取りがないと言われ、下町では断然松竹ファンが多かった。

宝塚には春日野八千代[*]という大スターが君臨し、対して松竹では水の江滝子。[*]松竹の本拠地浅草国際劇場には、満面の笑みをもって描かれた「ターキー」の見上げるような大きな肖像画が掛かっていた。ターキーがもっとも人気があった頃だ。

芸名の付け方にも違いがあった。宝塚では万葉集や和歌から引用した雅（みやび）な芸名を付けるのに対して、松竹では一般から公募したり、社内で面白がって付けたりした。芸名を書いた紙を箱に入れ、合格者はそこから福引のように紙を引き当てていくというものだった。彼女は、暁テル子という芸名を引き当てたが、この芸名がどうしても好きになれなかった。「戦後のことで、暁に死すとか、軍艦暁とか戦争にちなんだ名前が本当にいやだった」とこぼし、こんな名前なら辞めようかと思ったそうだ。

それでも関根さんのおじさん、つまり暁さんのお父さんは大賛成で、吸っているタバコが「あかつき」だったとか。すっかり喜んでしまって、当人はしぶしぶ

暁テル子（一九二一〜一九六二）東京都中野出身。歌手・女優。昭和二〇年代に活躍した。

春日野八千代（一九一五〜二〇一二）兵庫県神戸市出身。女優。宝塚歌劇団人気男役スターとして一世を風靡した。

水の江滝子（一九一五〜二〇〇九）北海道小樽出身。女優・プロデューサー。「男装の麗人」と異名をとった。

納得させられたということだ。おじさんはうれしくて近所中に触れまわったので、みんなそのあたりの事情まで知ってしまった。暁さんはそんなに飛び抜けた美人というわけではない。当時はアメリカ兵が入って来て、美人の基準が変わってきていて、着物の似合う楚楚たる美人から、「衛生美人」と称される自然美の方に重点がおかれ、スタイルも八頭身の伸びやかな美人がもてはやされるようになっていた。下町育ちの暁さんは　美人でもなく、スタイルもいいわけではないけれど、あっけらかんとしたさっぱりした性格の女だった。

　キャピー原田さんは暁さんにぞっこんで、毎日車を飛ばしてやって来る。暁さん詣でをしていたわけだ。知り合ってすぐに結婚を申し込んだが、暁さんは最初、剣もほろろで相手にもしなかった。なにしろ松竹歌劇団では当時、飛ぶ鳥落とす勢いの並木路子*さんと一緒に四人のメンバーを組んで唄い踊りと大活躍。後の「エイトピーチェス*」の始まりをつくっていたのだ。このコミカルなショーは大人気で、このシーンをお客は楽しみにして通っていた。

　当然、暁さんは踊ったり唄ったりが楽しくてたまらない時期で、恋愛どころではなかったのだ。関根さんのおじさんも、「当人がいやだというものはしょうがないだろう」と実にあっけらかんとしていた。アメリカ兵に逆らうことは進駐軍に逆らうこととされていたから、けっこう我を通すには勇気がいったと思うが、平気の平左だった。

　とにかく、キャピー原田さんは本当に彼女が好きだったのだろう。振られても

並木路子（一九二一〜二〇〇一）東京都渋谷出身。歌手。「リンゴの唄」が大ヒットした。

エイトピーチェス　松竹歌劇団の華、美人でダンスの上手な八人からなるダンスチーム。

振られても通って来ていた。情にほだされたのか、そのうち、「ふたりがどうやら付き合っているらしい」という噂が広まり、街の人の方がほっとしたくらいだった。当時一番のマスコミは、『平凡』『明星』という芸能誌で、ふたりそろって登場するようになり、ついに結婚というおめでたいニュースとなった。

「ココココ　コケッコ　私はミネソタの卵売り」という無国籍な曲が大ヒット。流行歌にオーバーな振りをつけたこの曲は、単純で陽気なばかりではなく、暁さんの庶民性が遺憾なく発揮されたもので、大ヒットした。ヒットの後の結婚だったから、おぼろげに私も覚えている。新婚の家は田園調布、バラのアーチが玄関を飾り、緑の芝生に白い洋館が夢のように建っている。太った軍服姿のキャピー原田さんとにっこり寄り添うテル子夫人は、雑誌に何度も掲載された。しばらくして、男の子が生まれ、その子は見るからに健康そうなキャピー原田さんに似て、太った大きな男の子だった。がある日、突然亡くなってしまうという悲劇が彼女を襲った。今でいう子供突然死だったらしい。

運命が残酷なのか、夢が大きいほど激しく挫折するのか。まるで誰かに突き落とされたかのように、それからの暁さんは散々だった。キャピー原田さんには愛人ができ、自身は肺結核に冒されて床（とこ）に就くことになり、四〇代という若さで、暁さんは本当にひっそりとあっけなくこの世からさよならしてしまった。

鳥越の「一新亭」という洋食屋さんは、関根さんご一家をよく知っていたが、「なにも田園調布なんかに行かなきゃいいんだよ」「柄（がら）に合わないとこに住むと、体

暁テル子のレコード「ミネソタの卵売り」

を壊すからねえ」とよく言っていた。その土地に恨みはないが、私も、田園調布は下町の暁さんが行って住む所ではなかったように思えてならない。銭湯に来る暁さんの使うシャボンのにおいがよくて、シャンプーにしてもアメリカの香りがしたのが、昨日のことのように思い出される。銭湯からのお湯がどぶ板の下を通る下水から柔らかい湯気を漂わせている街を、彼女は闊歩していた。まだ生きていたとしてもちっともおかしくない歳なのに、あまりにも悲しい結末は、下町らしくなくて涙をさそう。

私たち子どもは、街から生まれるスターというのが気になってしかたがなかった。身びいきというのだそうだ。等身大には届かないまでも、スターが持つドラマには興味があったのだろう。暁テル子という名前を忘れることはできない。

ずっと気になっていたが、今から二〇年も前になるだろうか、「高輪プリンスに泊まっているキャピー原田さんに会ってみては」という当時の蛯原弘支配人のご厚意から、取材をかねてお会いさせていただいたことがある。お年を召したキャピー原田さんは別人のように小さくなってしまっていた。そして、暁さんの思い出はなに一つ聞き出すことはできなかった。「なにも覚えていないし、思い出したくもない」というひと言の後は、固く口を閉じたまま無言だった。人の思い出も過去も心に留める許容度には限界があるということだろうか。諦めるには悲しすぎるような気がしてならない。キャピー原田さんの全身から諦念が漂っていて、華やかに見えても、やがて哀しき晩年かな、黄昏の中に身はすっぽり埋められているようだった。しつこく聞くのは悪いと感じ、そっとおいとましてきた。身じろぎもしないで椅子に深々と座った姿が、今でも目に焼き付いている。

そばにすらりとした洋装の夫人が付き添い、夫人の目は憤怒に燃えているようだった。過去を思い出させることに対しての怒りのように見えた。「誰があなたをここに入れたの」「夫にはそんな人はいなかった」と、顎を上げてきっぱり言った。長い歴史の人の動きや心のさすらいは、到底他人が支配できるものではないとして、それはたとえ、最も近い身内であっても、頭の中までは支配できないと思えた。しかし、ここにも一対の夫婦の歴史は存在する。「歳をとると忘れることも多いが、逆に思い出すことも多いはず。忘れるはずはないが、思い出したら今度は忘れられなくなってしまうのが怖いのさ」。私の父は、キャピー原田さんをそう言ってかばうのだが。

美空ひばりとの遭遇

浅草橋で一番の長生きの金田さんのおばあさんは、百歳を目前にしていた。おばあさんの仕事は毎日自分の着物をほどいて割いて、その着物で何十本という腰紐を作り、たくさんの人にあげることだった。以前は、歳をとったら人に施しをしなくてはいけないというので、お乞食さんにパンを買ってあげるといったことが日常化していたが、紐も同じで、おばあさんの長生きの証が、この紐を人様にあげることだったのだ。

町の人もあらかたの人が紐をもらい、つぎにターゲットになったのは美空ひばりだった。この天才スターが下町の人はみんな大好きで、美空ひばりのミニチュアのような女の子が自分の家にもまわりにも大勢いて、他人事とはとても思えなかった。

私とても、自分とはあまり違わない歳で、あの小さな体で一家を支えているという一点で羨ましくてしかたがない存在だった。女の子の誰もが、美空ひばりになりたいと考えたのではないだろうか。いや、果たせない夢だったとしても、もっと切実な望み、好きな唄を上手に唄うからではない、働き手として、一家を支えているという彼女の才能が羨ましくてならなかったのだ。ひばりの唄をまねて競って唄いあった。

私たち子どもは、親をどうしたら楽にさせてあげられるかが、最大のエネルギーの出しどころだったのだ。ひばりが横浜の磯子に家を建てたという夢のような話が話題となり、ひばりはもう自分たちには手の届かない人なのだ、となって一時私のひばり熱は急冷凍された。

スターの人気は、いつも等身大の思いから生じるものらしい。人形町松竹で見たひばりの映画の「哀しい口笛」があまりに強烈だったために、学校にも行かず、毎日劇場に通ったのもなんのためだったのか。そう嘆いたところで、別に美空ひばりになんの罪もないのだが。ところがある日、街で金田さんのおばあさんに会

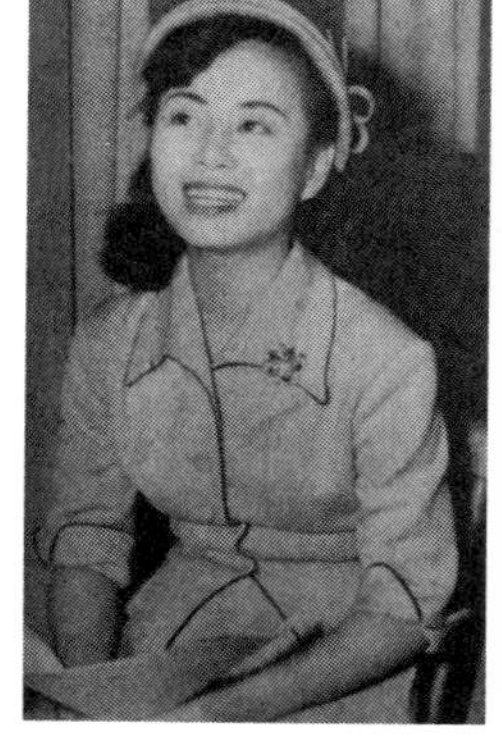

美空ひばり（一九三七～一九八九）神奈川県横浜市出身。歌手・女優。九歳でデビューし、自他共に認める歌謡界の女王だった。

うなり、「美空ひばりに会いたくないかい。どう、あんた、錦糸町の〝楽天地〟に美空ひばりが出ているから行かないかい」と言うのだ。きれいな紐をひばりちゃんにあげたい、その人気ご利益(りやく)にありつきたいというのが理由だった。

実物に会えるとなれば話は別。なにしろ、今と違って百歳という年齢は大変めずらしいことで、とてもおめでたいことだった。高齢のその歳が物を言うなら、是非にも会いたい。そこで、ひばりさんの事務所に連絡すると、「どうぞ」という返事が返ってきたのだ。当時の美空ひばりのマネージャーは福島通人という人で、小ぶりで、顔がいかついおじさんだった。私と金田のおばあさん、それにいつも腰巾着(こしぎんちゃく)のように付いて来る直井さんのおばあさんの三人で出掛けて行った。道々、会う人ごとにことの次第を説明するので、「着くまでに日が暮れちゃう」と急がせたほどだ。

江東楽天地(現東京楽天地)の映画館「江東劇場」は、その当時どこでもそうだったが、映画と実演という二本立ての興業だった。人形町松竹でシルクハットの美空ひばりを見て以来の初めてのご対面とあって、体中が緊張で震えた。「江東劇場」の楽屋口の椅子に腰掛けて待つこと数十分、福島さんに付き添われて、顔にドーランを塗った美空ひばりはにこりともしないで出て来て、「ありがとう」とひと言。慌てた直井さんのおばあさんが、「これはね、このおばあさんが百歳になるのを記念して」と長々話し始めるのをさえぎって、福島さんが先に、「ありがとう、ありがとう」をオウムのように繰り返していた。その間、正味五分ほどの面談だっ

左から直井さん、金田のおばあさん。後列右に私の母

た。金田さんのおばあさんは布袋様(ほていさま)のようなたるみ皺の中で、口をふがふがさせているばかりで、結局直井さんのおばあさんがひばりさんと握手をしただけで終わった。直井さんのおばあさんは、常日頃、ぼけを防ぐにはともかくしゃべることを実践している。つまり、自分のことだけに集中していればいいという、日常が出てきただけのことなのだが、なんだかこちらは悔しい気持ちでいっぱいだった。

その当時、美空ひばりは小さくて愛想のない女の子だった。目はとても冷たく映った。彼女はそのまま特殊なスター街道を突っ走ったが、いつも彼女の多くの試練が私たちの目を釘付けにした。家族間に由来していることばかりだ。「母親をひとりで独占したから」という記事が出る度に、そんなに弟思いなら仕事なんてやめればいいのにと、意地悪丸出しの世間の声を自分も出していた。人気とか金持ちとかへのやっかみの渦の強烈さをしみじみ感じ、われながらぞっとする。

ずいぶん先になって、私にも絶頂期があり、ブランド品に身を固め、ベンツの中でいつも聞くのは美空ひばりといった生活の中で、ふと、なぜか寂しくて、人がみんな敵のように思えてくることがあった。こんな気持ちを美空ひばりはあんな小さい子どものうちから経験していたのだと、今ならわかる。

まわりまわって、今私の手元に彼女の色紙がある。大病で最後を送った順天堂病院で書かれたもの。現在人気者の中村獅童(しどう)*さんの母堂、陽子さんから頂いた。彼女はひばりさんに、「あなたの唄をベンツでいつも聞いている人がいるわよ」

中村獅童（一九七二〜）東京都出身。歌舞伎役者。

と私のことを話したそうだ。色紙は、「春到来とおもう間に　秋が来るのが早すぎる」というものだ。当たり前のこの文章にジーンとくるものがある。あんなにたっぷり生きたと人は思っても過ぎてしまえば、人生なんてあっという間のことなのだ、と私も実感しているから。死に際し、どんな思いが美空ひばりの脳裏に去来したのか。昭和の歌姫は大団円のドラマを、最後の最後まで見せてくれたとしかいいようがない。感謝感謝とは美空ひばりには素直に言える。浪花節(なにわぶし)を地でいった天才少女芸人の一代は、昭和の最後の年に逝(い)くという劇的な最後で終焉(しゅうえん)を迎え、残された唄は日本という国の、昭和という時代の輝かしい代名詞ともなった。彼女に関しては、神は本当にいたように思えてならない。運命という神が。

父の尋常小学校仲間で創った「一行会(いっこうかい)」

父の友だちは全員尋常小学校の仲間で、まったく純情そのまま、小学生のまま歳をとってきた。仲間が集まって創った会の名前が「一行会」。当時の金額で「一円で、どこへでも行こう」というので、積立てをしてどこかに行くというのが目的らしい。私が小学校の頃にはまだ何人かが元気でいた。加藤さんは神田で作業服の製造販売をしていた。深津亀ちゃん・鶴ちゃんは双子の兄弟で、ともに洋服仕立屋さん。森田さんは最初畳屋で、戦後はセルロイド屋さん。奥住さんは新宿十二荘で花屋をしていて、冷えから膀胱を患い、早くに亡くなってしまった。藪崎のおじさんは父の親友で、父の妹春と結婚した。私にとっては義理のおじさんにあたる。最初は蝙蝠傘屋、後に洋服の仕立屋に転業した。

みんな江戸弁を話すからその忙しさといったらない。「ありがてぇーね」「どこそこにゆかねぇかい」といった調子だ。あまりいい言葉遣いではない。だいたいが旗本の、ほとんどが三河（みかわ）（現愛知県東部）出身というので、江戸弁は三河言葉が多いと言われ、ちょっと訛りがある。行くといったって、そのほとんどが芝居で、江戸三座*を最後まで見て育ったという仲間たちだ。

「五時、人形町、って父ちゃんに言っておいて」「三丁目だよ、って念おししてね」という電話をよく受けた。それだけで全部通じてしまうのだが、まず他人には暗号のようでわからない。浅草猿若町（さるわかちょう）の中村座、二丁目の市村座、三丁目の森田座。黒、茶、緑はこの三座の色で、身につける小物は、この三色でできたもの。全員お揃いだった。食べるのも趣味で、盆に食べる谷中生姜、小ぶりの亀戸大根、小松菜、千住（せんじゅ）葱、目黒の筍といった季節ものが、いつも仲間の間を行き交った。

今はそんなことをする人はいないだろうが、盆あたりには、

浅草橋町会全盛の頃の一行会（昭和二八年）

「虫を聞く」といった集まりもあった。清澄庭園、堀切菖蒲園などが待ち合わせの場所だった。台風ともなると、あちこちみんなが友だちの家を駆けめぐる。みんな自分の家をしっかり守っていればいいのだが、見まわらないと気がすまないというのが根っからの世話好き、体を動かすのがちっとも苦にならないのだ。

昭和二二年にキャサリン台風*が東京を襲い、その時も大変な騒ぎだった。台風が東京を襲うということはあまりないので、怖いけれどなんだか楽しみでもあるというほど、東京というのは恵まれた所だった。その時は一家がまるで越冬でもするような騒ぎで、台風に備える。炊き出しをし、缶詰を買い、ローソクを用意し、卓袱台のまわりに家族が集まり、今か今かと台風到来を待つ。風が吹いてきて、父が玄関にはざかいをするというので、板を持って外に出た。ところがあまり外から頑丈（がんじょう）に釘付けしてしまったものだから、家に入れなくなってしまった。強風にあおられているところに友だちがやって来て、父はそのまま一緒にどこかへ遊びに行ってしまった。後になって母の怒ること怒ること。父も父なら、あんな時に遊びに迎えに来る方も来る方、としばらくわが家の台風は家の中を吹き荒れた。

そんな父の友だちも、今ではほとんど生きてはいないが、幾つになっても子どもの頃と同じで、「あの頃に（昭和七年）一銭で買えるものは、ベーゴマ、おせんべい二枚、鉄砲玉二つ、飴玉二個。ほかにバスは一路線五銭、市電は七銭、タクシーは浅草橋から浅草まで五〇銭。値切れば三五銭だったかねぇ」などと無邪気に回顧していた。

江戸三座　江戸時代中期から後期にかけて江戸町奉行所に歌舞伎興行を許された芝居小屋。中村座・市村座・森田座。

キャサリン台風　カスリーン台風とも。昭和二二年九月、関東・東北に大きな浸水等の水害をもたらした。

そんなことを言ったって、やがてチンドン屋はサンドイッチマン*に変わり、アドバルーンは東京の空を泳ぎ、都電は廃止。車は人より多くなり、飛行機からは紙ふぶきのようにビラが撒かれ、戦後は遠くなりにけり。父の世代も徐々に追い込まれていったのだ。しかし、今でも忘れられない教えというのは体に刻まれているもので、私の中に確実に息づいている父の年代がいくつかある。

「お赤飯には必ず南天を沿えて出しなさい」と教えてくれたおばさん。

「あれはね、お赤飯の傷みをなくすだけではなくて、赤い色を重ねておめでたいのを倍にしたいという願いよ」

「捨てぜりふのうまい人には、親の血が色濃く流れている」

つまり、言葉には年季がいるということか。

美人の条件は一に声、二に顔、三に仕草(しぐさ)。おまけに足さばき、手さばき、姿勢よさ。

「いやいや、祭りとくりゃあ、自然住んでる人の重みを感じるねぇ」というおじさん。なんだか無造作で、しかし、教えたがりの人がたくさんいたということだろう。

粋な鉢巻、揃いの浴衣
「祭りのなあ、派手な若い衆が勇(いさ)みの身なり」
あなたを見初(みそ)めた夏祭り

サンドイッチマン

おかめおかめといわんすけれど
「粋なおかたと釣り合わぬ」
ひょっとこくらいは惚れるだろう

羽織着てても半纏着ても
「駒げたはいて歩いたら」
まあ、ほんとにほんとによく似合う

丸い卵も切りよで四角
ものも言いよで角が立つ

まとまるものならまとめておくれ
いやで別れるわけじゃない

普段しゃべっているものが、みんな唄の文句となったものだ。こんな台詞を教えてくれる人もめずらしいが、子どもの頃からツイと口をついて出てくるのは、大人たちの色濃い生活の中から、私が、身体が覚えていったものばかりだった。

学校が終わると、父は友だちとそろって大川（隅田川）の水練場（泳ぎ場）に出掛けて行った。父の背中には弟の英二郎が背負わされていた。父だけではなく何人かの友だちの背にも、弟や妹がくくりつけられていた。子守りをするのは当たり前、それをおろして、木の根元に寝かせて遊んだという。這っていなくなるのをみんなで探したこともあるという。

　戦前の隅田川では、子どもや大人たちが大勢泳いでいたらしい。寒（かん）には厩橋（うまやばし）または吾妻橋で寒中水泳もあった。赤い木綿の水泳帽に六尺ふんどしで、夏休みには学校の授業の一環として八月二〇日頃まで練習したというが、父は確か、泳げなかったはずだ。ただ、なぜか水練場で遊んでいた話がよく出た。このメンバーは九〇歳になっても、唱歌『夏は来ぬ』を合唱していた。

卯の花の　におう垣根に
時鳥　早も来鳴きて
忍音もらす　夏は来ぬ

　隅田川のまわりには、白い卯の花が茂っていたのだ。唱歌で習った時は、てっきり自分たちのために大人が作ってくれたと思ったという。子ども時代から晩年まで、なんでも一緒、楽しい時もつらい時も、習いごとも、あまり長つづきはしないのに、始める時はいつも一緒だった。「流行りものはすたりもの」と揃いも揃って口を揃えるが、飽きた時の言いわけ、自己弁護のように聞こえる。

昭和二六、七年頃には生活も安定し、暮しに色合いが出てきていた。一行会の面々もお妾さんを囲ったりして、賑やかな事件も多くあった。最後は詩吟(しぎん)に凝っていた。これは年老いた芸者衆がお座敷を引いて、芸事を教え始めたのがきっかけで、いわば義理がらみの稽古事でみんなにとって一番苦手なものが残ってしまった。

当時、柳橋には外国人の客筋が多く来るようになっていた。唄、踊りといった日本のものは、最初はめずらしがられたものの、正座が苦手な外人は長持ちせず、しびれを切らしてしまい、座が持たなかった。

日本の芸事を理解するのは、よほどのことがない限り難しい。芸を聞かせ見せるためには、客としての見巧者が必要だ。そんな時代は変わりつつあった。もっとも、短い時間にお座敷をまわれば大枚の花代があって、若い芸者は割り切って稼いでいたが、やってられないという芸者もいて、地元の旦那衆を教えた方が、気楽で実入りもよかったのだ。猫も杓子も、なにかしら習いごとをする旦那衆が多かった。海外旅行もはやり始め、外遊は行く方も行かせる方も大変だった。行くまでの手つづきも大変だが、羽田まで送って行くのにも水杯(みずさかずき)（別れの杯）が交わされた。

一行会の面々もまずは日本文化に貢献し、旅好きとあって一年に

父の旅行アルバムより。バリ島には昭和五八（一九八三）年に訪れた。

何回かは外遊としゃれこんだ。旅行の記憶が父のアルバムに詳細に残されているのが、私は不思議でならない。どうやってお金の工面をしていたのだろうか。その一点が未だに謎だ。一行会のメンバーの多くは家業でなんとか生計を立てていたくらいで、外遊をする身分には到底思えない。なのに、なぜか優雅に暮らしているように見えた。小銭があったとしか思えない。それはお金を目いっぱい上手に使う知恵が働いていたのだろうか。

柳橋の雨降り友だち

戦後の柳橋も変わった。小学三年になって公立の育英小学校から突然転校して行ったのがきよえちゃん。雨降りになると足元が悪いので、家で遊ぶという乳母日傘のような生活環境に変わってしまった。なにを隠そう、お父さんと呼ぶ人が大臣になり、お陰で日陰の身でいたきよえちゃんのお母さんにも、「恥ずかしくない待遇」が与えられたのだ。実子（じっし）のきよえちゃんも認知され、そうなると大臣閣下の娘で、学校も私立のお嬢さん学校に変わり、送り迎えも車でということになった。それでもきよえちゃんが「遊ぼう」と言えば、こちらも義理で飛んでいく。

雨が降ると、たいていはお呼びがかかった。柳橋もどんどん近代化され、小道を行きかっていた車屋さんも少なくなってきた。「奥ゆかしさなんて、どこにいったのやら」と嘆けば、「ふん」とあしらわれてしまうという風潮で、そんな中で私たち子どもはとても色っぽい造りの置屋の一室で、遊びと宿題に取り組んでいた。

置屋というのは、何人かの芸者を抱えている所で、きよえちゃんの所は、確か四人の芸者と、「みずてん」と言われている売春専門の女が、一軒の家に住んでいた。それにお手伝いのおばさんと下地っ子がひとりいた。下地っ子は、中学を卒業するとここで芸事を習い、芸者になるための修業をする。食べさせてもらっているので、お手伝いのおばさんの手伝いもする。滅多に口をきかない。

女の城で、きよえちゃんのお父さん、つまり母親の旦那が来る時は、なんとなくみんな外出して、近所の甘味屋「にんきや」にたむろしたり、浅草寺に行ったりと遠慮しているので、家の中は急に静かになる。当のきよえちゃんは、親指を立てて、「今、来ているからね」と知らん顔。「お父さん？」と聞くと、「いい人よ」と、また知らんぷりする。

見事なのは、「先生」と呼ばれるお父さんが帰ると同時に、まるで見張っていたかのように、全員がどやどやと家に帰って来る。時間を計っていたかのように、間がいいのだ。年中誰かが誰かと口喧嘩をしていた。芸者衆の派手な喧嘩を横目

昭和三六年頃の柳橋周辺

で眺めて、耳はダンボのように大きく大人たちに向かい、手の方はおざなりにノートに向かっていた。

まだ担ぎ屋*さんが闇米を持って来る時代で、柳橋では横流しの闇米が自由に手に入った。「ここの家の米びつには、気持ちがいいほど満タンにお米が入る」とか言いながら、担ぎ屋のおばさんも家の様子を探っているのがよくわかった。

コトコトと台所で料理をしているお手伝いのおばさんはとても品がよかった。大きな飾り鉢にちょこっと品よく盛られたきゅうりやなすのお漬物がおやつ代わり。置屋では子どもといえどもお座敷料理だ。きよえちゃんは私にとって特殊な存在の友だちで、転校するまでは、父親はいなかった。「お父さん」が名乗り出ても、別になんら感想もなさそうだ。「ごきげんよう」「いらっしゃいませよ」というお嬢さん言葉で、別の世界の女の子のようになったが、なぜか私とは仲が良く、雨の降る日は大きな荷物を抱えて遊びに行くのが私の習慣になっていた。そういえば、学校を休んでも「雨降り友だち」というわけだ。

雨の降る日は芸者衆も家にいて、たいていお稽古をするか、喧嘩をしている。喧嘩は江戸の華、あちらこちらで起こるいざこざに吃驚するわけではないが、ここでの喧嘩はなんでも芸事が入るので、面白いといえば面白い。「来ない客とかけてごらんよ」とか、「柳の木とあんたとかけて、なんと解くのさ」とか、ちんぷんかんぷんな会話だった。

しかし、ずいぶんといろいろな知恵を教わった。「けちな男は必ず身を滅ぼす」

担ぎ屋 食料などを生産地から担いで来て売る人。

「なぜって、女が一番嫌いなのは、けちって決まっているだろう」。別れた後、去った男をこき下ろすに容赦がない。「女から金を借りたら、三倍にして返すのが男の力量」「男が体が悪い時は、まず声から落ちてくる」「寿命に影が射すと感じる時は、肩の肉から落ちてくる」「人が嫌いになる時は、話ですぐわかる。なぜって話がみんな過去形になるからさ」など、実践でなくては出てこない知恵を、子どもの私たちに本気になって教えてくれたのはなぜだろう。今でも当たっていることばかりで、もっと聞いておけばよかったと思う。

浮気男はすぐわかる
用事もないのに声掛ける

たんと売れても売れない日でも
風の吹くまま風車

こんな環境でというのもなんだが、女学校という言葉が妙になまめかしく感じられたのは、きよえちゃんのお陰のように思う。黒塀の門からセーラー服姿のきよえちゃんが出て来るだけで空気が一変した。柳橋という所は道までが色っぽかったのだ。きよえちゃんのお父さんは大臣になったが、まったく親という実感を持てなかった。持つ必要もなかった。そこは女の世界で充満していたから。

「名乗れないのよ、私たちは」と、きよえちゃんはけろりとしている。それでも私立に転校できたのは、そのお父さんのお蔭だ。お母さんは芸者の分というのをわきまえていて、騒ぎ立てることもすがることも縁を腐らせることもせず、距離をおいて付き合っていたのだろう。必ずしも正常とは言わないまでも、そうした関係の中で、子どもが育つこともままあったのだ。お父さんはあくまでもお母さんの男にすぎないと、きよえちゃんは割り切って育っていた。

下地っ子のみごとな姿

きよえちゃんとはまったく逆に、芸者になるために生まれついた、と心底思い込んでいる信ちゃんという同級生も見上げたものだった。むろん学校の成績はペケ。たいてい〇点か、取れても一〇点くらい、といったところで、当人はどこ吹く風。気にもしていなければ苦にもしていない。おばあさんは六琴さんという老妓で、琴、三味線、笛、大正琴、太鼓、鼓の六つの芸の名手というところからついた命名。信ちゃんはその跡取りとあって、学業より芸事の上達の方が死活問題で、学業は耳学問、人学問で充分。厳しさからいえば、芸事の方が大事なのだ。しょうがないから通学しているぐらいにしか学校を考えていない、見事な下地っ子だった。すでに芸者になることが約束されていて、子どもの頃から芸者修業の身だ。

学校の成績なんてどうでもいいわけで、おばあさんの叱責の方がよっぽど怖かった。算数の時間も、とちちりちん、国語の時間も口の中で声色（こわね）使い。体育は、怪我をするからやらない。ドッチボールなどは指を太くして、くじいたら三味線も弾けないとあって、ただのんびりと逃げるまねをするだけで、すぐボールを当てられるのを待っている。一度先生に、「少しは真剣に」と言われたが、今度はしなを作って逃げるので、なんか変。誰もそれをとがめるということもない。音楽もなぜか唱歌にこぶしが入る。「しゃきっと唄え、しゃきっと」と言われても、なぜか、「スキー」でさえ、「やあーまあーわぁーぁ白ぉ銀（がね）ぇぇ」となってしまう。

もっとも、なんと言ったって樋口一葉の『にごりえ』の冒頭、「ちょっと、新さん寄っておいでよ、寄っておいでといったら寄っていってもいいではないかい」などというのは、身振り手振りも入り、身につまされるほどの朗読のうまさ。お金の勘定ができて、手紙が書けて、お花が生（い）けられて、三味線が弾けることが、信ちゃんの芯からのお勉強なのだ。たいてい週の内三日はお休み。つまり半分は家でお稽古というのが日課なので、とても小学生という暮しではない。担任の檜山茂子先生は国語の大好きな先生だったが、苦笑いしていらした。といって取り立てて怒るということはなく、私たちもそれぞれが自分の分をわきまえて学校に通っていた。檜山先生はこの街と、みんなの家の暮しをよく知っていたのだろう。

祭りの日にはみんな平気で休んでいたし、休んで遊びに行ったとしても、次の日の学級会で、ずる休みして遊んだことの楽しさを報告させられた。

盆踊り

信ちゃんが勉強など上(うわ)の空で、授業中に手で音頭をとったり、時々踊りの振りなどの練習をしていても、誰もなんとも思わなかった。みんなも、いじめるなんて考えもしなかった。そういう家なのだと頭っから認めてしまっていた。

街には、下地っ子が何人もいて、当然盆踊りなどでは一際(ひときわ)目立った存在だった。早くから列に入り、踊っている私たちを尻目にして、だいぶたってから信ちゃんは姉さん芸者たちとやって来る。踊っている時間は短く、「芸は金を取って見せるものだからね」などと軽くあしらわれる中で、私たち子どもは、「芸はただではやらないのよ、はいさようなら」とばかりきびすを返されて見送るだけ。浴衣の下からのぞく足のくるぶしの白さだけがきれいで、信ちゃんは目のくらむ同級生だった。さっとひと踊りで去っていく信ちゃんと違い、こちらはがむしゃらに踊りっぱなし、足を棒にして振りも形もありゃしない。そこまでして、踊らなくてもいいのだが、踊りの輪から抜けるというのはできなかった。時々くたびれると男の子の頭を引っぱたいて逃げて行くといういたずらの幼さ。同じ年の小学生といっても、下地っ子の信ちゃんの未来はすでに決まっていたので、これは別格。

信ちゃんと学校とはまったく結び付かないし、私たち子どもの世界とも結び付かない。六琴さんは信ちゃんを相当きびしく躾(しつけ)たに違いない。有名な踊り手の藤間蘭景*さんが柳橋に住んでいらしたが、この先生のお墨付きがあるほどの名妓に育っていった。小学校の卒業式にも出席したという記憶はない。遠足の集合写真にも写っていない。どこの中学校に行ったのかも誰も知らない。街で会うことも

小学校の遠足
（井の頭公園にて。矢印が私）

***藤間蘭景**（一九三〇～二〇一五）女性初の人間国宝である藤間藤子の養女。

なかった。なのに、大変売れっ子の芸者になったことだけは、なぜかみんな知っていた。いい人に落籍されて湯島に囲われたということだった。

早稲田の学生演劇で初めての子役

小学五年の時、降って湧いたように、私に子役の話が舞い込んだ。当時早稲田大学の学生であった林万夫(はやしかずお)*という演劇青年が、私の家にちょくちょく訪ねて来た。木下順二*の『夕鶴』の一場面を写真に撮る仕事が、なぜか姉に舞い込み、おつう役を姉が、相手の与ひょう役として林さんが現れたのだ。そんな関係で林さんはいつものように、わが家の茶の間のひとりとなった。

まだ、座布団の学帽をかぶった学生がまぶしく見えた頃だ。林さんは同期の学生を次々に連れて来るようになった。私たちは『都(みやこ)の西北』(早稲田大学校歌)を習い、早慶戦に出掛けたりした。端正な顔立ちの林さんは、早稲田の学生演劇の「文芸座」に属していた。イプセン*の芝居をする劇団だ。ある日、「子役をしてくれない?」と突然私にふってきた。聞けば『野鴨』という芝居の繊細な少女の役だという。父親の愛情を試すために自殺をする娘の役だ。あまりに入り組んだ家族の歴史を解きほぐすだけでくたびれる内容だが、最後は父親の愛情が戻るかもということで、自殺をするという役だ。

劇団には後にフジテレビの重役となった法亢堯次(ほうがたかし)さん、NHKのディレクター

林万夫　大映の宣伝部長としてたくさんの映画の企画宣伝をした。
木下順二(一九一四〜二〇〇六)東京都出身。劇作家。「夕鶴」が代表作。
イプセン(一八二八〜一九〇六)ノルウェーの劇作家・詩人・舞台監督。

になった椿信夫さん、テレビ朝日の青木克博*さん、花柳（はなやぎ）若葉*（後の壽輔）さんなどがいた。早稲田の「しょんべん横町」にある神社に集まって、大学のあいている教室などで稽古をした。面白そうなので引き受けたが、みんなの授業が終わらない時は、教室の後ろの方に座って黙って聞いていた。

当時、早稲田の演劇科の河竹繁俊*先生は、胃が痛むらしく、授業中も、「ええい、痛みやがって」と脇腹を押さえるしぐさをしていた。話し言葉は、まったくの江戸弁だった。信州伊那（いな）の出身で、河竹黙阿弥の家にご養子さんとして入ったという変わり種。「田舎者が江戸者」になるという大役はいかばかりか。歴史に出てくる島村抱月*や松井須磨子*の話をしてくれた。「芝居人は芝居人らしく生きるようになっている」と言っていらした。河竹先生は、歌舞伎の専門家で、なんとなく芝居がかっているようにも見えた。なぜか当時いただいた名刺が私の手元にある。背はあまり高くなかったが男前で、学生たちに人気があった。あまり小さな子どもが大学に来ているので、めずらしいらしく、「お嬢ちゃんは、なにしに来ているの？」と首をかしげて聞いてくださり、「子役だそうです」と答えると、「それはよかった。お家はなにをしているの？」とたたみかけてきた。

歌舞伎では子役は全部一門から出るものなので、芝居に縁がある家の子と思ったのだろう。「ヘードヴィヒという役で来ました」と言うと、「そいつは大変だ」。「どう大変か」と聞くと、「子どもに深い理解などいらない」と言う。「まあ、言われたとおり動けばいいのですよ」と言った。そう言われても、一日中「お父さん」

青木克博　テレビ朝日のアナウンサーとして、昭和三〇年代に活躍した。

花柳若葉（壽輔）（一九三五〜）東京都出身。日本舞踊家。三代目花柳流家元。

河竹繁俊（一八八九〜一九六七）新潟県出身。演劇学者。河竹黙阿弥の娘、糸女の養子となる。

島村抱月（一八七一〜一九一八）東京都出身。文芸評論家・演出家。新劇運動の先駆者。

松井須磨子（一八八六〜一九一九）長野県出身。新劇女優。

と呼びかけるトーンを練習させられた。どう言っても変わらないと言うのだが、あんまり言われるから、言われている私でさえさっぱりわからなくなってしまった。

公演は大隈講堂だった。当時太っていた私は、何度もやせるようにと言われたが、そうもいかず、公演が成功したという記憶もない。繊細な心を演じるのは転んでも無理だった私は、早くこの子役の思い出を消したいと祈るばかりだった。

河竹先生が「この人は大女優になる」と言った人がひとりいる。無論私ではない。佐山美智代さんという人で、確かに只者（ただもの）ではない風格を持っていた。千葉県佐原の「伊勢屋」という陶器屋のお嬢さんで、私は何度か泊まりに行ったことがある。大きな蔵がいくつもあって、何不自由のないおひい様*。上げ膳、据（す）え膳、余分な苦労などさらさらないという中で「演劇」を志していた。体も大きく、絶大な存在感。「華」というのはその存在感にある、という河竹先生のお墨付きだった。私はそれから、こちょこちょした芝居の役を何回かやり、それは小学校から中学に入学するまでつづいた。私は実はこんな芝居の経験くらいでその先も、役者になろうとは露ほども思わなかった。嘘っぽく感じたことと、大仰（おおぎょう）すぎると醒（さ）めていた。けれどなんだか、非生活という感じにはとても魅力があった。別な人間になるというのは、生きている中で一種の願望かもしれない。劇団というのは小さな社会で、学生演劇の盛んな早稲田でも、学生の分際で分裂したり離反したりといった「演劇的闘争」が繰り返されていた。

おひい様　「お姫様」から転じた言葉で、良家の娘や育ちのいいお嬢様、またはそういう雰囲気のある女性を指す言葉。

イプセンを卒業して、シェイクスピア*にいった何人かは、『オセロ』で旗揚げした。舞踊家の花柳若葉さんがデズデモーナを演じ、オセロを演じた法亢堯次さんと結婚し、林さんは大映映画に行った後、同期の藤井さん（のち雑誌編集者）と結婚して、藤井さんが急逝した後自殺した。大女優を約束された佐山さんはあっさり世界の切手商人と結婚し、実生活で妻を演じるようになっていた。

考えると早稲田で演劇をしていたのに、誰も役者になった人はいない。みんなマスコミに就職していった。文化的な背景が今までと変わり、新聞社やテレビ局が時代の寵児（ちょうじ）のようになり、花形職業が「マスコミ」に移っていた時期だった。

小学校卒業、気がつけば街は

しかし、そうこうしているうちに、私の子ども時代もだんだんおしまいに近づいてきた。つまり、人はただ生きているというわけではない。ひょっとすると暮らすというのは相当手強（てごわ）いぞ、といった明日が見え隠れし始めてきて、私は大人の世界に仲間入りしてきたようだ。

見渡せば戦後の復興は一段落した、という顔をして大人たちは歩いている。復興などと言う人もいなくなった。つい隣にあったあのぼろぼろの日本はどこに行ってしまったのか、不思議だった。戦争という言葉も遠のき始めた。私たちはお花見や正月よりクリスマスを楽しみにし、街を歩く大学生に憧れ、早慶戦に誘

シェイクスピア（一五六四～一六一六）イングランドの劇作家・詩人。イギリス・ルネサンス演劇を代表する人物。

早大の演劇青年、林万夫さん（右から三人目）らと、よしこちゃん。

われれば天にも昇る思いだった。

姿をチラッとでも見れば「……ちゃん」と駆け寄った友だちもすでに幼なじみの枠にすっぽり保管され、街で見かけても駆け寄ることもなくなった。「この間駅にいたでしょう、見かけたよ」「ああ、あの時ね」。どこか秘密を持たなくては大人にはなれない。秘密の中にしか大人は住めないのだ。

一瞬に、街も人もセピア色がかかってきた。あからさまな素顔のままの生活があった下町も、そんな時代があったの？とすましたように変貌しようとしていた。私たちが新しい時代を作るのだ、といった若者たちが目立つようになっていた。街はどんどん壊され、ビルが建ち、道路は拡張されて広くなっていく。露地も細道も小道も過去を温存しつつコンクリートに飲み込まれていった。おかしいと感じても一緒に住んでいた人たちは病気になり、どこかに収容された。きれいな街と着飾った人が街を彩っていた。その頃から、私たちは空を仰ぐことをしなくなったのかもしれない。私もまた、そういう時代に流されて歩いていた。これが自我というもの。せっかくできた大人の気分を壊されたくはなかった。

昭和二八年、私は台東区立育英小学校を卒業した。一時に大人になったような気分がした。その頃私は、街が大嫌いになっていた。今の言葉でいえば、「下町はださいよ」といった意味のない感覚だったのかもしれない。女学校に入れられ、セーラー服に真っ白いマフラーをなびかせて、御茶ノ水の古本街を闊歩し、名曲喫茶に入り浸り、学校より図書館で過ごす時間が多くなった。

父のことも母のことも家のことも知ったこっちゃないと思い、半端じゃない学生生活が始まった。「不条理の芝居をやる」というと、「不条理っていうくらいだから条理には合わないものだろうナ」という父を尻目に、改めて理屈の多い前衛芝居にのめり込み、ありったけの本を濫読し、自殺にあこがれもした。なにかに夢中になる、かぶれるという言葉がはやり始めた。「そういうのは酒の酩酊状態というのと同じで、つまり、まともな神経ではないということだろうよ」と父はさらに取り合わない。「この種の人間になにを言っても無駄だ」と高飛車な、子にあるまじき暴言を吐いて、親を困らせた。炬燵に入っておせんべいをかじって「イプセン」「シェイクスピア」もないものだ、とは到底思わなかった。やっぱり外国のものにあこがれ始めていたのだ。丘に上がった河童状態が今となると恥ずかしい。

平気で人前でおならをする父も、盛装して帽子までかぶるのに、足下が下駄という母も、子ども心に恥ずかしかった。ここで子どもでいるより、できることなら一足飛びに大人になりたかった。考えれば、青春という言葉があるとすれば、私にとっては後になって、恥ばかりが目につく時間だった。ともかくなにかに怒ってばかりいた。

姉はドレメ*という洋裁学校に入り、最初に作ってくれたのが私のワンピースだった。しかし、脇の下のマチを入れ忘れたらしく、私の手は脇以上あがらないという代物で、それが気に入らないと、姉にまでくってかかっていたようだ。そ

ドレメ　大正一五（一九二六）年、杉野芳子が創設したドレスメーカー女学院（現ドレスメーカー学院）。家庭洋裁が隆盛した昭和三〇年代を中心にドレメ式服飾教育を展開。

の頃、街では成功者とそうでない者、抜け目なく世渡りする者と間抜けな者、金持ちと貧乏人、よい人と悪い人がもうすでに区分けされ始めていたし、時代はあわただしく急激に変化していた。

茶の間にはテレビが陣取り、団欒（だんらん）という風景はすっかり影を潜め始めていた。道は車が狂ったように走り、街から聞こえてくる生活の音も風鈴の涼しげな風も、身近には感じられなくなっていた。町内や身近な話題など、さして重要ではなくなってきたように思う。なにしろ、ニュースは日本中で流れ、地方の話題も外国の事件も誰もが知ることができた。もっともご多分にもれず、真っ先にテレビを購入したのは、新しもの好きのわが家だが、近所の客は座り込んでテレビを食い入るように見ているばかり。野球中継は王座だったし、あの金語楼のおじさんですら、無愛想の中に愛想笑いをしてテレビの番組に出ていた。

テレビに合わせて仕事を切り上げるという人が増えてきて、話の中のめりはりがなくなってきた。つまり、私たちは独自に話題を提供できなくなってしまったのだ。洗濯機や冷蔵庫、電気釜や掃除機。食品がインスタントとなるあたりには、もう誰もわが家の鬘やかもじなどという商売を必要としなくなっていた。

電車に揺られ、遠くまでお勤めに行くという仕事が格好よく見え、お給料という一定額で規則正しい生活の形態ができあがって、それが当たり前になるには、あっという間の時間しかたっていないように見えた。私の家も没落という憂き目を見るのは時間の問題だった。

当時のテレビ

団らんの風景

季節を止めるわけにはいかないが、季節の訪れより早く、街も人にも大きな変化が始まっていた。時に私はあのペンペン草の生えた空き地やお腹がすいて食べたおかずなしのご飯のおいしさを懐かしいと感じ始めていた。が、とまれ、そんなことを言うようでは、「かもじや」のよしこちゃんが腐ってしまう。誰がどうあろうと、人は前にしか歩いていけないもの。過ぎた日をどう懐かしんでも戻ってはこない。行け行け、前へだ。

そして、学校や教室で得る勉強より、人生の勉強の方がずっと長いのだと諦め、死という卒業まではがんばるしかないのだ、とわかったように悟るしかないのだ。敗戦の昭和二〇年、あれから七五年が過ぎ、日本の歴史だって戦後の還暦は過ぎてしまった。

八月、トンボが空を飛んでいる。前に前にしか飛べないトンボは、私たち人間より前から生きていた。戦後のあの頃の青空を仰ぎたい。いや、心の中のあの青空を忘れまい、としみじみ思う。子ども時代という宝物とともに。

貧しさってなんだ

どうあっても金持ちではなかったはずだが、貧(ひん)して鈍(どん)したという記憶が私にはまったくない。夜逃げもしたし、保証人になって家中の物が空(から)になってしまったということもあったが、そんな悲劇がわが家に影を落としたということもなく、元気でのんきに遊んで暮らせた子ども時代を私自身が「面白い」と感じている。それは何を隠そう、両親や親戚、近所の人たち、つまり〝良い大人たち〟に囲まれて子ども時代を送っていたからにほかならない。

関東大震災も戦争も、そして多くの災害にも遭遇し、その経験から何が本当に大事かを骨の髄までわかって悟った大人たちの生きる姿勢とバイタリティーから、生きるとはどういうことなのか、大切な今日という日をどう楽しく暮らせるか、が編み出されたのではないだろうか。知恵と覚悟の上に生きた大人たちが確かにいた。その大人たちに守られていたという〝宝物〟を直にもらっていたから、私たち子どもは今も思い出が懐かしく楽しいのだ。

「どうせ生きていれば何かが起こる。すべてが無くなることもある。何も起きないなどとはありえないし、物やお金がすべてを救ってくれるとも思えない。だけどどっこい生きていかなくてはならないのだよ」という教えがあった。「お金だけが価値観を持つなんていうことに振り回されるなよ」とあの世から声をそろえて言っている大人たちの声が聞こえる。

今も声すら発しなかった蛸じいちゃんに会いたい。今も「こどもや」のおばさんに聞きたいことがある。母や父というかけがえのない保護者に感謝すら伝えることもできなかった。けれど、まあ、それでいい。命がつながっていくということは、所詮後悔を残してできないことを山積みにしておくことでもあるのだから。私があの世に行っても、「それでいいよ」とさらりという大人でありたい。

貧しかったけれど、本当は子どもは「貧困」などと関係ないのだ。子どもはどんな時も「貧困」ではありえない。大人の困窮や貧困を子どもにぶつけないでほしい。子どもはそんなに弱くはない。目の前の初体験に突き進んでいく勇気はどんな子どもも持っている。そうでない臆病な子どもがいたとしたら、それは関わった大人が悪い。心を貧しさで埋め尽くし、貧しさにすがった大人の品性の無さに原因があると今も思っている。駆けていく子どもたちを応援したい。

あとがき

歳を重ねるごとに、忘れることが多くなった。反対に思い出すことも倍多くなった。とりわけ、子どもの頃のことは、まるで昨日のことのように鮮明だ。もっともそれは私ばかりではなく、どんな人も子どもの頃の話は実によく覚えている。

人間の記憶というのは、その幼児期に集約されるというが、なんとなくわかる気がする。「三つ子の魂百まで」のたとえどおり、最初に身に降りかかってきたことが記憶に刷り込まれて、後は経験と体験の惰性の上に、日常が織りなされていくだけなのかもしれない。

自分の置かれた環境は選べないし、ほかの人と比べようがないから、どんな子ども時代を送ったかは過ぎてみなければわからない。私の暮らした下町は、端(はた)から見れば相当特殊なものだということが、大人になってだんだんわかってきた。これは、人と人との中で右往左往して育っていく「ませガキ」の本質だ。確かに、自分を子どもなのだと思ったことは記憶の中で一度もない。大人とすっかり肩を並べて生きていたつもりの子ども時代だった。そういう自分がまかり通っていたのは、大人たちもまた、子どもを子ども扱いしなかったせいではないだろうか。

戦後という混乱期に五歳という年齢の私は、いっぱし動乱の時代を誰にも負けずに生き抜くと決めていたのだ。そのための教師は、まわりのすべての大人たちの生き様だった。「ませガキ」の私は、はじめ「人は怖い」と思い、だんだんそのしたたかさに舌を巻き、やっぱりどんなことより、どんなものより、人は「面白い」と思うようになった。むろん、泣きたいことも死にたいと思うことも連続して起き、そのつど落ち込むことはある。それでも、子どもの頃の原点に返ると、人生が終わる日まで生きるしかないと覚悟を決めて、からりと明るく毎日を過ごそうと、くよくよ悩まないことにした。変わり身の早さとくじけないで早とちり。「性格は運命を造る」の格言どおり、頭をかきむしりたいほどの後悔や反省はいやというほどついてまわる。言わなくていいことをつい言ってしまい、すべて後の祭り。決断を後一日延ばしたら、運命を平静に解決できたものをと、取り返しのつかないことばかりだが、しかし後にはもう戻れない。

最近では家人に「女寅（おんなとら）さん」と言われている。まわりは面白いかもしれないが、こんな人間がひとり家にいたら、どんなに迷惑を蒙（こうむ）ることだろう。当人はなんにも考えていないのだが、なんとも得手勝手（えてかって）。瞬間湯沸かし器のように、ついかっとなって、いつ手がつけられない事態が起こるかわからない。いわばはらはらどきどき、それでもまあ、面白いと言えなくはないが、居つづけられればほとほとくたびれる。それは下町の人間に共通している関わり合いの濃さともいえる。そして、確かに私自身にその片鱗はあるのだ。

街を歩いていても、旅の景色の中にいても、電車から外を見ていても、かつてその中に私はいた、という懐かしい感傷に襲われる。時の穴がぱっくり足下（あしもと）に深く掘られているような、そこに映る過去という時間と現在が確実につながれているといった感じ、記憶の錯覚だろうか。しかし、それは決して不快なものではなく、また、不気味なものでもない。時の穴に入れば、すんなり過去の自分を見つけ、すんなりその世界でも生きられる気がしている。おまけにその背景が、いつも真っ青なトルコブルーの空という設定となっているのだ。

「あの青空が、私の子ども時代だった」ということに、気が遠くなる恍惚感さえある。青空は一点の曇りもなく上に広がり、それはそのまま、太平洋の海につながれていく。

子ども時代こそ、自由でありたい。なぜか、私はそう確信する。無心に、好奇心いっぱいの心を育ててくれたのは、紛れもないこの青空だった。やがてその舞台に多くの人が現れる。父や母、祖父や祖母、姉妹や近所の人、友人たち。とりわけ、私を「人らしく」教え導いてくれた先生たちを忘れることはできない。教師がどれほど私たち子どもを可愛がり、見守っていてくれたことだろう。そのすべての人たちに守られ、自由勝手に「わが、まま」に生きてこられたのだ。

自分の記憶をそのままに書いてみた。記憶違いがあったら、どうかお許しください。また、記憶の思いを書き綴った文を丁寧に読み直し、根気よい指導をしてくださった藤原良雄社長に心から感謝します。理路整然とできない人間の、理路整然とはほど遠い文章にお付き合いいただきまして、ありがとうございます。

今ではもう、この本に登場している大方のみなさんはこの世にいない。私の中に生きつづけている思い出を綴って、記憶にとどめたいと思ったのは、その人たちへの挽歌であり、子ども時代の私への私自身の鎮魂歌を唄いたかったからだ。しかしそれは私だけではなく、すべての時代の子どもの姿だった。駆けて駆けて、私は昔に戻っていった。

父は言った。

「生きていれば、手遅れなことはなにもない。死んだらすべて手遅れだ」

私はまだ、生きている。

西舘好子

著者紹介

西舘好子（にしだて・よしこ）

1940年10月5日、東京市浅草区生まれ。かもじ職人内山東太郎と日出の次女。戦時中は福島県小名浜に疎開。大妻高等学校を卒業後、電通に勤務。61年、井上ひさしと結婚、三女をもうける（86年離婚）。82年に劇団こまつ座、89年に劇団みなと座を主宰、演劇のプロデュースを数多く手がける。85年、第20回紀伊國屋演劇賞団体賞、95年スポーツニッポン文化大賞を受賞。30年に及ぶ演劇活動に加えて、DV、子供の虐待、女性問題に関する活動などに精力的に取り組む。2000年、日本子守唄協会（2002年にNPO法人認可。2020年、日本ららばい協会に改称）を設立（現在、理事長）。"子守唄"を現代に生かすことに取り組んでいる。

著書に『小名浜ストーリー』（文園社、1988年）『修羅の住む家』（はまの出版、1998年）『「子守唄」の謎』（祥伝社、2004年）『うたってよ子守唄』（小学館、2005年）『表裏井上ひさし協奏曲』（牧野出版、2011年）『血縁という力』（海竜社、2015年）ほか。編書に『子守唄よ、甦れ』（藤原書店、2005年）ほか。

「かもじや」のよしこちゃん　――忘（わす）れられた戦後浅草界隈（せんごあさくさかいわい）

2021年9月30日　初版第1刷発行©

著　者　西舘好子
発行者　藤原良雄
発行所　株式会社　藤原書店

〒162-0041　東京都新宿区早稲田鶴巻町523
電　話　03（5272）0301
FAX　03（5272）0450
振　替　00160-4-17013
info@fujiwara-shoten.co.jp

印刷・製本　中央精版印刷

落丁本・乱丁本はお取替えいたします
定価はカバーに表示してあります

Printed in Japan
ISBN978-4-86578-321-6